책 도둑의 최후는 교수형뿐이라네

책 도둑의 최후는 교수형뿐이라네

애서가들의 장서표 이야기

쯔안子安 지음 | 김영문 옮김

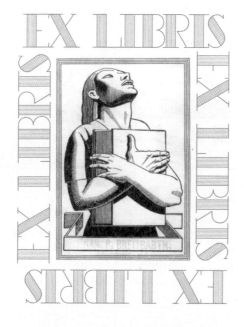

책과 함께 살아온 사람이라서 책을 넣었고,
어찌어찌 고고하게 좀 살아볼까 해서 평소 애칭으로 쓰는 재두루미를 함께 그렸다.
'흑산'은 나의 호다.

장서표로 새로운 문화가 꽃피길

이용훈

도서관문화비평가·서울도서관 관장

장서표? 아마도 대부분 사람들에게 낯선 단어일 것이다. 원래 장서표
藏書票(영어로는 Bookplate, 라틴어로는 Ex libris)는 책의 소장자를 표시하기 위해
표지 뒷면이나 면지에 부착하는 표식이다. 책과 관련해서 꽤 중요한 아이
템이지만 우리나라 책 문화에서는 장서표가 잘 알려져 있지 않다. 대신 장
서인藏書印을 도서관 등에서 반드시 사용하고 있고, 개인적으로도 사용하
는 분들이 많다. 장서인과 장서표는 다른 것일까? 같기도 하고 다르기도 하
다. 개인이나 도서관 등의 기관이 자기 소유의 책에 소유자임을 표시하는
기능은 같다. 그러나 장서인은 그것을 도장으로, 장서표는 별도로 종이에
찍은 표식으로 사용한다는 점에서는 다르다.

서양에서 장서표가 만들어지고 사용된 것은 15세기 후반 인쇄술 발
달이 계기가 되었다고 한다. 인쇄술 발달로 책이 많이 만들어지고 유통되
면서 책을 소유하는 개인이나 기관이 나타났다. 그런 과정에서 책의 소유

를 표시하는 것이 중요해졌고, 그 대안으로 판화로 만들어 다량 인쇄해서 책에 붙이는 방식의 장서표가 등장한 것이다. 장서표는 출판산업이 활기를 띤 19세기 후반부터 널리 사용되기 시작되었다고 한다. 책에 붙이는 것이라 크기는 보통 5~6cm정도로 작은 것이 보통이지만 때로는 엽서 크기의 것도 있는 등 다양하다. 장서표에는 일반적으로 '…의 장서에서'라는 의미의 라틴어 'Ex-libris'와 소장자 이름을 적는 것이 국제적으로 통용되는 방식이다. 추가로 소장자 기호에 따라 주소나 구입 연도를 쓰기도 하고 책 내용과 관련 있는 격언, 경구 등을 적은 것도 있다. 예전에는 장서표가 책 소장자를 표시하는 목적으로 사용되었지만, 요즘에는 풍부한 이미지나 색을 사용할 수 있어 예술적으로도 아름다운 것들이 많고, 또 장서표 주인의 이야기 등등이 더해져서 수집의 대상이 되고 있기도 하다. 인터넷에 장서표를 판매하는 곳도 다수 있다.

우리나라에서는 장서표에 대한 관심이 거의 없다. 나도 도서관 사서로서 장서표의 존재나 의미, 가치를 이전부터 알고는 있었지만 그다지 관심을 가지고 있지는 않았다. 그런 중에 장서표가 가진 판화로서의 의미와 아름다움의 가능성을 발견한 일부 판화가가 장서표에 관심을 가지고 우리 사회에 이를 알리며 실제로도 장서표를 만들어 사용하기 시작했고, 그런 노력의 일환으로 몇 차례 장서표 관련 전시가 열렸다. 그 덕분에 나도 장서표 전시를 본 적이 있었지만 여전히 큰 관심을 가지지는 않았었다. 그러다가 지난 해 2015년 9월, 서울도서관 기획전시실에서 '장서표의 세계, 책과 사람들: 남궁산 목판화 장서표展'을 열면서 장서표에 대해 나름 관심을 가지게 되었다. 파주출판단지에 자리한 활판공방과 장서표 분야에서 적극적으로 활동하고 있는 판화가 남궁산 작가와 함께 마련한 이 전시는 우리나라에서 잘 알려져 있지 않은 장서표를 시민들에게 알리기 위한 것이었다. 이 전시를 기획한 이유를 당시 다음과 같이 적었다.

> "차서환서구일치借書還書俱一癡"
>
> 조선 후기의 서화가인 추사 김정희 시의 구절로, "책은 빌려주는 사람도 돌려주는 사람도 바보"라는 뜻입니다.
>
> 현재는 발전된 제지술과 인쇄술 덕분에 누구나 접할 수 있는 흔한 물건이지만, 과거엔 특별한 사람이나 소장할 수 있는 귀중품이었던 책. 그 귀한 책에 소유와 애정의 표시를 남기고자 하는 욕구와 실용의 차원에서 생겨난 것이 장서표입니다. 인쇄술의 발달과 함께 보급된 장구한 역사를 지녔음에도 불구하고 아직 한국에서는 낯선 장서표를 소개하는 전시를 준비했습니다.

전시에서는 그동안 남궁산 작가가 제작한 여러 문인과 개인의 장서표를 실제로 시민들에게 선보였다. 더해서 장서표 역사나 외국 여러 나라 장서표를 함께 소개했다. 이 전시를 관람한 많은 분들이 낯선 장서표에 대해서 호기심과 놀라움을 표했다. 나로서는 서양은 장서표를 처음 만들고 활발하게 활용해온 전통이 있기 때문에 지금까지 그에 대한 관심이 있는 것은 당연하다고 할 수 있겠으나, 우리와 유사하게 장서인을 사용하던 중국이나 일본에서 근래 들어와 장서표에 대해서 관심이 높고 실제 꽤 사용되고 있음에 다소 놀랐다. 나중에 알아보니 중국이나 일본에서는 근대 초기 판화를 기반으로 한 예술운동의 일환으로 장서표 제작을 시작했고, 그것이 출판활동과 결합하면서 뚜렷한 목적성을 가지고 발전하고 있다고 한다. 우리나라도 장서표에 대한 이야기가 없는 것은 아니나 어찌된 연유인지 장서표 문화가 거의 자리 잡지 못했다. 그러던 중 1990년대에 들어와 일부 판화가 등에 의해 장서표가 우리 사회에 등장하기 시작했던 것이다.

장서표는 책의 출판이나 소유와 밀접한 관련이 있다. 예전에는 책을 사면 안쪽에 언제 어디서 샀다든가 왜 샀는지 등등에 대해 적었다. 일부는 자기 도장이나 따로 만든 장서인을 찍기도 했다. 그러나 최근에는 그런 문화도 대부분 사라진 것 같아 아쉽다. 요즘은 아예 책을 잘 안 읽는 시대라서 걱정이 크다는 목소리도 있다. 이럴 때 장서표가 어쩌면 책에 대한 관심을 끌어내지 않을까 생각도 해본다. 요즘 문구점에 가면 다양한 스티커가 팔리고 있다. 장서표도 이렇게 좀더 대중화할 수 있다면 장서표를 통해 책에 관심을 갖게 되지 않을까? 이미 외국에서는 장서표를 상품화하고 있다.

지난번 전시 이후 틈틈이 인터넷 등을 이용해서 다른 나라 장서표들을 살펴보며 그 의미나 아름다움을 감상하곤 했다. 그런데 이번에 장서표에 대해 전문적으로 쓴 책이 번역되었다고 하니 반갑다. 외국에서는 장서표에 대한 책들이 적지 않은데, 우리나라에서는 아직도 관련 책이 참 적어 장서표에 대한 갈증을 채우기에 많이 부족했던 차에, 이 책이 갈증을 많이 덜어줄 것이라 믿는다. 이번 기회에 우리 사회에서도 장서표에 대한 관심이 커지고 구체적으로 장서표 제작과 활용이 활발해지면 좋겠다. 장서표가 출판과 유통, 독자 간의 연결을 자극하고 활성화할 것이다. 또 제작 과정에서는 판화 등 예술 부문과도 협업을 하니 책 문화가 더욱 풍성해질 것이라 생각한다.

　나도 작년 서울도서관 장서표 전시를 계기로 남궁산 작가에게서 장서표를 만들었다. 장서표를 만들 때 과연 나를 어떻게 표현할 것인가에 대해서 꽤 고민을 했었다. 장서표는 나 자신을 보여주는 하나의 완성된 그림이기 때문이다. 책을 좋아하는 분들이라면 한 번쯤 장서표를 만들어보는 과정을 통해 스스로를 정리하고 구체적으로 표현하는 방법을 고민해보는 것도 좋겠다고 생각한다. 장서표를 만들었지만 아직은 별도 종이에 대량 제작해서 모든 책에 붙이지는 못하고 이를 장서인으로 만들어 사용하고 있다. 대신 장서표는 액자에 넣어 걸어두었는데, 보고 있으면 나 자신과 내 소유 책에 대해 더 많은 관심과 애정이 생긴다. 방을 찾은 손님들이 내 장서표에 대해서 묻곤 한다. 그러면 할 이야기가 많아지고, 부럽다는 소리를 자주 듣는다. 더 많은 분들이 이런 재미와 의미를 더 많이 만들어주시면, 그래서 장서표가 책 문화에 하나의 뚜렷한 물줄기로 자리 잡게 된다면 그것도 즐거운 일이 아닐까 한다. 그런 날이 곧 오기를 기대한다.

차례

내가 새 책《장서표 판독 노트藏书票箚记》출간을 앞두고 바쁜 틈에, 김영문 선생이 이메일을 보내왔다. 이 '불청객'께서는 자신이 나의 저서《책도둑의 최후는 교수형뿐이라네藏书票之爱》번역을 마쳤으며, 이를 장차 알마출판사에서 출간할 것이라고 했다. 그리고 내게 한국어판 서문을 써달라고 하는 동시에 이 책의 세부 내용 일부를 확인해달라고 요청했다. 애초에나는 그의 말이 진실이라고 여기지 않았다. 왜냐하면《책 도둑의 최후는 교수형뿐이라네》를 관리하는 중국 출판사에서 이 일과 관련해 내게 아무런연락을 하지 않았기 때문이다. 나는 나중에 사실을 확인하고 나서야 정말로 이 일이 추진되고 있음을 알고 안심했다.

김영문 선생은 번역 과정에서 생긴 몇 가지 의문을 내게 물었고 나는덕분에 당초의 오류를 바로잡을 수 있었다.《책 도둑의 최후는 교수형뿐이라네》개정판은 아직 출간되지 않은 상황인데, 한국어 번역판에서 미리 원서의 오류를 바로잡을 수 있어서 매우 다행스럽게 생각한다. 한국 서적에 대한 나의 인상은 아주 오래전 판자위안潘家園에서 산 네 권짜리 한국어판 《수호전》에 머물러 있다. 이웃나라 일본에 비해서, 내가 한국의 장서표 또는 판화 작품과 관련하여 떠올릴 수 있는 인물과 서적은 정말 드물고도 드물다. 김 선생의 소개에 의하면 한국에서는 남궁산이라는 판화가가 한국 유명인 50여 명의 장서표와 관련된 이야기를 담은《인연을, 새기다》(2007, 오픈하우스)라는 책을 출간한 바 있는데, 그야말로 한국 장서표계의 일인자라 할 수 있다고 했다.

그리고 김 선생의 말에 따르면 알마 출판사는 전통 서적의 특징과 명맥을 보존하고 유지하기 위해 독서 및 장서와 관련된 서적 출판을 매우 중시하고 있으며, 김영문 선생이 번역한 차이자위안蔡家園의《독서인간書之書》또한 이곳에서 출간되었다고 했다. 그 과정에서 처음으로 장서표를 알게 되어 점차 장서표에 대한 흥미를 갖기 시작했으며, 이 일을 인연으로 나의 저작《책 도둑의 최후는 교수형뿐이라네》까지 번역하게 되었다고 한다. 김 선생은 장서표라는 이 작은 사각형 속에 그렇게 많은 비밀과 깊은 문화적 의미가 담겨 있는지 몰랐다고 하면서, 장서표는 진정 한 개인의 심령사이자 한 세대인의 문화사로서 손색이 없다고 했다. 그리고 그는 내가 세파를 돌아보지 않고 장서표라는 골동 취미에 침잠하는 정성과 열의에 탄복한다고 했다.

동아시아의 장서표는 아시아 대륙을 통틀어 장서표 발전 역사에서 줄곧 앞 대열에 위치해왔다. 원래 일본이 선두에 서 있었지만 이윽고 중국이

앞으로 치고 나가 일본의 지위를 대신하는 추세를 보이고 있다. 주변의 타이완, 홍콩, 마카오 등지나 심지어 동남아의 인도, 태국 등지에서도 소수의 판화가들이 장서표 제작에 참여하고 있다. 몇 년 전 나는 문화예술 단체 바이야쉬안百雅軒의 기술 총감독 쑨전제孫振傑 선생의 안내를 받아 그곳 공방을 돌아본 적이 있다. 그들은 한국의 동판 기사 한 명을 초빙하여 함께 일을 하고 있었으며, 동판기술부의 설비, 도구, 재료 등 많은 자재를 한국에서 직접 수입해서 쓰고 있었다. 이를 통해서도 판화가 한국에서 일정한 기반을 두고 있음을 알 수 있다. 나는 한국에 장서표협회가 설립되어 있는지, 또한 장서표 제작자와 수집가가 얼마나 되는지는 알지 못한다. 이 책이 한국에서 출판되어 장서표 개념의 보급과 확장에 촉매제가 될 수 있다면 그보다 더 좋은 일은 없을 것이다.

　　김 선생을 아직 만난 적은 없지만 장서표 한 장을 마주할 때마다 인연의 소중함을 느낀 나로서 그 인연을 매우 귀하게 여긴다. 하물며 우리의 인연은 사이버 세상의 기러기가 맺어주었다. 이 자리에서 나의 한국어판《책도둑의 최후는 교수형뿐이라네》가 순조롭게 출판되기를 기원하며, 또 갈수록 더 많은 사람들이 이 '종이 위의 보석'을 좋아하게 되기를 바란다.

2016년 가을

쯔안子安

겨우 5제곱미터 되는 누추한 방 한 칸이 바로 우리 집, 나의 서재다. 컴퓨터 앞에 앉아 사방을 둘러보면 나 자신이 장서표의 바다에 빠져 있음을 알게 된다. 서가, 책상, 문서파일, 심지어 벽에도 온통 내가 사랑하는 '보배'로 가득 차 있다. 일을 할 때 나는 늘 정신이 산만해져서 눈앞 장서표의 유혹에 이끌려 종점도 없는 목적지를 향해 치달린다. 나의 머릿속은 장서표 주인票主, 기법, 인쇄량 등 장서표 관련 용어로 가득 차 있다. 장서표를 제외하고 남은 2제곱미터의 공간에는 인터넷 경매나 헌책방에서 구입한 외국어 고서와 삽화 유일본 등이 어지럽게 놓여 있다. 사유가 분명하고 논리가 정연한 지자智者라 해도 이 같이 혼잡하고 무질서한 환경에서 사고의 실마리를 잡아 소장 일기를 쓰기란 쉽지 않을 것이다. 서재의 주인으로서 그리고 장서표 주인으로서 나는 일찍부터 소장품에 빠져 도저히 몸을 빼낼 수 없었다.

책을 사고, 책을 읽고, 책을 소장하고, 책을 사랑하는 일은 수많은 장서표 애호가의 취미다. 쉽게 알 수 있듯이 장서표와 책의 관계에서 장서표가 책과 분리되는 건 마치 부모에게 버려진 채 아무도 길러주는 사람이 없는 고아의 신세로 전락하는 것과 같다. 장서표는 구미에서 몇 백 년 동안 발전해오는 동안 기법과 기풍이 끊임없이 변화했다. 그러나 장서표의 몇몇 주제 중 '책'과 관련된 주제는 장서표 주인과 장서표 작가의 마음속에서 영원히 살아 숨 쉬는 명제로 자리 잡았다. 장서표는 문인 학자의 노리개이며, 시인, 묵객, 귀족 엘리트와도 밀접한 관련을 맺고 있다. 장서표 배후에는 이와 관련된 일화와 에피소드가 비밀 파일처럼 숨어 있다. 만약 단순히 장서표를 소장만 하고 해독하지 못한다면 그 환상적인 매력을 놓칠 수도 있다.

《서구 장서표西方藏書票》(2009년)를 출간한 이후 나는 몇몇 독자 편지와 많은 친구들로부터 질문을 받았다. 다수의 사람들은 여전히 '장서표'를 비교적 모호하게 인식하고 있지만, 그렇다고 이를 심하게 비난할 수는 없다. 올해 제13차 전국 소형판화 및 장서표 전시회에서도 국내의 제작자들은 이와 똑같은 의문을 제기했다. 이러한 의문은 중국의 장서표 발전의 초기 과정에서 보편적으로 나타날 수밖에 없는 현상이다.

장서표는 소형판화와 같은 소수인들의 소장 예술을 능가한다. 초기 장서표가 실용성을 강조했다면, 현대 장서표는 예술성을 훨씬 중시한다. 그럼 장서표와 소형판화는 어떻게 구별되는가? 먼저 장서표에는 반드시 'Ex libris'(아무개의 책)라는 라틴문자가 인쇄되어 있다. 'Ex'(from)와 'libris'(library) 사이는 빈칸으로 띄어져 있다. 그것은 본래 두 단어의 라틴어이기 때문이다. 때로는 'Ex-libris'나 'Exlibris' 식으로 애매모호하게 붙여 쓰기도 하지만 규범에 맞는 형식은 아니다. 일부 특수한 주제의 장서표에는 'Ex music' 혹은 'Ex erotic'이라는 문자가 쓰여 있는 경우도 있다. 이 두 가지 형식은 장서표의 양대 주제인 음악과 성애물에서 파생되어 나온 것이다. 이상이 가장 흔히 볼 수 있는 형식일 뿐 아니라 국제적으로도 통용되는 형식이기도 하다. 초기의 일부 장서표 특히 문장류의 장서표에는 'Ex libris'란 문자가 없는 경우도 있다.

다음으로 장서표에는 반드시 장서표 주인의 이름이 있다. 이름 전체든 축약되었든, 아니면 별명이든 필명이든 반드시 이름이 기록되어 있다. 장서표는 반드시 자신의 주인을 필요로 한다. 주인의 이름이 없는 장서표는 자신의 소속 가치를 잃어버렸다고 할 수 있다.

그 밖에도 제작자의 서명, 인쇄량, 연도 및 기법 표기도 빠뜨려서는 안 되는 필수요소다. 1970년대에 세계장서표협회The Bookplate Society에서는 이미 이러한 요소를 문서로 규범화했다. 규범화하기 전이나 초기에는 장서표에 반드시 작가의 서명을 요구하지는 않았다.

작가가 장서표에 서명을 남길 때는 낯을 가리는 어린아이처럼 보통 그것을 장서표 그림에다 은밀하게 숨긴다. 때로는 돋보기를 들고 자세히 관찰해야 서명을 식별할 수 있어, 흡사 감상자는 숨은그림찾기 게임을 하는 것 같다. 사실 제작자의 서명이 주객전도식으로 장서표 주인의 이름을 가려서는 안 된다. 이 때문에 눈에 띄지 않는 구석에 제작자의 서명을 숨기려는 것이다. 서구의 장서표는 실용성 위주의 초기 계열과 장식 예술이 강화된 현대 계열로 나눠볼 수 있다. 초기 장서표는 실용성이 강하여 크기가 작고 용도가 명확하며, 목적이 유일하고, 기법 표기와 서명이 제 마음대로이고, 제작 주제가 책과 매우 밀접하게 연관되어 있다. 장서표 주인의 신분도 상위계층, 황실귀족 및 고등교육을 받은 인사들에게 한정되어 있다.

그러나 현대 작품은 크기가 나날이 커지면서 소형판화 작품으로 발전해가는 모습이다. 실용성이 쇠퇴하는 동시에 제작 목적도 사적이고 은밀하게 변했으며 주제도 더욱 광범위해졌다. 그리고 장서표에 표기하는 서명도 엄격해지면서 일정한 규범성을 갖추게 되었다. 물론 창작 주제도 책과 직접적인 관련을 맺지 않게 되었다. 여전히 소수 애호가들의 취미에 속하기는 하지만 장서표가 널리 보급된 유럽에서는 그것이 이미 수집가들의 시장으로까지 확장되어 더욱 상업화가 빠르게 진행되고 있다. 장서표 주인의 범위도 계속 넓어져 그리 큰돈을 들이지 않아도 누구나 자신만의 전용 장서표를 제작할 수 있다. 현대의 장서표는 소장할 만한 가치를 지닌 엄연한 장식예술이 되었다.

전통적이고 보수적인 수집가들은 오늘날 장서표의 모습에 다소 실망할지도 모른다. 그러나 어떤 예술에도 단계별 성장 과정이 있고 그것은 자신이 처한 시대 상황과 밀접한 관련을 맺고 있다. 경제가 고속 성장하고 극단적으로 세계화가 진행된 오늘날의 현대인들은 책을 옛날처럼 중시하지 않는다. 인터넷 정보의 팽창과 전자 서적의 실험이 아마도 종이책의 발전 추세를 능가하고 있는 듯하다. 솔직히 말해 나도 컴퓨터나 휴대폰으로 독서를 해본 경험이 있다. 책과 첨단 기술의 결합은 신선한 현상이다. 그처럼 두꺼운 책이 손바닥 위에 작게 압축된 모습은 인류의 과학기술 진보상을 대표한다고 할 만하다. 그러나 키보드와 화면으로 접촉하는 페이지의 감촉, 컴퓨터 시스템처럼 한 줄씩 글자를 찾는 방식, 그리고 한 글자씩 문자를 읽어나가는 방식은 괴로운 일임에 틀림없다. 손으로 책을 들고 읽어나가는 안정감이 없고 종이와 잉크의 향기도 없다. 손바닥 안 화면에서 반짝이는 문자의 냉기가 사람을 엄습해온다. 아마도 조만간 인간의 두뇌도 컴퓨터로 대체될 듯하다. 나는 장서표 수집가 중에서는 수구적인 보수파에 속한다. 나는 장서표가 만약 '책' 자체를 이탈한다면 그것이 기법상에서 얼마나 정밀하고 뛰어나든 또 예술 창작 면에서 얼마나 독창적인 경지에 도달했든 상관없이 다른 예술 매개체와 별다른 차이가 없는 한갓 장식예술품에 불과하다고 생각한다. 그러나 나는 어떤 형식의 장서표 작품이든 배척하지 않으며, 연대, 기풍, 주제도 구분하지 않고 오직 소장의 주안점만 다르게 파악할 뿐이다. 이처럼 폐부에서 우러나온 나의 순수한 말도 어쩌면 듣는 사람에 따라선 앞뒤가 모순된다고 느낄 수 있으며, 다른 사람의 민감한 심정을 건드릴 수도 있다. 하지만 예술은 이처럼 반복무상, 흑백전도의 과정일 수 있으므로 소장자는 그런 변화에 아무 손도 쓸 수 없다.

내가 소장하고 있는 외국 장서표는 19세기 말에서 20세기 초까지의 문인과 지식인의 장서표가 대표적이다. 나는 이 책에 소장품 중 19세기 말에서 지금까지 통용된 유럽 각국의 각 시기별 장서표 200매를 수록했다. 구도와 주제 등이 모두 책의 내용과 밀접하게 관련된 것들이다. 장서표 주인으로 디킨스Charles Dickens(1812~1870), 엘리엇Thomas Stearns Eliot(1880~1965)과 같은 대문학가도 있고, 영국 독서협회나 작가클럽 등과 같은 독서단체에 속해 있거나 대학이나 국가 또는 지역 공공도서관에 속해 있는 사람도 있다. 심지어 개인 도서관의 장서표 일부도 내가 소장하고 있고, 구미의 저명한 대학과 기관의 이름도 내 장서표와 떼려야 뗄 수 없는 인연을 맺고 있다. 가장 소홀히 취급할 수 없는 것은 장서가의 개인 장서표인데 이것들은 대부분 개인의 서재에서 사용하려고 자체 제작한 작품이다. 장서가라면 잘 알고 있을 미국 장서가 에드워드 뉴턴Edward Newton(1864~1940)의 장서표가 이를 대표한다. 이와 쌍벽을 이루는 것으로는 저명한 장서가 베벌리 추Beverly Chew(1850~1924)의 장서표도 있다. 해독한 100편의 장서표 중에 미국 황금세대 5대가의 대표작이 1/3을 차지한다. 내 나름의 유리한 조건 덕분에 나는 근래 몇 년간 5대가(19세기 말에서 20세기 초까지 미국의 장서표 발전에 공헌한 다섯 사람을 일컫는다. 시드니 스미스, 아서 맥도널드, 에드윈 프렌치, 조지프 스펜슬리, 윌리엄 홉슨을 가리킨다.—옮긴이)의 작품들을 구입할 수 있었다. 관련 자료를 찾기도 쉬웠고 문장도 영어로 쓰여 있어서 읽기도 쉽고 연구·해독하기에도 편리했다. 장서표에서 언급하고 있는 지명은 심지어 내가 미국에 있을 때 가본 곳이거나 사람들과 어깨를 부딪치며 걸어본 곳이어서 아주 친근했고 또 운명의 장난 같은 느낌이 들어 감탄을 금치 못하곤 했다. 사방 한 치 정도 되는 작은 장서표를 보며 나는 여러 해 전의 기억을 다시 되살릴 수 있었다.

이 100편의 장서표 해독문은 내가 근래 몇 년간 서구 장서표를 감상하면서 기록한 마음의 여적餘滴이다. 책에는 또한 내가 국내외 장서표 발달과정에서 보고 들은 몇 가지 비애의 내용도 담겨 있다. 비애가 마음 깊은 곳에 침전되었을 때 이를 토로하지 않으면 슬픔을 풀 길이 없다. 이제 이런 내용을 전부 한 권의 책으로 묶어 독자 여러분과 공유하고자 한다. 이 책

마지막에는 부록으로 글 세 편을 수록했는데, 앞의 두 편은 장서표 소장 입문을 돕는 안내 성격의 글이다. 몇 년간의 소장 경험을 담은 내 이야기가 장서표 초급 소장가나 장서표에 막 흥미를 갖기 시작한 이들에게 장서표라는 신비한 전당으로 들어가는 입구의 역할을 하면 좋겠다. 세 번째 글은 내가 2010년 여름 터키 이스탄불에서 열린 제33회 세계장서표대회에 참가하면서 쓴 수필이다. 현장에 가서 직접 장서표를 교환할 기회를 얻지 못한 이들을 위해 대회 3일간의 인문적 정취를 기록했다.

01

Howard Nicholas Eavenson

나는 광산의 왕이다

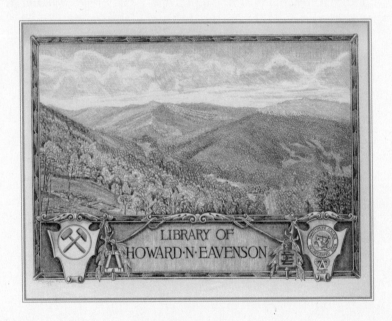

존 제임슨 • 미국 • 11×6cm • 1931년

책 도둑의 최후는 교수형뿐이라네

장서표 주인 이븐슨Howard Nicholas Eavenson(1873~1953)은 1895년 미국 필라델피아 주 스워스모어대학교Swarthmore College 지질공학과를 졸업했다. 이 때문에 장서표 오른편 아래에 이 대학의 문장紋章이 인쇄되어 있다. 장서표 왼쪽의 망치와 도끼 문양은 이븐슨이 종사한 광산 산업과 연관된 것이다. 그는 일찍이 피츠버그 주에서 엔지니어링 컨설팅 회사를 경영한 적이 있고 또 켄터키 주 할런Harlan 카운티에서 석탄 채굴 회사를 운영하기도 했다. 1931년 할런 카운티에서 대규모 파업 사태가 일어나 4,000명에 달하는 노동자가 이 파업에 참여했다. 이후 노사 양측의 유혈 충돌이 끊임없이 이어졌다. 오늘날까지도 할런 카운티에서는 여전히 이와 관련한 시비가 그치지 않고 있다.

장서표 그림의 배경을 보면 장서표 주인이 할런 카운티 산꼭대기에서 끝없이 이어진 산맥과 골짜기에 있는 자신의 탄광을 굽어보는 느낌이 든다. 이 장서표는 1931년 미국의 황금세대 작가의 한 사람인 존 제임슨John W. Jameson(1882~1939)이 디자인하여 만들었다(왼쪽 아래 구석에 서명이 있다). 1931년 대파업은 이븐슨의 사업에 틀림없이 영향을 끼쳤을 것이지만 이 장서표 배후에 다른 의미가 숨어 있는지는 알 수 없다. 이븐슨은 1942년《미국 석탄 산업의 첫 번째 세기와 분기The first century and a quarter of American coal industry》라는 책을 썼다. 이 책에서 그는 미국 광업계의 근대적 발전 전체 과정을 처음으로 상세하게 개괄했다. 이븐슨은 미국 광업사에 자신의 이름을 남겼다. 후인들은 더 많은 청년들로 하여금 그를 본받을 수 있도록 그의 이름을 따서 '이븐슨 상Eavenson Prize'을 제정했다.

02

Flora Neil Davidson

꽃의 여신을 위하여

존 제임슨 • 미국 • 8×6cm • 1936년

책 도둑의 최후는 교수형뿐이라네

플로라 데이비슨Flora Neil Davidson(1879~1935)은 충실한 애서가로 19세기 말부터 20세기 초까지 미국 위스콘신대학교University of Wisconsin의 도서관 직원으로 재직했다. 그녀가 남겨놓은 자료를 통해 우리는 그녀가 독서와 장서 과정을 스스로 즐기면서 시, 수필, 일기를 썼을 뿐 아니라 자신이 읽은 책과 문장에 관한 수필, 독서 목록, 독서 요약 노트를 모두 세밀하게 분류하여 책으로 장정까지 해놓았다는 사실을 알 수 있다. 또한 데이비슨은 여행가이기도 하다. 그녀의 여행 일기에는 그녀가 가본 곳에 대한 아름다운 추억이 기록되어 있다. 예를 들면 어떤 일기에는 1929년 그녀가 뉴잉글랜드 지방을 여행할 때의 경험이 사진과 함께 자세히 기록되어 있다.

장서표 그림 속에 펼쳐놓은 책이 어쩌면 데이비슨의 여행 일기 중 하나일지도 모르겠다. 책 왼쪽의 사진에 따른 오른쪽의 감상 글에는 장서표 주인 특유의 세밀하고 낭만적인 정감이 표현되어 있을 것이다. 싱싱한 꽃을 꽂아놓은 꽃병이 그 문장들을 가리고 있는데, 이는 몰래 이 글을 훔쳐보려는 사람들에게 이 책은 비록 펼쳐져 있지만 개인 일기이므로 주인의 프라이버시를 존중해달라는 사실을 암시하는 것 같다. 일기장 왼편의 고양이 상은 주인을 위해 책을 지키는 호위무사다. 데이비슨의 이름 '플로라 Flora'는 라틴어로 그리스 신화에 나오는 '꽃의 여신'이란 뜻이다. 이 장서표를 그린 화가 존 제임슨은 그 의미를 잘 알고 장서표 주인에게 신선한 꽃 한병을 선물했다. 책을 사랑하는 여인과 꽃의 여신은 더없이 잘 어울리는 배합이다. 일기장 뒤에 꽂혀 있는 몇 권의 책에는 예술, 여행, 스코틀랜드 부족, 자서전, 장서표 등의 제목이 적혀 있다. 이것은 장서표 주인의 평소 취미를 주석처럼 달아놓은 것이다.

Edward Wyllys Andrews IV

고고학자의 장서표

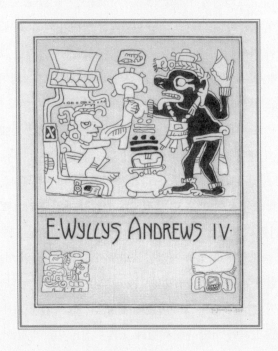

존 제임슨 • 미국 • 10.5×8.5cm • 1934년

책 도둑의 최후는 교수형뿐이라네

이 장서표의 주인은 미국 고고학자 에드워드 앤드루스 4세Edward Wyl-
lys Andrews Ⅳ(1916~1971)이다. 그는 미국 혹은 전 세계에서도 몇 안 되는 마
야 문명 연구자다. 앤드루스는 1933년 시카고대학교에 입학했고 그후 하
버드대학교로 옮겨가서 1942년 그곳에서 박사학위를 받았다. 21세 때 그
는 이미 마야 상형문자에 관한 다섯 편의 논문을 발표했다. 제2차 세계대
전 기간에 앤드루스는 많은 청년들과 마찬가지로 해군으로 복역했고 전쟁
후 CIA 직원으로 채용되었다. 그러나 몇 년 후 다시 전공을 살려 고고학을
연구하기 시작했다. 앤드루스는 일생의 심혈을 모두 마야의 기층문화 연
구에 쏟아부었다. 그가 참가한 고고학 발굴 작업 중에서 지금의 멕시코 유
카탄 반도에 위치한 치빌찰툰Dzibilchaltun 유적지 발굴이 그 역사적 가치를
가장 높게 평가받고 있는데, 이는 고고학사상 일대 기적이라고 일컬어진
다. 이 발굴은 거의 12년 동안 지속되었는데, 다량의 출토 유물을 바탕으로
마야인이 이 지역에서 장장 3,000년 동안 거주했음이 밝혀졌다.

Samuel W. Vose

모든 것은
그리스도 안에서 결합되나니

존 제임슨 • 미국 • 12×7cm • 1932년

맥마스터대학교McMaster University는 1887년에 설립되었다. 캐나다 온타리오 주 해밀턴Hamilton 시에 위치해 있고 교수와 학생 총수가 대략 2만명 정도다. 개교 초기에는 캐나다에서 유명한 침례교 대학이었다. 대학설립자는 캐나다 상원의원이자 은행가인 윌리엄 맥마스터William McMaster(1811~1887)이다.

이 장서표의 핵심은 바로 아치형 문 위에 그려진 문장이다. 이것은 바로 캐나다 맥마스터대학교의 마크인데 1930년 10월 스코틀랜드 에든버러 Edinburgh 시 레온 훈장부에서 특별히 이 대학에 수여한 휘장이다. 투구와 교시校是로 구성되어 있다. 교시는 그리스 문자로 파도형 띠 위에 쓰여 있다.

ΤΑΠΑΝΤΑ ΕΝ ΧΡΙΣΤΩΙ . ΣΥΝΕΣΤΗΚΕΝ

대략 '모든 것은 그리스도 안에서 결합되나니All things cohere in Christ'라는 뜻이다. 출전은《신약성서》〈골로새서〉이다. 교시의 뜻과 설립자 맥마스터가 제창한 '그리스도를 배우는 학교'라는 건학 이념이 잘 맞아떨어지고 있다. 그리스 문자로 쓴 교시는 흔히 볼 수 있는 것이 아니다. 보통 서구 대학의 교시는 영어 외에는 대부분 라틴 문자로 되어 있다. 이는 중세 대학의 기원 시기에 라틴 문자가 그리스 문자에 비해 더욱 주도적인 위치를 점하고 있었음 말해준다. 그런데 맥마스터대학교에서 교시로 그리스 문자를 선택한 것은 대학 설립자가 그리스 문명 및 기독교 교리를 개인적으로 숭배하고 있었기 때문이다. 교시 아래에는 나무 한 그루와 사슴 한 마리가 있다. 이 두 가지는 맥마스터의 개인 휘장徽章을 조합한 것이다. 동시에 이것은 맥마스터대학교의 전신인 토론토

침례교대학교의 마크이기도 하다. 중세에는 휘장 하나와 기사 투구 하나를 화환花環으로 연결하여 기사의 역량이 한데 모였음을 상징했다. 이와 유사한 표지가 없으면 기사의 휘장을 인정할 방법이 없었다. 둥그런 꽃 모양 장식 띠는 기사의 투구와 갑옷 뒤에 걸치는 망토를 상징하는데, 여기에는 작은 유래가 있다. 망토는 십자군 원정 때 동방의 작렬하는 태양을 가리기 위해 사용되었다. 투구의 앞쪽 가리개를 위로 당겨서 열면 전형적인 대학 휘장 스타일로 변한다. 방패에는 머리를 쳐들고 날개를 펼친 독수리가 그려져 있고, 이는 초월적인 의미를 나타낸다. 마치 하늘 위에서 불타오르는 정오의 태양을 응시하고 있는 듯하다. 독수리 가슴의 십자가는 이 학교에서 중요한 위치를 점하고 있는 기독교를 대표한다. 펼쳐놓은 책은 학생들의 공부를 격려하기 위해 대학 휘장에 흔히 그려 넣는 예술 부호의 일종이다. 양쪽의 단풍잎은 캐나다 특산 수목으로 여기에서는 온타리오 주가 맥마스터대학교에 수여한 특허권을 가리킨다.

장서표 주인 새뮤얼 보스Samuel W. Vose(1900~1996)는 겉으로는 교회식 의상을 입고 등불 아래에서 열심히 공부하는 학자처럼 보인다. 이 장서표는 루스 스완슨 보스Ruth Swanson Vose(1901~1999)가 디자인하여 1932년에 완성한 동판 인쇄품이다. 성명으로 추정해보건대 장서표 디자이너 루스와 장서표 주인 새뮤얼은 혈연관계인 듯하다.(새뮤얼은 루스의 남편이다.―옮긴이) 루스는 여성 이름이다. 그녀는 어머니나 누나와 같은 연장자의 신분으로 가족을 위해 장서표를 설계하여 아랫사람들이 학업을 성취하고 인재로서 성공하기를 희망했을 것이다. 이 장서표에는 존 제임슨의 친필 사인이 있다. 이를 보더라도 그와 보스 가족의 관계가 보통 이상이었음을 알 수 있다.

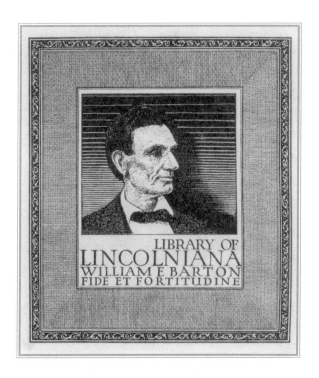

링컨도서관Library of Lincolniana ● 미국 ● 9×8cm

모든 것은 그리스도 안에서 결합되나니

Indiana State Library

인디애나 주립도서관의 장서표

윌리엄스 버포드 • 미국 • 석판 • 10×10cm

인디애나 주립도서관Indiana State Library은 1825년에 설립되었다. 개관 초에는 주 정부 공무원 및 정부 소속 노동자들에게만 개방하다가 그후 점차 일반인들에게도 개방을 확대했다. 이 장서표는 미국에서 아주 오랜 역사를 지닌 버포드 인쇄소Burford Printing Co.의 대표 윌리엄스 버포드Williams B. Burford가 디자인했다. 1864년에 버포드 인쇄소가 정식으로 설립되자, 1865년에 윌리엄스는 아버지로부터 회사를 인수했는데, 1875년에 이르러 회사의 규모가 상당히 확장되었다. 이 회사는 지금까지 100여 년의 시간 동안 발전해오면서 미국에서 장기간 도산하지 않은 최대 인쇄 기업의 하나가 되었다. 이 장서표는 인디애나 주 심벌을 사용하고 있다. 장서표 위쪽에는 검색번호와 등록번호를 쓸 수 있는 공간을 마련하여 실용성을 더욱 강화했다. 가장 아래쪽의 디자이너 이름 뒤에 줄여 쓴 'Lith Inds'는 각각 'Lithography(석판인쇄)'와 'Indiana(인디애나)'를 나타낸다. 버포드 인쇄소의 강점은 바로 석판인쇄술이다. 이 장서표의 초고도 석판인쇄를 한 후 다시 라인플레이트line plate, 線畵版 방식으로 다량 제작하여 도서관의 수요를 만족시켰다.

작가클럽

조지 에드워즈 • 미국 • 12×9cm • 1897년

책 도둑의 최후는 교수형뿐이라네

일찍이 19세기에는 '사교社交'란 말이 아직 등장하지 않았다. 그러나 이미 현실에서는 문인들이 '사교'의 의미를 그들의 창작생활 속에 녹여 내고 있었다. 각 계층에 적합한 각종 문학 살롱과 문학 단체가 성행하면 서 런던에만 거의 500여 개에 가까운 클럽이 생겼다. 수많은 명망가와 명 문 출신 인사들이 여러 개의 클럽에서 회원으로 활동했다. 사실 모든 작가 가 어떤 클럽에라도 소속되어 있었다. 이 장서표는 바로 100여 년의 역사 를 가진 영국의 저명한 문학 단체 '작가클럽Authors' Club' 도서관에서 사용 하던 것이다. '작가클럽'은 1891년 런던에서 소설가 월터 베선트Walter Be-sant(1836~1901)에 의해 창립되었고, 본래 영국 작가협회에 소속된 자매 기 구였다. 이 클럽에서는 남녀 작가를 불문하고 모두 회원으로 받아들여 그 들에게 회합과 사교 모임 장소를 제공했다.

1892년 이 클럽에서는 첫 번째 정식 상견회를 개최했다. 출석한 회원 중에는 문단의 거장들이 적지 않았다. 예를 들면 윌리엄 서머셋 몸William Somerset Maugham(1874~1965), 제롬 K. 제롬Jerome K. Jerome(1859~1927), 에드 워드 포스터Edward M. Forster(1879~1970) 등이 그들이다. 우리가 잘 알고 있 는 아서 코넌 도일Arthur Conan Doyle(1859~1930)도 이 클럽의 회장을 여러 해 동안 지냈다. 그는 흥이 나면 방금 탈고한 원고, 즉 아직 공개하지 않은 원 고를 클럽으로 들고 와서 다른 회원들에게 낭독하기도 했다. 몇 명의 회원 이 이런 행복을 누렸는지 알 수 없지만 아마도 '셜록 홈스'의 팬이 그들 중 에서 가장 먼저 생겨나지 않았을까. 작가클럽은 당시에 회원 가입 자격이 매우 까다로웠다. 회원이 되려면 반드시 적어도 정장본 저작 한 권은 출간 해야 가입 신청을 할 수 있었다. 물론 지금은 그 까다로운 규칙이 많이 바

작가클럽

꿰어서 문학 창작과 관련된 사람이라면 모두 회원으로 가입할 수 있다. 심지어 출판상, 서적 위탁 판매상, 기자 등도 회원으로 등록되어 있다. 여러 해 동안 이 클럽의 수많은 회원이 눈앞을 스쳐가는 구름처럼 총총히 사라져갔고, 또 새로이 등장했다. 예를 들면 오스카 와일드Oscar Wilde(1854~1900), 윈스턴 처칠Winston Leonard Spencer Churchill(1874~1965)에서부터 현재의 인디아 나이트India Knight(1965~ , 영국의 여성 저널리스트 겸 소설가—옮긴이), 앤드루 오헤이건Andrew O'Hagan(1968~ , 영국의 소설가 겸 논픽션 작가—옮긴이) 등에 이르기까지 많은 회원이 교체되었다. 지금도 이 클럽에서는 많은 문학상을 수여하고 있다. 작가클럽 최우수 신인 소설상The Authors'Club First Novel Award, 돌먼 최우수 여행 도서상The Dolman Best Travel Book Award, 배니스터 플레처 최우수 예술 건축 도서상The Banister Fletcher Award for the best book on art or architecture 등이다. 1976년 작가클럽은 예술클럽The Arts Club과 합쳐졌다.

작가클럽에 도서관이 있는 건 너무나 당연하다. 이 장서표는 1897년 미국 인상파 화가 겸 삽화가 조지 에드워즈George W. Edwards(1859~1950)가 제작했다. 책상에 엎드려 글을 쓰던 지자智者가 창밖 대자연의 각종 풍경에 유혹되어 자기도 모르게 펜을 멈추고 창밖을 바라보고 있다. 이 그림을 보면서 아마도 작가들은 문학 창작이 인생의 전부가 아니므로 때때로 고개를 돌려 창밖의 대자연을 바라보거나 혹은 직접 대문을 나서서 자연의 진정한 모습을 대면해야 한다는 사실을 깨달을 수 있을 것이다. 그것은 문학가나 예술가라면 필수적으로 갖춰야 할 품성의 하나다.

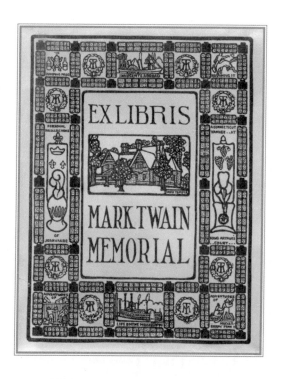

마크 트웨인Mark Twain(1835~1910) 기념 장서표 •
미국 • 16×11cm • 1940년

작가클럽

07

Frank Roy Fraprie

사진가의 장서표

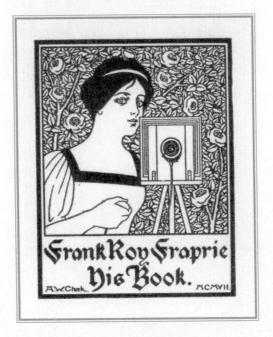

Frank Roy Fraprie
His Book.
A.W.Clark. MCMVII.

클라크 • 미국 • 12×10cm • 1907년

책 도둑의 최후는 교수형뿐이라네

사진 부문은 장서표에서 아주 작은 곁가지로 아직 독립된 주제로서의 지위를 획득하지는 못하고 있다. 사진기 등과 같은 소품이 장서표에 등장했다면 이는 의심할 여지없이 장서표 주인의 직업이나 취미와 관련된 것이다. 예를 들면 20세기 초에 미국에서 발행된 이 장서표의 주인은 바로 미국을 포함해 국제 사진출판계의 유명 인사인 사진가 프랭크 로이 프래프리Frank Roy Fraprie(1874~1951)다. 그가 출판한 사진 관련 저서와 잡지는 미국 사진 역사에서 매우 중요한 역할을 해왔다.

1866년 프래프리는 자신의 첫 번째 사진기를 갖게 된다. 10여 년 후 그는 《사진 시대 잡지Photo-Era Magazine》라는 잡지의 편집 업무를 담당한다. 그리고 《미국 아마추어 사진가The American Amateur Photographer》 잡지사에서 근무할 때는 운 좋게도 이 잡지 주식의 일부를 소유하게 되었다가 결국에는 잡지사의 대표에까지 오른다. 그의 또다른 직함은 《미국 사진American Photography》 잡지의 편집장이다. 1913년 보스턴카메라클럽Boston Camera Club이 재정 위기에 처했을 때 프래프리와 다른 관리자들이 자금을 출연하여 이 클럽을 거의 10여 년간 더 유지했다. 동시에 그는 미국 사진협회Photographic Society of America와 영국 사진협회The Royal Photographic Society에서 수여하는 명예회원 칭호를 획득했다. 프래프리는 사진의 역사와 관련해서도 자신만의 확고한 견해를 갖고 있었는데, 그의 생전에는 사람들이 미처 이를 알지 못했다. (나는 전문가가 아니어서 이 점을 명확하게 얘기할 수는 없지만) 그는 몇 천 종의 프랑스식 은판 사진과 사진판을 소장했다고 한다. 세상을 떠나기 전까지 프래프리는 프랑스식 은판 사진 기법에 관한 전문 저서를 쓰고 있었다.

이 장서표는 미국인 클라크A. W. Clark가 디자인한 걸작 중 하나다. 그 밖에 "나는 애서가다(I am a bookman)"라는 제목이 붙은 장서표도 그의 또다른 우수작으로 인정받고 있다. 장서표 오른쪽 아래에는 로마숫자로 MCMVII가 써 있는데, 이는 1907년이란 뜻으로 장서표의 제작 연도를 말한다.

비상하는 비둘기 • 록웰 켄트Rockwell Kent(1882~1971) •
미국 • 8×7cm • 1941년

도서관 기부자를 위한 장서표

시드니 로턴 스미스 • 미국 • 12×9cm • 1918년

뱅고어 시는 미국 메인 주에서 세 번째 큰 도시로 175년의 역사를 갖고 있다. 이곳에 위치한 뱅고어 공립도서관은 1883년에 설립되었다. 전신은 뱅고어 기계협회Bangor Mechanic Association 부설 도서관이다. 1883년, 상인 새뮤얼 허시Samuel F. Hersey(1812~1875)가 죽기 전에 기부한 10만 달러의 자금을 이용하여 뱅고어 시 정부에서 이를 공립도서관으로 개조했다. 현재 도서 및 각종 자료 총 50만 권이 소장되어 있고 도서관 정식 회원은 3만여 명이다. 장서표 중앙의 인물은 뱅고어 공립도서관 기금Bangor Public Library Fund 기부자 중 한 사람인 루서 피어스 상교Luther H. Pierce(上校, 중령과 대령 사이의 영관급 장교를 말한다.—옮긴이)다. 미국의 남북전쟁이 끝난 후 그는 목재 상인으로 변신하여 고향 발전을 위해 자금을 기부했다. 1918년을 전후하여 뱅고어 공립도서관에서는 피어스 상교 이름으로 기금을 설립하고, 아울러 미국 장서표 황금세대 대표자 중 한 사람인 스미스에게 피어스 상교의 공로를 기념하는 장서표 제작을 의뢰했다. 물론 피어스 상교 한 사람의 재력만으로는 공립도서관을 정상적으로 운영할 수 없었다. 나는 다른 여러 인사 명의의 도서관 기금을 기념하기 위해 제작한 장서표를 더 갖고 있다. 새뮤얼 허시, 존 패튼John F. Patten, 힐 부부Frederick W. Hill & Marianne Hill 등이 그들이다. 1925년, 피어스 상교의 후배들은 그가 도시에 기여한 공로를 기려 뱅고어 시에 기념비를 세웠다.

장서표 중앙의 인물상 위에는 1834년 2월 12일에 뱅고어 시가 출범할 때 사용한 옛 상징 문양이 있다. 이 심벌은 메인 주의 심벌과도 같은 모양이다. 이후에는 뱅고어 시만의 독립된 심벌을 제작해 사용했다. 당시 신흥 소도시였던 이 도시의 이념과 설계는 모두 보스턴의 것을 참조했다. 이 장서표 또한 당시 보스턴에서 생활하던 미국 장서표 황금세대 대표자의 한 사람인 시드니 로턴 스미스Sidney Lawton Smith(1845~1929)가 판화로 판형을 만들었다. 그는 평생토록 200여 장의 장서표를 제작했다. 특히 여러 기관을 위한 장서표를 많이 만들었다. 장서표 왼쪽 아래의 'S.L.S.'는 제작자의 이니셜이고, 'June 1918'은 이 장서표가 1918년 6월에 제작되었음을 가리킨다.

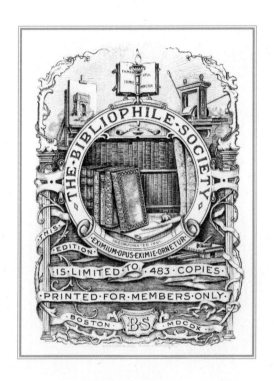

보스턴 장서가협회 •
조지프 스펜슬리Joseph W. Spenceley(1865~1908) • 미국 • 1901년

은혜로운 자선가를 위한 장서표

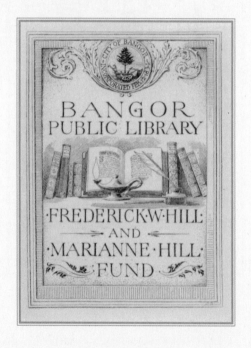

시드니 로턴 스미스 • 미국 • 11×8cm • 1910년

책 도둑의 최후는 교수형뿐이라네

1910년을 전후하여 뱅고어 공립도서관에서는 힐 부부 기금을 설립하고 아울러 미국 장서표 황금세대 대표자 중 한 사람인 스미스에게 장서표 제작을 의뢰하여 힐 부부가 도서관에 기여한 공로를 기념하고자 했다. 힐 부부는 사후에 뱅고어의 160여 년 역사를 가진 마운틴 호프 묘지Mt. Hope Cemetery에 묻혔다. 남편 힐은 자선가였다. 그는 자신의 은행 자산을 뱅고어 공립도서관과 메인대학교 및 이스트메인 의료센터에 기부했다.

John W. Farwell

지도 애호가의 장서표

시드니 로턴 스미스 • 미국 • 10×7cm • 1906년

이 장서표 상단 지도는 지리학자이자 지도 제작자이며 지도책 창시자로 공인된 아브라함 오르텔리우스Abraham Ortelius(1527~1598)가 1570년에 그린《지구의 무대Theatrum Orbis Terrarum》지도책 중 서반구 부분이다. 장서표에는 남미, 북미, 아프리카의 육지 및 대양이 포함되어 있다.

지도 아래에 앉아 있는 두 사람은 이탈리아 항해가다. 왼쪽은 탐험가 존 캐벗John Cabot(1450~1498)이다. 그는 1497년 함대를 이끌고 항해에 나섰다가 뜻밖에도 신대륙을 발견했다. 그는 본래 그곳을 아시아 대륙 동해안으로 여겼지만 사실 그곳은 북미 대륙이었다. 이 때문에 어떤 사람은 그가 콜럼버스보다 더 일찍 북미 대륙에 도착했다고 인정하기도 한다. 오른쪽에 앉아서 깊은 생각에 잠겨 있는 사람은 또다른 이탈리아 항해가 콜럼버스 Christopher Columbus(1451~1506)다. 두 사람 사이의 빈 공간은 아마도 장서표 주인 존 파웰John W. Farwell을 위한 자리인 듯하다. 세계 최초의 지도, 지구의, 측량 도구, 그리고 두 명의 세계적인 탐험가가 장서표 주인의 이름과 조화를 이루고 있는 것을 볼 때, 이 장서표의 주인이 미국 초기 지도학 애호가임을 알 수 있다.

이 장서표는 입센L. S. Ipsen이 디자인했고, 당시 보스턴에서 생활하던 미국 장서표 황금세대 대표자의 한 사람인 시드니 로턴 스미스가 판화로 제작했다.

Henry F. Tapley

오랜 친구와 오랜 책

시드니 로턴 스미스 • 미국 • 10×7cm • 1897년

이 장서표는 회고의 색채가 짙다. 천사 같은 어린아이가 꽃밭에서 하늘을 바라보며 큰 책을 펼쳐 들고 있다. 펼쳐진 페이지에는 장서표 주인의 좌우명이 쓰여 있다. 구절이 간단한 듯하면서도 'old'라는 심오한 의미의 단어가 포함되어 있다. 이 또한 영어와 중국어가 구별되는 지점이다. 하나의 영어 단어라도 의미에 따라 몇 개의 중국어 단어로 번역될 수 있지만 구체적인 뜻은 상이한 언어 환경 속에서 분석해야 한다. 장서표 주인 헨리 테플리Henry F. Tapley는 감수성이 예민하고 정이 깊은 사람인 듯하다. 그에게서 멀어진 과거의 사물일수록 더욱더 아쉬워하고 그리워하는 것으로 보인다. 오랫동안 만나지 못한 옛 친구를 다시 만나 회포를 풀고 싶은 건 당연한 이치다. 숲속의 옛 길은 이제 다시 걸어보지 않으면 아마도 잊힐 것이다. 아무도 경작하지 않는 땅은 황폐해진다. 땔감을 해오면 불을 피울 수는 있지만 그것을 오래 방치해두면 곰팡이가 낀다. 서가에 방치해두고 오랫동안 빼보지 않은 책은 애독가에게 안타까운 마음을 불러일으킨다. 전에 읽은 적이 있는 오래된 책도 다시 펼쳐서 읽다 보면 그것에서 전해오는 느낌이 이전과 완전히 같다고는 할 수 없다. 책은 테플리의 친구와도 같다. 오래된 책은 친한 벗과 같다. 책을 읽을 때는 숲속을 천천히 산보하는 듯한 느낌이 든다. 또 때로는 넓은 들판을 활보하는 듯한 느낌도 든다. 그러나 오래 소장만 하고 읽지 않은 책은 흡사 땔감을 때지 않아서 곰팡이가 핀 마른 나무 같은 느낌이 든다.

장서표 주인 이름의 왼편에 있는 세 글자 'S.L.S.'는 바로 미국 장서표 황금세대 5대가의 한 사람인 시드니 로턴 스미스의 이니셜이다. 이름 아래 '97'은 이 장서표가 제작된 1897년을 가리킨다.

Sallie W. Hovey

자라투스트라는 이렇게 말했다

장서표 주인_샐리 허비 • 미국 • 11×9cm • 1918년

책 도둑의 최후는 교수형뿐이라네

19세기 말부터 20세기 초까지 서구 장서표 중에 'Lady Bookplate' 즉 '여성 장서표'가 점차 눈에 띄기 시작했다. 여성들의 위상이 높아짐에 따라 각 영역에서 여성의 역할이 남성과 평등해지는 방향으로 나아갔다. 이 장서표의 가느다란 촛대와 아래쪽에 가득 그려진 나팔꽃은 모두 여성의 부드러운 일면을 상징하는 부호다. 장서표 주인 샐리 허비Sallie W. Hovey(1872~1932) 여사는 미국 뉴햄프셔 주 전국여성당National Woman's Party 의 장이었다. 허비는 미국 여성의 지위를 높이기 위해 1923년 뉴잉글랜드 지역 여성 대표 10명을 인솔하고 워싱턴으로 가서 여성과 남성의 동등한 권리를 주장하는 '남녀평등 헌법수정안ERA, Equal Rights Amendment'을 국회에 제출했다. 그러나 이 법안은 1924년 이후 거의 50년 동안 여러 차례 부결되다가 1972년에 이르러서야 상원과 하원의 표결을 통과했다. 그러나 결국 충분한 만큼의 주州에서 비준을 받지 못해 1982년 결국 폐기되고 말았다.

허비의 장서표에 여러 종류의 예술적인 언어가 스며들어 있는 것은 그녀가 그 시대 여성 중에서 비교적 일찍 새로운 사상과 접촉하여 유럽 현대철학의 영향을 깊이 받고 진보적 여성으로 활동했기 때문이다. 니체Friedrich Wilhelm Nietzsche(1844~1900)의 출현은 19세기 말 인류 철학사의 전환점이었다. 허비는 니체의 이름과 대표작《자라투스트라는 이렇게 말했다Also sprach Zarathustra》를 자신의 장서표 맨 위에다 봉헌하고 있는데, 니체를 숭앙하는 그녀의 마음이 잘 드러나 있다. 그 아래에는 니체의 명언 절반을 인쇄해 넣었다. "춤추는 별을 잉태하려면to give birth to a dancing star." 사람들이 모두 순박한 진리로 돌아가려면 우주의 혼돈 속에서 자아를 찾고 모든 잠재능력을 충분히 발휘해야 한다. 니체는 생전에 춤에 미쳤다. 그는 춤이야

자라투스트라는 이렇게 말했다

말로 인류가 자신의 영혼을 드러내고 표현하는 가장 진실한 형식이라고 인식했다. 철학하는 사람이 만약 격정과 자유를 잃어버리면 어떤 새로운 이념도 구상할 수 없으므로 철학자는 춤을 사랑해야 한다. 허비가 이 구절을 인용한 것은 아마도 여성의 비천했던 지위를 그냥 보아 넘길 수 없었기 때문일 것이다. 그녀는 당시의 여성을 속박에서 벗어나 막 탄생하려는 춤추는 별에 비유하고 싶었음에 틀림없다.

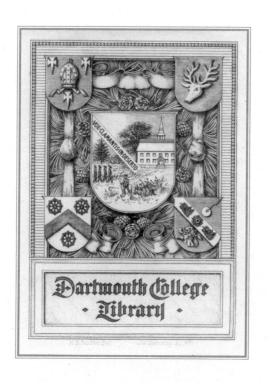

다트머스대학교도서관Dartmouth College Library •
조지프 스펜슬리 • 미국 • 10×8cm • 1907년

자라투스트라는 이렇게 말했다

Jack Edouard Diamond

링컨 신드롬

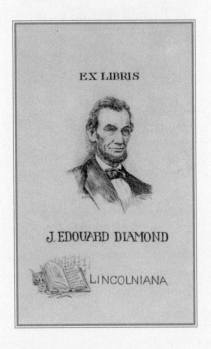

맥도널드와 시몬스 공동 제작 • 미국 • 15×12cm • 1941년

책 도둑의 최후는 교수형뿐이라네

1941년 미국의 판화가 아서 맥도널드Arthur MacDonald(1866~1940)와 윌리엄 시몬스William Simmons(1884~1949)는 힘을 합쳐서 미국의 수집가 잭 다이아몬드Jack Edouard Diamond를 위해 링컨Abraham Lincoln(1809~1865)의 얼굴을 그려 넣은 장서표를 제작했다. 위인의 초상은 장서표 수집 주제 중 한 분파이고, 특히 링컨은 미국 장서표 역사에서 비교적 오랫동안 유행한 주제이기도 하다. 장서표 아래의 'Lincolniana'란 전용 명사는 특히 링컨과 관련된 책, 문서, 음악, 물품 등의 문물을 가리킨다. 19세기 말 미국에서는 링컨 대통령과 관련 있는 물품을 전문적으로 수집하는 일군의 수집광들이 나타났다. 1913년 미국의 수집가 앨프리드 파울러Alfred Fowler(1889~?)는 《링컨 장서표와 관련 소장품Lincolniana Book Plates and Collections》이란 책을 출간했다. 그는 이 책에서 자신이 어떻게 링컨 주제의 장서표를 수집하기 시작했는지 상세하게 서술하는 동시에 그와 관련된 경전 격의 장서표 작품을 여러 장 수록했다.

장서표 주인은 미국 아이오와 주 클리블랜드 시 출신의 잭 다이아몬드다. 그와 그의 부인 엘리자베스 다이아몬드Elisabeth W. Diamond는 20세기 미국 장서표 수집 대가들로 소장품이 셀 수 없을 만큼 많고 개인 장서 건물까지 보유하고 있으며, 또 클리블랜드에 소재한 히아신스 출판사Hyacinth Press의 창립자이기도 하다. 이 두 사람을 위해 장서표를 제작한 판화 명인은 부지기수일 정도로 많다. 이 장서표의 링컨의 머리 부분에도 'A.M.N.'이라는 아서 맥도널드의 이니셜이 적혀 있는 것으로 보아, 틀림없이 맥도널드가 디자인하고 제작한 것이다. 장서표의 하반부는 시몬스가 완성했다. 장서표 주인 이름 아래에 그려진 책에는 영어로 "Finished. Dear Mac. as you showed me, with your old graver, 1941, Will Simmons"이라는 문장이 쓰여 있다. 대략 "친애하는 맥, 장서표를 완성했네. 자네가 전에 내게 보여준 대로, 자네의 그 오래된 조각칼로 말이야. 1941년, 윌 시몬스"라는 뜻이다. 맥도널드는 매사추세츠 주 출신으로 20세기 초 미국 장서표 황금세대 5대가 중 한 사람이다. 그는 일찍이 목판 조각술을 익혔고, 그후 보석상에서 일하면서 동판과 은판 조각을 배웠다.

조지프 스펜슬리 • 미국 • 10×7cm • 1909년

14

메이플라워 사교클럽

아서 맥도널드 • 미국 • 10×8cm

책 도둑의 최후는 교수형뿐이라네

이 장서표의 주인 월터 프랫Walter Merriam Pratt(1880~1973)은 미국 역사학자다. 프랫 가문은 미국 매사추세츠 주 첼시 서쪽 교외 프랫빌Prattville의 명문가다. 1638년 조부 세대에서 토지를 구매해 온 마을을 소유했고, 아울러 가족의 성을 따다 마을 이름으로 붙였다. 장서표 오른쪽 밀 이삭 중간의 컴퍼스는 바로 이 가문이 미국에서 새롭게 생활을 시작한다는 표지다. 프랫은 역사학자로서 자신의 가문 및 그 주변의 인문 풍토에 대해 독창적인 연구를 진행했다. 그의 저작 몇 권, 예를 들면 1908년에 출간한《첼시 불타다The Burning of Chelsea》, 1930년에 출간한《일곱 세대: 프랫빌과 첼시 이야기Seven generations: a story of Prattville and Chelsea》, 1950년에 출간한《메이플라워 사교클럽The Mayflower Society house》같은 책에는 그의 가문 및 고향의 과거와 현재가 상세하게 기록되어 있고, 또 그의 조상이 어떻게 바다를 건너 북미 대륙으로 건너와 새로이 터전을 마련하게 되었는지도 구체적으로 기록되어 있다.《첼시 불타다》는 1908년 4월 12일, 프랫의 고향인 첼시의 작은 마을에서 유례없는 대화재가 발생해 온 마을이 완전히 불탄 일을 기록한 유일한 저작이다. 당시에 3,000동의 가옥이 순식간에 사라져서 2만 명의 주민이 돌아갈 집을 잃었으며 19명이 사망했다. 이 화재를 당시에는 '세기의 화재'라고 불렀다. 프랫의 이 책은 소방 부문에서 화재 관련 교재로 쓰이기도 했다. 장서표 주인은 라틴어 세 음절로 자신의 좌우명을 삼고 있다. "Omnia Possibilia Volenti." "원하면 모든 것이 이루어진다"라는 뜻이다. 장서표 중앙은 주인의 서재 모습으로 북미 이민자의 기풍이 농후하다. 서재나 손님 접대용 건물을 과시하는 장서표는 미국의 장서표 가운데서 큰 주제에 속한다. 장서표 주인은 자신의 사회적 지위, 호화로운 관저,

장서루 등을 과시하기 위해 화가를 불러서 이를 장서표에 그려 넣고 영원히 보존하고자 했다.

　장서표 사방은 밀 이삭으로 장식했고, 네 모서리에는 동전 모양의 휘장徽章이 각각의 의미를 담고 있다. 왼쪽 윗편의 휘장은 소도시 첼시 시의 상징 문양이다. 문양에는 "1624년 이민, 1739년 첼시 마을 성립, 1857년 첼시 시 성립"라는 의미의 문자가 새겨 있다. 첼시 시의 이름은 영국 런던의 첼시를 빌린 것이다. 시 상징 문양 중간의 작은 문자 'Winnisimmet'이 바로 첼시 시의 본래 이름이다. 오른쪽 위의 휘장은 저명한 '메이플라워호 사교클럽'의 상징 문양이다. 1620년 '신세계'를 동경하는 100여 명의 영국인이 미국 동해안으로 향하는 '메이플라워 호'에 승선했다. 그들은 마침내 미국 매사추세츠 주 플리머스Plymouth에 도착했다. 이 휘장의 핵심이 바로 '메이플라워 호'다. 그 주위에는 영국 이민자들이 1620년 플리머스에 정착했다는 내용이 기록되어 있다. 1897년 대형 증기기관선으로 개조된 '메이플라워 호'는 미국 해군이 구매하여 제1차 세계대전에도 투입했다. 장서표의 왼쪽 아래에는 미국 매사추세츠 주 식민전쟁협회의 휘장이 있다. 1620년 영국 이민자들이 정착한 후 1775년, 미국에서는 영국의 식민 지배를 반대하는 독립전쟁이 일어났다. 1893년은 바로 이 협회가 설립된 해다. 오른쪽 아래의 휘장은 미국독립전쟁장병협회 매사추세츠 분회가 1889년 최초로 설립될 때 사용한 옛 마크다. 이 협회는 1889년 4월 19일에 설립되어 1889년 4월 30일에 제1차 대표자대회를 개최했다.

조지프 스펜슬리 · 미국 · 10×8cm · 1899년

15

Arthur Adams

진리가 너희를 자유케 하리라

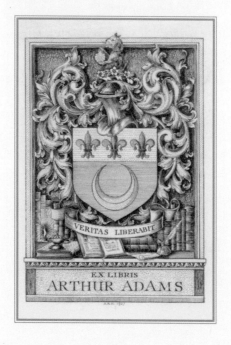

아서 맥도널드 • 미국 • 11×7cm • 1927년

책 도둑의 최후는 교수형뿐이라네

5~6년 전에 'Blogger.com'이란 인터넷 사이트에서 미국 장서표 수집가 제프Lewis Jaffe를 알게 되었다. 그가 운영하는 블로그의 이름은 "장서표 중독자의 고백Confessions of a Bookplate Junkie"이었다. 내가 요 근래 몇 년 동안 미국 초기 장서표에 흥미를 갖게 된 것도 그와 그의 블로그 덕분이다.

이 장서표는 베이징 올림픽 전야에 내가 제프의 블로그에서 본 적이 있다. 그후 독일 수집가로부터 구입했다. 장서표 주인은 신부이자 박사인 아서 애덤스Arthur Adams다. 제프가 자신의 블로그에서 소개한 바에 의하면 애덤스는 미국 코네티컷 주의 주도 하트퍼드Hartford에 소재한 트리니티 대학교Trinity College의 도서관 사서이자 문장 연구 전문가였다. 내가 추가로 조사해보니 애덤스는 대학에서 영어를 가르친 적도 있다. 이 장서표에 등장하는 문장은 애덤스 가문의 문장으로 상당한 역사적 가치를 지니고 있다. 이 문장은 1927년 출간된《미국인의 문장An American Heraldry》에도 수록되어 있다. 이 책은 26명의 인명을 알파벳 순서로 배열하고 미국의 모든 가족 문장을 기록했다. 장서표 가운데 띠에 새겨진 라틴어 "Veritas liberabit"은 흔히 접할 수 있는 명언이다. 이 명언은 여러 대학의 교시校是로도 자주 등장한다. "진리가 너희를 자유케 하리라"라는 뜻이다.

장서표에 중독된 제프는 미국장서표협회ASBC&D, The American Society of Bookplate Collectors & Designers 회장 제임스 키넌James P. Keenan에 의해 '뱀머리'로 불렸다. 북미에서는 그의 명망이 다소 떨어지는 듯하다. 장서표협회에서는 금전적인 이익 충돌 때문에 그의 수집에 불만을 표했을 것이다. 그렇다고 그 부분이 제프가 장서표 수집가라는 사실을 결코 막지는 못한다.

16

William B. Cutting Jr.

나일 강에서 숨을 거둔 자,
책을 남기고

아서 맥도널드 • 미국 • 10×7.5cm • 1910년

책 도둑의 최후는 교수형뿐이라네

이 장서표는 미국 외교관 윌리엄 커팅 주니어William B. Cutting Jr.(1878~1910)를 기념하기 위해 제작되었다. 커팅은 하버드대학교를 졸업했기 때문에 그가 세상을 떠난 후 그의 가족이 그의 장서를 모두 하버드대학교도서관에 기증했고, 장서표를 제작하여 자기 집안의 맏아들을 기념했다. 그의 부친은 뉴욕의 부호로 철도 건설자인 윌리엄 커팅 시니어William B. Cutting Sr.(1850~1912)다. 커팅 주니어는 1900년 하버드대학교를 졸업한 후 런던으로 가서 당시 영국 주재 미국대사의 개인 비서가 되었다. 1908년 그는 이탈리아 밀라노 주재 미국 부영사로 임명되었다. 1909년 그는 본래 프랑스 소속이던 작은 나라 탕헤르Tánger(아프리카 북서부 끝에 있는 항구 도시로 현재는 모로코령이다.—옮긴이) 주재 미국 대사로 정식 임명되었다. 1910년 그는 이집트 여행 도중 결핵에 걸려, 결국 나일 강을 운행하는 선박 위에서 숨졌다. 정말 꽃다운 나이에 요절한 인재였다.

장서표 맨 위의 하버드대학교 상징 문양을 제외하고 그 아래로 인쇄된 문장의 의미는 대략 다음과 같다. "하버드대학교도서관, 커팅 주니어 장서 중에서 현대 유럽사 및 북미 기타 국가와 관련된 역사 서적. 1900년 졸업생인 뉴욕의 커팅 주니어 가족이 기증함." 맨 아래에는 화가 아서 맥도널드의 서명이 있다.

Ada M. Hopson

나무에서 이야기를 듣고,
흐르는 시내에서 책을 구한다

윌리엄 홉슨 • 미국 • 11×8cm • 1902년

먼저 이 장서표를 보면 주인의 이름 에이다 홉슨Ada M. Hopson이라는 입체 글자가 눈앞으로 박두해오는 듯하다. 미국 장서표 황금세대 판화가 아서 맥도널드도 아내 캐서린Catherine M. McDonald을 위해 장서표를 제작한 적이 있는데, 이 장서표의 작가 윌리엄 홉슨William Fowler Hopson(1849~1935) 또한 장서표의 주인 에이다와 성이 같다. 에이다는 여자 이름으로 보이는데 이름 아래에 쓰인 'her book'이라는 글자가 그것을 더욱 확실하게 증명해준다. 그러나 홉슨의 작품 목록이나 찰스 앨런Charles Dexter Allen(1865~1926)이 1948년에 쓴 《윌리엄 홉슨의 장서표The book-plates of William Fowler Hopson》 등을 제외하고는 직접 찾아볼 수 있는 자료가 너무 적어서, 홉슨이 누구인지는 정확히 알 수 없었다. 그 때문에 나는 이 장서표를 오랫동안 방치해두었다. 근래에 '구글 북스'에서 구미의 초기 영인본 도서를 찾다가 우여곡절 끝에 홉슨의 생애에 관한 정보를 읽을 수 있었다. 미국 코네티컷 주 명인록에 나오는 글이었는데 마지막 부분에 홉슨이 두 번 결혼한 사실이 적혀 있었다.

그는 1871년에 첫 번째 결혼을 했고, 1899년에는 두 번째 아내 에이다 메이플 카터Ada Maple Carter와 매사추세츠의 우스터Worcester에서 결혼했다. 'Ada'는 이 장서표의 주인 이름으로 봐야 한다. 중간의 대문자 'M'은 결혼 전 에이다의 중간 이름인 'Maple'의 첫째 글자다. 서구 여성들은 결혼 후에 자신의 본래 성을 중간 이름으로 남겨두기도 한다. 이 장서표의 구도는 여성미가 넘친다. 배경 중간의 서가 앞에는 한 여성의 경대가 놓여 있다. 거울 속 숲 왼쪽으로 시냇물이 졸졸 흐르고 그 곁에는 애견 한 마리가 혼자서 주인의 명령을 기다리고 있다. 경대 받침에는 셰익스피어William Shakespeare(1564~1616)의 희곡《뜻대로 하세요As You Like It》에 나오는 독백이 새겨 있다. "나무에서 이야기를 듣고, 흐르는 시내에서 책을 구하며, 바위에서 설교를 듣고, 모든 사물에서 좋은 점을 찾는다Finds tongues in trees, books in the running brooks, Sermons in stones, and good in everything."

홉슨은 1902년 아내를 위해 이 장서표를 만들었는데 결혼 후 3년이 지난 시점이었다. 장서표에 그려 넣은 몽환적인 장소는 아마도 두 사람이 밀회를 즐기던 곳으로 보인다. 당시의 달콤한 추억을 영원히 보존하기 위해 홉슨은 그 기억을 아내의 장서표에 깊이 새겨놓았음에 틀림없다. 애견 아래쪽에 쓰여 있는 'Brookside 1898'이란 글자는 홉슨 부부가 처음으로 밀회한 장소와 시간으로 봐야 한다.

윌리엄 홉슨은 미국 장서표 황금세대 5대 판화가 가운데 한 사람이다. 찰스 앨런의 통계에 따르면 홉슨은 평생 동안 102매의 장서표를 제작했다.

뉴헤븐 식민지역사협회도서관Newhaven Colony Historical Society Library •
윌리엄 홉슨 • 미국 • 11×8cm

나무에서 이야기를 듣고, 흐르는 시내에서 책을 구한다

Charles T. Wells

닥터 호러스 웰스의 유일한 후손

윌리엄 홉슨 • 미국 • 10×7cm • 1908년

책 도둑의 최후는 교수형뿐이라네

이것은 코네티컷 주립도서관Conneticut State Library 도서 기증자의 장서표다. 장서표에 그려진 개성 있게 생긴 신사는 바로 장서표 주인인 찰스 웰스Charles T. Wells(1835?~1910)다. 귀밑머리와 수염을 길게 길렀다. 그는 명망 있는 가문의 후예로 그의 부친은 미국뿐 아니라 세계적으로 유명한 현대 마취 기법 고안자다. 호러스 웰스Horace Wells(1815~1848)라는 이름이었으며 코네티컷 주의 치과의사였다. 호러스 웰스의 광기 어린 짧은 인생과 잔인한 자살 방식은 사람들을 경악하게 했다. 그의 유일한 후손이 찰스 웰스로, 그는 평생 결혼을 하지 않고 아주 우울한 생활을 했다. 1908년 그는 코네티컷 주도 하트퍼드의 도서관 두 곳에 자신이 반평생 동안 모은 음악 서적을 기증했다. 그중 한 곳이 트리니티대학교 부설의 왓킨슨 도서관Watkinson Library이었고, 다른 한 곳은 코네티컷 주립도서관이었다.

1986년 왓킨슨 도서관에서 발간한 도서관 안내서의 음악 서적 분야에 다음과 같은 설명이 달려 있다. "찰스 웰스는 우리 도서관에 음악과 예술 도서 및 뉴잉글랜드 지역 문헌 자료를 다량 기부했다. 음악 서적만 해도 성가聖歌, 찬미시, 초기 소곡의 원전 악보 등 몇 백 권에 이른다. 이는 그가 코네티컷 주립도서관에 기증한 서적 종류와도 기본적으로 일치한다." 안내서의 설명에 따르면 찰스 웰스는 기증 도서에 모두 자신이 설계한 장서표를 붙였고, 거기에다 '예술' '음악' '문헌' '뉴잉글랜드' 네 가지 분류 표시를 해두었다고 한다. 이 네 가지가 바로 찰스 웰스가 도서관에 기증한 네 가지 종류의 도서다. 코네티컷 주립도서관 장서표에도 똑같은 표시가 있다. 한 가지 가설에 의하면 1908년 찰스가 직접 이 장서표를 디자인한 후 코네티컷에 함께 거주하던 윌리엄 홉슨에게 이 장서표의 판화를 제작해달

닥터 호러스 웰스의 유일한 후손

라고 부탁했던 것으로 보인다. 이 장서표는 찰스 웰스가 기증한 모든 도서에 붙어 있다. 윌리엄 홉슨이 두 도서관을 위해 제작한 이 장서표를 유일하게 구별하는 방법은 아마도 도서관 이름일 뿐일 것이다. 물론 다른 설계 도안이 있을 가능성도 배제할 수 없다. 장서표 주인의 초상 아래에는 찰스 웰스가 직접 서명한 이름이 있다. 또 그 아래에는 구식 도서대출 카드 양식이 인쇄되어 있다. 왼쪽에서 오른쪽으로 학급Class, 책 이름Book, 날짜Date, 검색번호Accession No.를 채우는 공란이 있다. 오른쪽 아래 글씨는 윌리엄 홉슨의 사인이다.

1894년 9월 16일 자 〈뉴욕 타임스〉에는 호러스 웰스가 발명한 이산화질소를 기념하고 또 현대 마취 탄생 50주년을 기념하기 위해 "하트퍼드의 찰스 웰스—닥터 호러스 웰스의 유일한 후손Charles T. Wells of Hartford, The Descendant of the Famous Dr. Horace Wells"이라는 제목의 글이 게재되었다. 이 기사에서는 찰스 웰스가 자신의 부친이 생전에 소유한 의학 연구 자료를 소장하고 있으며, 이것이 닥터 웰스가 행한 적이 있는 여러 가지 의학 실험의 유력한 증거 자료라고 언급하고 있다. 이 기사에 첨부되어 있는 찰스 웰스의 소묘상은 장서표의 초상과 매우 흡사하다. 가장 분명하게 알아볼 수 있는 것은 우스꽝스러우면서도 진실해 보이는 텁수룩하고 희끗희끗하게 변한 구레나룻이다.

이 장서표는 윌리엄 홉슨의 아흔한 번째 작품이다. 1908년 코네티컷 워터타운Watertown에서 태어난 윌리엄 홉슨은 평생 동안 100여 매의 장서표를 제작했다. 그는 다른 사람들과는 달리 장서표를 빨리 제작하려 하지 않고 시간이 걸리더라도 정교함에 더욱 힘썼다.

윌리엄 홉슨 • 미국 • 11.5×8cm • 1903년

닥터 호러스 웰스의 유일한 후손

Charles T. Wells

아내에게 바치는 꽃송이

아서 맥도널드 • 미국 • 10×7cm • 1906년(좌), 1916년(우)

아서 맥도널드도 아내 캐서린을 위해 두 장의 장서표를 만든 적이 있다. 오른쪽 장서표는 1916년에, 왼쪽 장서표는 1906년에 제작된 것으로 10년의 간격이 있다. 1906년에 제작된 장서표 중앙에는 여행일기 한 권이 배치되어 있다. 20세기 초 상류 계층 여성들은 여행 이력을 기록한 노트를 남겼다. 통상 자신이 구경한 경치의 일단을 그림으로 그리는 한편, 그 곁에 자신의 느낌을 기록했다. 장서표 주인의 이름 아래로 사진기, 풍경화, 팔레트, 현악기 리라lyre와 악보가 나열되어 있다. 이러한 소품은 캐서린의 섬세하고도 다양한 취미활동을 나타낸다. 1916년에 제작한 장서표 도안은 번잡하고 자질구레한 장식을 제거하고 주제 사상을 곧바로 그림 속에 주입하고 있다. 장서표 중앙이 풍경화로 바뀐 점으로 살펴볼 때 10년간의 그림 활동을 통해 캐서린이 이미 입문자에서 전문 화가로 변신했음을 짐작할 수 있다. 장서표 아래쪽은 오른쪽에서 왼쪽으로 팔레트(맥도널드의 사인이 여기에 있다), 동양식 도자기 병, 풍경화 한 폭, 몇 권의 책에 기대어 놓은 한 권의 책이 진열되어 있다. 펼쳐놓은 책은 틀림없이 맥도널드의 아내가 가장 좋아하는 책일 것이다. 책 좌우 페이지 위에는 'C'와 'M' 자가 쓰여 있다. 이는 캐서린 이름의 이니셜이다. 이 두 장서표를 비교해보면 1916년의 것에 아내를 사랑하는 남편의 마음이 더욱 대담하게 표현되어 있다. 화룡점정이라 할 만한 점은 장서표 내용 이외에 왼쪽 아래에 그려진 꽃송이다. 이는 맥도널드가 결혼한 지 10년이 된 아내에게 바치는 사랑을 상징한다.

아내에게 바치는 꽃송이

George H. Sargent

기억 속 아름다운 순간을 남기다

아서 맥도널드 • 미국 • 10×8cm

이 장서표의 주인 조지 사전트George H. Sargent(1867~1931)는 미국의 유명한 서지학자 겸 〈보스턴 석간The Boston Evening Transcript〉 신문의 기자였다. 생전에 서지학 관련 글과 책을 많이 썼다. 그와 저명한 장서가 에드워드 뉴턴의 우정은 매우 유명하다. 1927년 조지 사전트는 《에드워드 뉴턴의 저작들: 서지The Writings of A. Edward Newton: A Bibliography》란 책을 편집하여 로젠바흐 출판사The Rosenbach Co에서 출간했다. 이 책은 110권 한정판에다 책마다 사전트의 자필 사인이 들어 있고, 또 책 전체에 뉴턴의 저작과 그의 장서 영인 이미지가 인쇄되어 있다. 1928년 사전트는 뉴턴을 위해 또 한 권의 서지학 저작 《한 파산한 애서가와 그의 도서 목록A Busted Bibliophile and His Books》(Little Brown & Company)을 출간했다. 이 책도 한정본으로 600권만 찍었고 전체 문장은 〈보스턴 석간〉에 게재했는데, 내용이 매우 잡다하다. 크게는 뉴턴의 저작 목록에서 작게는 크리스마스에 받은 선물 목록과 평소에 잘라 모은 신문 스크랩 등도 포함되어 있다. 뉴턴이 쓴 《장서의 즐거움과 기쁨The Amenities of Book-Collecting and Kindred Affections》의 2005년 중국어판(《장서지애藏書之愛》)을 번역한 천젠밍陳建銘(타이완에서 활동하는 문필가 겸 번역가다. 타이완에서 유명한 청핀서점誠品書店 고서 담당부서에서 일했다. 번역서로 《채링크로스 84번지84 Charing Cross Road》, 《장서지애》 등이 있고, 《서가 탐방逛書架》 등의 책을 편집했다.—옮긴이)도 이 책을 언급한 적이 있다.

화가 맥도널드는 서지학자 사전트와 마찬가지로 보스턴 출신이다. 장서표와 장서가 분리될 수 없듯이 장서표 속에 묘사된 벽난로 위에는 고서 몇 권, 두루마리 하나, 깃털 펜이 산만하게 놓여 있다. 이 모든 물건은 장서표 주인의 책상에 없어서는 안 될 소품이다. 수많은 미국 장서표 황금세대 작품과 마찬가지로 이 장서표 주인도 자신의 장서표에다 고향의 고가 혹은 저택을 그려 넣고, 기억 속의 아름다운 순간을 작은 공간에 남기고 싶어 했다. 사전트의 저택은 흰 구름 아래 자리 잡은 평범한 이층집이다. 그 곁에는 창고와 외양간이 있다. 시골 냄새가 물씬 풍기는 이런 풍경은 감상자로 하여금 마치 보스턴 교외 농장에서 여러 가지 냄새가 뒤섞인 시골의 정취를 느끼게 한다. 사전트는 신선놀음하듯 이러한 경치를 두고 창작과 연구활동을 하며 여생을 보냈다. 21세기 현대인들이 쉽게 추구할 수 있는 경지가 아니다.

오스트리아 초기 오목판 조각가 장서표 •
프리드리히 토이벨Friedrich Teubel(1884~1965) • 10×7cm • 1953년

기억 속 아름다운 순간을 남기다

85

21

Oliver C. Sheean

수수께끼를 풀어라

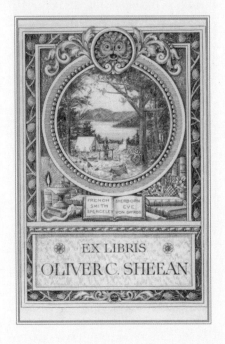

아서 맥도널드 • 미국 • 10×7cm • 1923년

책 도둑의 최후는 교수형뿐이라네

장서표 한 장을 해독하려면 때때로 장서표와 특별한 인연이 닿아야 한다. 그러나 때로는 인연이 있더라도 잘 맺어지지 않는 상황도 생긴다. 첫 눈에 마음에 든 장서표를 손에 넣은 뒤에 주변의 자료나 인터넷을 통해서 도 그 장서표의 배경을 해독할 수 없을 때가 바로 그런 경우다. 그럴 때는 해석의 글을 쓸 수 없어서 괴로워하다가 안타까워하며 장서표를 보관 파 일 속에 넣어두게 된다. 그때의 심정은 마치 깊은 바닷속에 돌멩이를 던져 넣는 것과 같다. 인연의 막연함 그리고 조화옹의 장난으로 이 장서표는 수 집 과정에서 도저히 해석할 방법을 찾지 못했다. 그런데 어떤 경우엔 다른 장서표 자료를 수집하다가 줄곧 실마리를 찾을 수 없었던 장서표의 정보 를 우연찮게 발견하기도 한다. 예를 들면 이 장서표처럼 말이다.

이 장서표는 미국 장서표 황금세대 5대가의 한 사람인 아서 맥도널 드의 작품이다. 장서표 주인은 올리버 시언Oliver C. Sheean으로 유명 인사 는 아니어서 관련 정보가 아주 드물다. 오랫동안 이 장서표에 관한 정보를 찾을 수 없어서 나는 인내심을 잃고 한쪽에 방치해두었다. 그러다가 최근 에 미국 초기 개인 출판업 관련 자료를 읽다가 우연히 '시언 타입 글자체 the Sheean type script'라는 용어를 발견했다. 그후 본래 이 글자체의 창시자가 바로 올리버 시언이란 사실을 알게 되었다. 이 사람은 미국 개인 출판사의 비조鼻祖 중 한 명이었다. 그는 모셔 출판사Mosher Press에서 오랫동안 일했 다. 이 장서표를 주목한 이유는 장서표 중간에 펼쳐놓은 책 페이지에 20세 기 초 구미 장서표 대가들의 이름이 적혀 있었기 때문이다. 왼쪽 페이지에 나열된 세 명은 미국 장서표 황금세대 5대가 중 세 사람인 에드윈 프렌치 Edwin D. French(1851~1906), 시드니 스미스, 조지프 스펜슬리다. 오른쪽 페이지에는 같은 시기 유럽의 예술가 세 사람의 이름이 있다. 영국 출신 찰스 셔본Charles W. Sherborn(1831~1912), 조지 이브George W. Eve(1855~1914), 그리고 오스트리아 출신으로 세계적으로 인정받는 퇴폐주의 대표 화가 마르퀴스 바욜스Marquis Franz von Bayors(1866~1924)다. 이런 주요한 인물의 이름과 장서표 주인 올리버 시언의 업무를 함께 연결시켜보건대, 장서표의 모든 요소가 불명확한 암호와 같다. 인연이 닿는 누군가가 이 장서표 배후의 수수께끼를 풀어주면 좋겠다.

하버드대학교 건축학과도서관 •
조지프 스펜슬리 • 미국 • 14×10cm • 1906년

Charles Dickens

디킨스의 장서표는 얼마일까

영국 • 14×11cm

책 도둑의 최후는 교수형뿐이라네

2007년 저명한 소설가 찰스 디킨스의 개인 장서표가 인터넷 경매로 나왔다. 불행하게도 나는 동호인의 마지막 공격에 패배했는데 불과 털끝만큼의 가격 차이였다. 경매가 끝난 후 나는 판매자 수중에 남은 것이 있는지 여러 번 캐물었지만 부정적인 대답만 돌아왔다. 다행히 마음씨 좋은 판매자는 내게 보스턴의 개인 서적상을 추천하면서 그 사람에게 아마도 내가 흥미를 느낄 만한 물건이 있을 것 같다고 알려줬다. '토머스 보스Thomas G. Boss'라는 이름의 그 서적상(그의 인터넷 홈페이지 주소는 http://www.boss-books.com/index.html이다.—옮긴이)은 1974년부터 보스턴 지역에서 각종 고서 선본, 삽화, 판화, 장서표 등 책과 관련된 예술품을 수집하고 있었다. 그가 소장한 미국 장서표 황금세대의 작품은 그의 수집품 중에서 하이라이트에 속했다. 5대가의 대표 작품이 모두 갖춰져 있고 가격도 아주 정직했다.

　　나는 그 서적상에게 편지 한 통을 보내서 디킨스의 장서표가 있는지 물었다. 그는 금방 답장을 보내와 디킨스의 장서표는 가격이 비싼데 그래도 구입할 의향이 있는지 되물었다. 나는 즉시 흥미가 생겼다. 이후 두 차례 편지를 주고받는 과정에서 가격이 인터넷 경매의 절반에도 미치지 않는 것을 알고 바로 결제를 했다. 다른 사람이 또 빼앗아갈까봐 조마조마했기 때문이다. 나중에 나는 또다른 미국 소장자와 교류하는 과정에서 인터넷 경매를 위탁한 사람도 바로 그 '보스'라고 불리는 서적상임을 알았다. 마음속으로 남몰래 기쁨을 느끼면서 그 상인의 양심적인 판매 방식에 탄복했다. 비록 그가 인터넷 경매에 내놓은 디킨스의 장서표는 고가에 팔렸지만, 돈벌기에 급급한 일부 상인들이 경매 가격을 터무니없이 높게 부르는 태도와는 전혀 달랐다.

내가 직접 겪어본 경험에 근거하여 경고하자면 깊이도 모르는 경매의 바다에서 허우적거리는 참가자들은 경매 낙찰가를 하나의 참고사항으로 삼아야 한다. 그렇지 않으면 대부분 억울한 피해자가 되게 마련이다. 더러 싼 가격에 낙찰되는 경우도 있지만 아주 소수에 불과할 뿐이다. 경쟁에 나선 두 명의 동호인이 투기의 심정으로 가격을 올리는 일이 허다하기 때문이다. 구미 국가의 경우는 장서표 시장이 매우 성숙한 편이라 가격도 안정화의 추세로 나아가고 있다. 이미 고인이 된 화가의 장서표 가격이 단기간에 고가로 치솟는 경우는 있지만 나머지 장서표의 가격은 소장자들 사이에 이미 기본 가격이 형성되어 있기 때문에 쉽게 경거망동할 수 없다.

조지프 스펜슬리 • 미국 • 10×7cm • 1904년

John Whiting Friel

노랑데이지와 붉은 카네이션

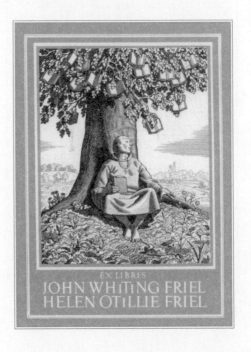

록웰 켄트 • 미국 • 12×9cm • 1953년

이 장서표 주인 존 프리엘John Whiting Friel(1891~1970)은 한 철강회사의 회장으로 제1차 세계대전에 참전했다. 1952년 그는 몇 십 년 동안 사용해 왔던 가족 문장紋章으로 된 장서표를 바꾸기로 결정했다. 프리엘은 장서표가 가족 표지에 그쳐서는 안 되고 개인적인 비밀을 간직해야 한다고 보았다. 록웰 켄트는 프리엘의 새 장서표 제작자였다. 프리엘은 켄트에게 갖고 있던 자료를 제공했다. 예를 들면 프리엘 자신과 그의 아내 헬렌Helen Otilie Friel(1891~1959)이 당시에 거주했던 펜실베이니아 주 젠킨타운Jenkintown의 저택 사진 같은 것이었다. 그 저택은 산꼭대기에 지은 영국 조지 왕조 스타일의 호화주택이었다. 프리엘의 조부 세대는 영국 식민지 시기에 메릴랜드 주 퀸스타운Queenstown에 살았다. 그의 아내는 신시내티에서 퀸스타운으로 왔고, 두 사람은 그곳에서 알게 되었다. 이후 함께 도서를 소장하기 시작했다.

2개월 후 켄트는 프리엘 부부를 위해 제작한 이 장서표 초고를 프리엘에게 부쳐줬다. 장서표 가운데에는 대머리의 중세 수도승이 책이 가득 열린 큰 나무 아래에 앉아 한곳을 응시하고 있다. 수도승의 얼굴은 켄트 본인과 매우 닮았다. 그가 바라보는 나무 왼쪽으로 메릴랜드 교외의 전원 풍경이 펼쳐져 있다. 나무 아래에는 언뜻 눈에 띄지 않는 검은색 작은 꽃이 몇 송이 피어 있는데, 이 꽃은 메릴랜드의 주화州花인 노랑데이지Black-eyed Susan이다. 나무 오른쪽의 아스라한 풍경은 오하이오 주 도시의 모습이다. 그 아래에는 붉은색 카네이션 몇 송이가 피어 있다. 배경으로 보이는 농장의 모습은 켄트가 애스가드Asgaard에서 직접 꾸린 농장과 작업실을 연상시킨다. 프리엘은 이 초안을 보고 매우 만족해했다. 다만 신시내티의 지평

노랑데이지와 붉은 카네이션

선을 참조하여 장서표 배경을 하늘의 윤곽으로 바꿔달라고 건의했다. 켄트는 이 장서표를 완성하기 전에 프리엘의 고향인 '젠킨타운'과 '퀸스타운'을 각각 나무줄기에 새겨서 장서표 주인의 가족 신분을 암시했다. 장서표를 인쇄하기 직전에 프리엘은 켄트가 자신의 아내 이름 글자를 혼동하고 'L'자 하나를 더 넣은 것을 발견했다. 그는 대가도 실수할 때가 있으니 재미있는 에피소드의 하나로 치자고 넘어갔다. 1953년 이 장서표는 필라델피아 주 브라우넬 석판 인쇄소Brownell Photo-Lithograph Company에서 각각 소, 중, 대, 특대 크기로 나눠 인쇄했다. 특대 사이즈는 20×16cm 내외인데 켄트가 제작한 장서표 중에서 매우 큰 편에 속한다.

내가 소장하고 있는 것은 11×8cm 내외의 중간 사이즈다. 장서표 오른쪽 구석 나뭇가지와 나뭇잎 사이의 눈에 잘 띄지 않는 곳에 매달려 펼쳐진 책장에 켄트의 사인인 'R. Kent'가 쓰여 있다. 대형 사이즈에서는 이것이 더욱 명확하게 보일 것이다. 켄트는 사인할 때 흔히 자신의 이름을 축약하여 'R.K.'로 쓴다. 그러나 그의 장서표 모두에 사인이 있는 건 아니다.

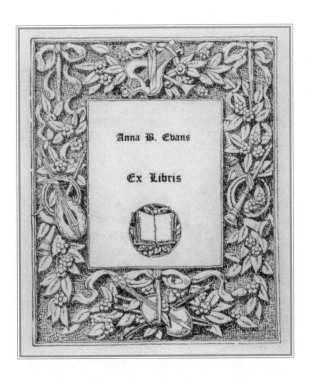

윌리엄 체이스William Merritt Chase(1849~1916) •
미국 • 6×6cm • 20세기 초

John Whiting Friel

사랑하는 아내, 샐리에게

SALLY AND ROCKWELL KENT

록웰 켄트 • 미국 • 6×5cm • 1947년

책 도둑의 최후는 교수형뿐이라네

베이징의 '늦더위'는 뜨겁기로 유명하다. 2009년 9월 어느 날 나는 늦더위를 피하기 위해 국제호텔國際飯店로 들어가서 중국 자더국제경매회사中國嘉德國際拍賣有限公司(미국 소더비경매회사를 모방해서 1993년에 설립된 중국의 대표적인 경매회사. 봄과 가을에 대형 정기 경매 행사를 주최한다.—옮긴이)의 가을 정기 경매용으로 전시된 고서 선본을 구경했다. 장서표 부문 전시는 정말 파리가 날아다닐 정도로 참담했다. 경매에 나온 외국 장서표는 대부분 이전에 본 듯한 작품뿐이었고, 또 일부는 1년 전 우싱원吳興文(1957~ , 타이완의 유명한 장서가 겸 장서표 수집가—옮긴이) 선생의 전문 매장에서 경매하고 남은 것이었다. 유일하게 흥미를 불러일으킨 것은 에드워드 뉴턴의 몇몇 경전 격 작품과 리화李樺(1907~1994, 중국의 유명한 판화가로 루쉰이 추진한 신흥목각운동의 영향으로 판화에 입문하여 1934년 광저우에서 현대판화회를 조직했다.—옮긴이) 선생의 《만원장서표 모음집萬元書票集子》, 그리고 '샐리와 록웰 켄트Sally and Rockwell Kent'라고 이름 붙여진 이 장서표뿐이었다.

샐리Sally Kent(1915~2000)는 록웰 켄트의 세 번째 아내로 두 사람은 1940년에 결혼했다. 켄트의 이전 두 차례 결혼은 실패로 끝났다. 자녀는 많았지만 켄트는 평생의 반려자를 찾지 못하다가 마침내 샐리를 만났다. 1947년, 결혼 7년 만에 켄트는 사랑하는 아내 샐리와 자신을 위해 부부 장서표를 디자인했다. 펼쳐놓은 책 중앙에 기둥이 하나 서 있고, 켄트는 오른손으로 기둥을 지탱하면서 왼손으로는 샐리의 오른손을 잡고 있다. 두 사람이 함께 잡고 있는 기둥이 마치 나무줄기 같고, 두 사람의 손은 나뭇가지 같다. 마치 연리지連理枝처럼 이어진 두 손의 모습이 7년 동안 함께한 부부의 일심동체를 증명하고 있다. 이 장서표는 1928년 켄트가 두 번째 아내

사랑하는 아내, 샐리에게

프랜시스Frances Lee와 자신을 위해 제작한 장서표 구도와 거의 동일하지만 이전 장서표의 과일나무가 간단히 기둥으로 변했다. 이와 같은 예술적 장치의 세밀한 변화를 통해 우리는 켄트가 사랑에 집착하면서도 여러 번의 결혼을 곤혹스러워 했음을 알 수 있다. '샐리와 록웰 켄트'라 이름 붙인 이 장서표는 1955년 켄트가 쓴 자서전《저예요, 오 하느님It's Me, Oh Lord》에 등장한다. 그는 겨우 이 장서표만을 자신의 아내 샐리에게 헌정했다.

몇 년 전, 미국장서표협회의 한 친구가 이 장서표를 추천해주었지만, 나는 국내 경매시장에서도 이 장서표를 구입하려는 사람이 있는지 살펴보고 싶었다. 소문에 의하면 이 장서표가 최종 600여 위안에 낙찰되었다고 한다. 이것은 정말 속임수 없이 공평하게 낙찰된 가격이다. 오히려 구매자가 저렴하게 구매한 편이다.

레이 화이트Ray White • 미국 • 10×8cm • 1908년

사랑하는 아내, 샐리에게

Norman Enhorning

책 도둑의 최후는 교수형뿐이라네

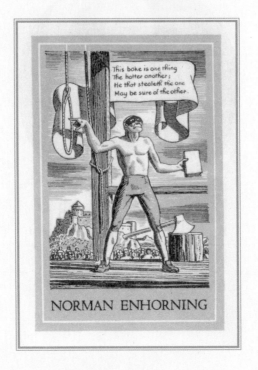

록웰 켄트 • 미국 • 10×7.5cm • 1950년

이 장서표 주인은 뉴욕주립대학교The State University of New York 역사학과 교수 노먼 언호르닝Norman Enhorning(1935~)으로, 그는 미국 헌법 및 연방대법원 장정을 연구하는 저명한 학자다. 언호르닝 교수는 2003년 퇴임후 각 대학과 대학원에서 학술 강연을 하는 일 말고는 장서표 수집에 몰두하고 있다. 이 장서표는 켄트가 안티오크 장서표출판사Antioch Bookplate Co.를 위해 디자인한 여덟 장의 장서표 중 하나다. 20세기 초 미국의 장서표 제작 유통 과정은 유럽 근대의 공방 방식을 그대로 계승했다.

켄트의 장서표를 예로 들어보자. 출판사는 화가의 대리인처럼 활동하며 화가의 장서표 디자인을 사들인 후 그 위에 고가로 장서가들의 이름을 인쇄해준다. 켄트도 장서표 디자인에 공백을 남겨서 출판사로 하여금 장서표 주인의 성명을 써넣기 쉽게 했다. 출판사는 자신의 관계망(독서클럽, 문학단체 등)을 이용하여 화가에게 그 지역의 고객을 소개해준다. 장서가와 장서표 화가가 연락이 닿으면 출판사에서 일정한 중개료를 받는다. 이로써 공란의 장서표는 고객의 이름을 써넣은 보통의 장서표가 된다.

이 장서표의 주인 언호르닝 또한 이러한 유통 과정을 거쳐서 장서표를 구입했을 것이다. 장서표에 그려진 사형집행인은 교수형 틀 앞에서 왼손으로는 책을 잡고 오른손으로는 교수형 올가미를 가리키고 있다. 머리위에는 영어 문장이 씌어 있다. 대략 "책 도둑의 최후는 교수형뿐이다"라는 의미를 담고 있다. 이것은 16세기에 유행한 초기 장서표 주제를 빌려 쓴것이다.

Ralph & Margaret Pulitzer

랠프 풀리처 부부를 위하여

록웰 켄트 • 미국 • 7×6cm • 1928년

책 도둑의 최후는 교수형뿐이라네

이 장서표는 전형적인 부부 장서표다. 장서표 주인은 미국 신문업계의 명사 랠프 퓰리처Ralph Pulitzer(1879~1939)와 그의 아내 마거릿Margaret Leech Pulitzer(1893~1974)이다. 랠프 퓰리처는 미국 신문업계의 거두이며 미국의 권위 있는 문학상인 퓰리처 상Pulitzer Prize의 창시자인 조지프 퓰리처Joseph Pulitzer(1847~1911)의 아들이다. 랠프 퓰리처는 미국 신문업계에서 상당한 영향력을 행사했고 부친 서거 후에는 부친 소유의 대형 신문사 중 하나인 〈뉴욕 월드The New York World〉를 물려받았다. 랠프 퓰리처는 두 번 결혼했다. 그의 두 번째 부인 마거릿은 자신의 뛰어난 저작으로 퓰리처 상을 두 차례나 수상했다. 당시에 퓰리처 가문과 친밀하게 지내던 록웰 켄트가 랠프 퓰리처 부부를 위해 이 장서표를 제작해줬다. 대형과 소형, 두 가지 사이즈이다. 1930년 랠프 퓰리처는 자신이 소유하고 있던 세 곳의 신문사를 모두 매각하고 고향으로 돌아가 노년을 보냈다. 내가 소장하고 있는 이 장서표는 소형으로, 랠프 퓰리처 개인 장서실 책에 붙어 있던 것인데, 장서표가 붙어 있는 하드커버째로 구매한 것이다. 소문에 의하면 랠프 퓰리처는 첫 번째 부인 프리데리카Fredericka Webb(1882~1949)를 위해서도 장서표를 제작한 적이 있다고 한다. 그러나 그 장서표를 디자인한 작가는 그의 친한 친구 켄트가 아니었다.

Helen Lowry

속박을 발로 밟고
하늘로 날아오른 여성

록웰 켄트 • 미국 • 10×5cm • 1928년

장서표는 정교하다. 그러나 바람도 이길 수 없는 연약한 종이로 만들어진다. 록웰 켄트는 장서표를 하느님의 은총이라고 했다. "서적은 보통 물건이 아니라 인류의 지혜를 집대성한 보고다. 서적을 소유함으로써 정신세계를 풍족하게 할 수 있고, 소유자의 성취감을 만족시킬 수 있다." 이 장서표에는 장서표 작가 및 장서표 주인의 책에 대한 집착과 열애가 드러나 있다. 작가 켄트의 손길 아래에서 하나의 장서표가 서로 소통할 수 있고 공감할 수 있는 예술이 되었다. 1928년, 켄트는 자신의 개인변호사 필립 라우리Philip Lowry의 아내 헬렌 라우리Helen Lowry를 위해 이 '별 따기' 장서표를 디자인했다. 사람이 하늘을 향해 두 팔을 펼치고 별을 따는 것 같기도 하고 소원을 갈구하는 것 같기도 하다. 이 장서표는 아마도 켄트 작품의 전형을 보여주는 표지일 것이다. 그는 평생토록 근심 걱정 없는 이상을 자신의 예술 작품 속에 남김없이 표현하려고 했다. 이 장서표 속에서도 여성이 벌거벗은 채로 별이 반짝이는 밤하늘 아래에 서 있다. 자신의 규방을 뛰쳐나와 한 발로 하늘로 뛰어오르려 하면서 두 손으로 별이 가득한 밤하늘을 떠받치고 있다. 그녀가 밟고 있는 것은 사회와 가정이라는 전통의 속박이다. 장서표 주인 헬렌은 20세기 초 여성해방 운동가 중 한 사람으로서, 남편에게 전혀 의지하지 않고 스스로 뉴욕 맨해튼에서 서점을 열어 생활을 영위했다. 1930년대 말에 헬렌은 자신의 서점에서 록웰 켄트의 장서표 초고본 전시회를 열었다.

이 장서표 맨 아래에 쓰여 있는 'RK'는 록웰의 이니셜이다.

28

Library of The University of Michigan

당신 주위를 먼저 둘러보라

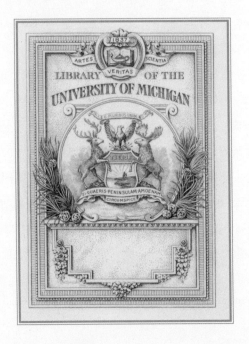

조지프 스펜슬리 • 미국 • 10×8cm • 1904년

책 도둑의 최후는 교수형뿐이라네

이것은 미국 미시간대학교도서관Library of The University of Michigan 장서
표다. 이 대학 도서관은 1837년에 문을 열었다. 소장도서가 끊임없이 증가
하자 이 도서관에서는 소장도서를 종류에 따라 30개 부속 도서관으로 분
산 배치했다. 1973년 통계에 따르면 거의 400권에 가까운 장서표 관련 저
작도 소장되어 있다. 그리고 귀중본도서관에는 3,800매의 장서표를 소장
중이다.

이 장서표는 미시간대학교 배지와 미시간 주의 심벌로 구성된다. 장서
표 중앙의 미시간 주 심벌은 바로 이 장서표 제작자인 조지프 스펜슬리 본
인이 디자인하여 완성했다. 주 심벌 아래 라틴어 네 단어의 대의는 이렇다.
"당신이 만약 안락한 반도를 찾고자 한다면 우선 당신의 주위를 둘러보기
바란다." 이 구절은 미시간 주가 인걸이 배출되는 영험한 땅이므로 뜻이 있
는 사람은 미시간으로 와서 기회를 잡으라는 뜻이다. 장서표 맨 위의 학교
배지에 쓰여 있는 1837년은 미시간대학교 도서관이 건립된 해로, 이 학교
의 개교 연도(1817년)는 아니다. 학교 배지에 쓰여 있는 세 단어의 뜻은 예
술, 지식, 진리이다. 이 장서표는 1904년에 제작되었다. 또다른 판본으로
1911년 스펜슬리의 아우 프리데릭Frederick Spenceley(1872~1947)이 제작한
것도 있는데, 여기에는 주 심벌의 사슴과 매가 조금 변형되었다.

스펜슬리는 미국 장서표 황금세대의 또다른 화가인 에드윈 프렌치, 윌
리엄 홉슨, 아서 맥도널드, 시드니 스미스와 함께 5대가로 일컬어진다. 그는
평생 장서표 213매를 제작했다.

29

Ohio State University

판에 박힌 규칙을
따를 필요가 없는 이유

조지프 스펜슬리 • 미국 • 9×7cm • 1903년

책 도둑의 최후는 교수형뿐이라네

2010년 8월, 제13회 전국 장서표전시회에서 나는 어떤 판화가와 한 담을 나눴다. 그는 나에게 장서표 제작 규칙에 관해서 물었다. 나는 그 당 시 초기 장서표를 연구하던 중이었기 때문에 어떻게 대답해야 좋을지 몰 랐다. 지금도 장서표 규칙에 대해서 소개하라고 하면 나는 세계장서표협 회 규정에 포함된 이른바 몇 가지 '규칙'을 소개할 수밖에 없다. 그러나 여 태껏 시시콜콜한 구속을 싫어한 나로서는 이런 규칙이 마음에 들지 않는 다. 장서표의 서명, 연대, 기법, 일련번호의 위치 등과 같은 세부 항목은 사 람에 따라 달라지는 것으로, 예술가라면 당연히 자신의 개성에 따를 문제 지 작은 규정으로 구속하면 안 된다. 세계장서표협회에서 내놓은 규정도 예술가들의 동의를 유도하기 위한 것일 뿐, 예술가들에게 반드시 이렇게 저 렇게 하라고 강요하는 것은 아니다. 장서표는 엄연히 장서표 주인과 장서표 작가 두 사람의 창작 예술로, 작가가 주인의 영향을 크게 받게 되면 스스로 의 개성을 발휘할 수 있는 부분이 제한된다. 또 만약 작가의 서명 등과 같 이 개성을 표현할 수 있는 세부 항목을 억지로 제한하면 응당 갖춰야 할 독 창성을 상실하게 된다. 현대의 장서표는 점점 상업화, 시장화의 길로 치닫 고 있고, 인위적인 규정도 갈수록 복잡해지고 있다. 그저 형식상의 제한일 뿐 그로 인해 실제 얻을 수 있는 효과가 별로 없다면, 과연 장서표의 진정 한 가치를 어디에서부터 찾는 것이 옳을까? 규정보다는 독창성이 아닐까?

손 가는 대로 미국 장서표 황금세대의 작품 한 장을 그 예로 들어볼 까 한다. 1903년에 제작된 이 장서표에는 어떤 특별한 표시나 이름을 기입 하지 않고 화가의 친필 사인畵押과 연대를 장서표 위에다 바로 새겨 넣었다. 100년 전에 제작된 이 작품은 그다지 상업적인 기미가 짙어 보이지 않는다. 미국 오하이오주립대학교Ohio State University 전용인 이 장서표는 현지의 유명한 교육가 겸 대학총장 에머슨 화이트Emerson E. White(1829~1902)의 도서관으로부터 기증된 것이다. 이 장서표는 제작에서 기증까지의 전 과정이 전적으로 개인 공익사업의 일환으로 진행되었다. 장서표 그 자체가 바로 화가의 서명이나 마찬가지이므로 초기 구미의 장서표는 화가가 작품에 서명하는 경우가 드물었다. 이에 비해 오늘날은 장서표로 소득을 취하려는 경향이 더욱 심해지고 있다. 나는 화가가 보편적인 흐름을 따르기 위해 판에 박힌 듯한 이른바 '규칙'을 지킬 필요는 없다고 생각한다. 장서표의 일련번호가 왼쪽에 오든 오른쪽에 오든 그것이 중요한 게 아니라, 발행 수량을 정직하게 기록하여 사람을 속이지 않는 것이 훨씬 중요하다. 작가가 남겨놓은 A.P.(artist proof, 장서표 작가가 장서표 주인의 주문을 받아 발행한 정식 발행부수 외에 작가 자신이 쓰거나 증거로 삼기 위해 남겨놓은 몇 장의 장서표를 뜻한다.—옮긴이) 장서표는 장서표 주인이 일련번호를 매긴 정식 장서표와 구별해야 한다. 작가가 눈앞의 일시적인 이익을 도모할 수 없도록 해야 하기 때문이다. 이익에 눈이 어두워 근본을 망각해서는 안 된다. A.P. 장서표를 다량 인쇄하는 것은 아직 사정을 제대로 파악하지 못한 초급 수집가들을 속이는 일이다. 장서표 판화의 복제 가능성은 양날의 칼이다. 제한된 수량이야말로 장서표의 가치가 비롯되는 지점인데, 만약 복제 인쇄를 남용한다면 어떻게 소장 가치를 논할 수 있겠는가?

윌리엄 홉슨의 개인 장서표 • 윌리엄 홉슨
• 미국 • 10×7cm • 1893년

William A. Butterfield

좋은 책은 좋은 벗이다

조지프 스펜슬러 • 미국 • 9×8cm • 1897년

이것은 미국 19세기 말에 제작된 장서표다. 유럽에서 발생한 새로운 예술 기풍이 다소 느껴진다. 타원형 거울 속 서가에는 각종 서적이 가득하다. 돋보기로 서가 아래에 진열된 책의 책등을 살펴보면 모두 장서표를 뜻하는 영어 명사인 'Bookplate'와 라틴어 'Ex Libris'가 새겨져 있다. 이것만 보더라도 이 장서표의 주인인 윌리엄 버터필드William A. Butter-field(1814~1900)가 장서표를 얼마나 사랑했는지 알 수 있다. 서가 앞에는 악보 몇 장이 제멋대로 펼쳐져 있고, 그 위에 기다란 피리가 놓여 있다. 악보 맨 위에는 영어로 'serenade(소야곡)'라고 쓰여 있으며, 그 아래에는 'Ben J. Wells'라는 글자가 보인다. 이것은 틀림없이 작곡가의 이름일 것이다. 장서표 주인이 장서표 외에도 클래식 음악을 편애하고 있음을 알 수 있다. 타원형 거울 뒤쪽으로 미국식 전원 풍경이 펼쳐진다. 울창한 숲 사이에 자리 잡은 연못이 거울처럼 대자연의 온갖 모습을 비추고 있다. 거울 위쪽 리본에는 프랑스어로 일곱 단어가 새겨져 있다. "좋은 책은 좋은 벗이다"라는 뜻이다.

좋은 책을 읽는 일은 좋은 친구를 사귀는 것과 같다. 어떤 책이 좋은 책인가에 관해서는 사람마다 의견이 다르다. 나는 좋은 책을 선택하고 읽는 일이 때로는 완전히 인연에 의지한다고 생각한다. 서양인들이 늘 말하는 'fate'가 바로 그것이다. 사람의 일생은 유한하다. 요즘 사람들은 일상 중에서 자신을 위한 독서에 분배하는 시간이 갈수록 줄어들고 있다. 우리와 같이 세속에 묶인 보통 사람들이 책을 마주할 때는, 미미한 짐승이 거대한 태산 앞에 서 있는 것처럼 느껴진다. 읽고 싶은 좋은 책은 너무나 많고 쪼개 쓰는 독서 시간은 늘 부족하다. 이는 마치 인산인해의 사람들 속에서 내 마음을 알아주는 벗을 찾는 것과 같다. 다른 사람이 추천하는 좋은 책이나 많은 이들에게 공인된 고전이라도 나와 인연이 닿지 않아 읽어도 쉽게 이해가 되지 않는다면, 지기知己가 될 수 없다. 따라서 '좋은 책'이란 나의 인생이나 문화적 소양에 부합하는 책을 가리킨다. 자신의 취사선택을 거치지 않고 다른 사람의 말만 따라서 책을 고르면, 흔히 기대에 어긋나는 경우가 많다. 이런 책을 읽다보면 이해가 되지 않는 건 말할 것도 없고, 책을 읽기 위해 낭비한 시간이 너무나 아깝게 느껴진다.

이 장서표는 미국의 저명한 장서표 수집가 윌리엄 버틀러William E. Butler(1939~)의 주요 저작《미국의 장서표American Bookplates》47쪽에 수록되어 있다.

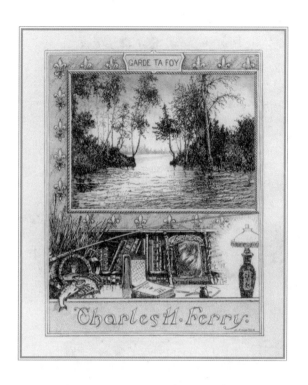

윌리엄 홉슨 • 미국 • 11×8cm • 1901년

Henry O. Havemeyer

10년 후에 마주한 인연

조지프 스펜슬리 • 미국 • 10×8cm • 1905년

책 도둑의 최후는 교수형뿐이라네

2001년 나는 뉴욕주립대학교 신문학과에 진학하여 공부를 계속하기로 결정했다. 그리고 그곳에서 '서양예술사'를 선택과목으로 수강하면서 서양예술에 대해 어렴풋하고 미천하게나마 인식할 수 있게 되었다. 담당 교수는 학생들에게 학교 근처의 '메트로폴리탄 박물관'(미국 뉴욕 시에 위치한 세계적인 박물관—옮긴이)으로 가서 각 시기의 예술 진품을 감상해보라고 했다. 그는 텍스트상의 이론이나 이미지가 더없이 세밀하고 꼼꼼하더라도 직접 눈으로 감상하는 것에 비할 수 없다는 생각을 갖고 있었다.

한 학기 동안 나는 메트로폴리탄에 세 차례나 갔고, 귀국 직전에도 아내와 함께 방문했다. 매번 갈 때마다 개관 시간에서부터 폐관할 때까지 관람했지만 시간이 쏜살같이 흘러 늘 아쉬운 마음이었다. 나는 천단칭陳丹青(1953~ , 상하이 태생의 화가 겸 문예평론가. 문화대혁명 기간 동안 중국 남방 농촌으로 하방되어 노동을 하며 그림을 그렸고, 문혁 이후의 중국 미술계를 주도했다.—옮긴이)이 《뉴욕 쇄기細約瑣記》에서 언급한 내용에 동의한다. 그는 예술을 갈망하는 사람이 메트로폴리탄에 가면 몇 개월의 시간을 들여 관람해도 시간이 모자라지만, 비록 예술에 종사하더라도 그것을 존중하지 않는 사람은 그렇게 큰 박물관에 가서도 주마간산식으로 한 바퀴 돌고 그칠 뿐이라고 했다. 나이도 어리고 무지한 나는 예술에 대한 지식이 너무 부족했고, 처음에는 단지 선생님이 내준 과제를 작성하기 위해 박물관을 찾았을 뿐이었다. 그러나 몸소 예술 대가들의 명작을 바로 곁에서 마주하자, 몸속에 잠재하고 있던 예술 세포가 세차게 떨려오기 시작했다. 렘브란트, 루벤스, 카라바조, 터너 등 명성이 혁혁한 거장들의 작품이 하나의 박물관에 모여 있다니, 역사가 겨우 200년인 미국으로서는 정말 행운으로 여길 만했다. 동시에 다른 나라 사람들 입장에서는 질투가 날 정도로 부러운 일이었다.

물론 그곳에 전시된 다양한 작품은 개인 소장가가 유상 혹은 무상으로 박물관에 기증한 것이다. 예를 들면 이 장서표 주인도 그중 한 사람이다. 그는 19세기 말 미국에서 설탕 업계의 거물로 이름을 떨친 헨리 해브메이어Henry O. Havemeyer(1847~1907)다. 해브메이어는 가족이 함께 경영한 설탕 사업으로 집안을 일으킨 후, 백설탕 정제 회사를 세워 전미 대륙에서 독점적인 지위를 누렸다. 자본이 넉넉했던 해브메이어는 두 번째 부인 루이진 Louisine Elder Havemeyer(1855~1929)과 취미를 공유하며 예술품 수집계에서 대가가 되었다. 두 사람은 세계를 두루 유람하며 사방에서 유럽, 미주, 아시아 각지의 예술 명품을 구매했다. 맨해튼 5번가에 있는 해브메이어의 저택은 금방 세계의 명화들로 가득 찼다. 그중에는 마네, 모네, 드가 등과 같은 대가의 걸작도 드물지 않다. 루이진이 세상을 떠나고 얼마 지나지 않은 1930년, 그녀의 유언에 따라 가족들은 그녀와 남편의 소장품 1,900여 점을 뉴욕 메트로폴리탄 박물관에 기증했다. 미국 시사주간지《타임》에서는 일찍이 '위대한 기증'이라는 제목의 글을 게재하여 해브메이어 가족의 사심 없는 기증에 찬사를 보냈다. 기증품 중에서 렘브란트 작품 6점, 고야 작품 5점, 모네 작품 8점, 마네 작품 11점 등에 관심이 집중되었다. 현재 메트로폴리탄 박물관 인상파 전시관의 작품 대부분은 해브메이어 부부가 당년에 모은 소장품들이다. 10년 전을 회상해보면 나는 이들이 기증한 작품을 몇 차례 마주한 적이 있고, 그 인연으로 10년 후인 지금 그 소장품 주인의 장서표를 보유하게 된 것이다.

윌리엄 홉슨 • 미국 • 10×7cm

Joseph M. Gleason

나이 들어서까지도 배워야 한다

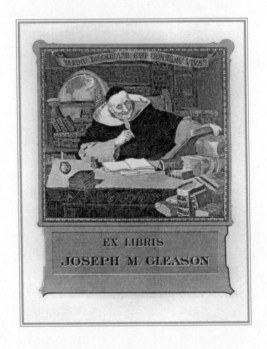

장서표 주인_조지프 글리슨 • 미국 • 10×7cm

책 도둑의 최후는 교수형뿐이라네

'한평생 살면서 나이 들어서까지도 배워야 한다^{活到老, 學到老}'라는 속담은 세계 공통이다. 이 장서표의 주인 미국인 조지프 글리슨Joseph M. Gleason(1869~1942) 신부는 이 속담의 라틴어 버전 "Tamdiu discendum est, quamdiu vivas"를 자신의 장서표에다 새겨 넣었다.

　전하는 말에 따르면 글리슨 신부는 캘리포니아에서 자신의 도서관을 갖고 있었고, 이 장서표도 전적으로 자신의 장서에 붙이려고 제작한 것이라고 한다. 그는 서구 사회의 학문과 학문분과 영역 연구에서 소홀히 취급할 수 없는 사람이다. 글리슨은 신학자일 뿐 아니라 교육자, 역사학자, 서지학자이기도 하다.

　이 장서표는 글리슨이 만년에 제작한 것으로 봐야 한다. 그는 초기 장서표에서 흔히 볼 수 있는 형상, 즉 장서표 주인이 책상에 몸을 수그리고 글을 쓰고 있는 모습을 넣었다. 등 뒤의 지구의, 서가에 가득한 장서, 책상 위에 흩어져 있는 참고문헌 모두 장서표 주인의 신분을 상징한다. 이 작은 작품을 통해 장서표 주인의 일생을 엿볼 수 있었다. 어떤 사람이 말하기를 젊을 때의 공부는 이상을 위한 것이고, 중년의 공부는 삶을 보충하기 위한 것이며, 노년의 공부는 특별히 추구하는 것이 없는 상태의 완전히 초탈한 경지에 머물기 때문에 피로도 느끼지 못한다고 했다. 글리슨도 아마 '늙어서도 배움을 쉬지 않은' 철인^{哲人}이었을 것이다.

Clara Therese Evans

사서의 여행기 노트

윌리엄 홉슨 • 미국 • 8.5×6cm

미국 장서표 수집가 중 일부는 도서관 사서 출신이다. 그들은 자신의 업무 환경을 충분히 이용하며 가장 가까이 책과 교류하고 온종일 책을 벗으로 삼았다. 장서표는 도서관 소장 도서에서 없어서는 안 될 요소다. 사서의 손을 거쳐야 하는 책의 속표지에 장서표가 부착된 경우가 적지 않았을 것이고, 시간이 흐르면서 자연스레 사서는 장서표에 흥미가 생겼을 것이다. 이 장서표의 주인 클라라 에반스Clara Therese Evans(1872~1954)도 젊은 시절 컬럼비아대학교Columbia University 웨어기념도서관Ware Memorial Library에서 일했다. 그녀는 장서표를 수집하고 있었기 때문에 다른 도서관, 다른 수집가, 판화가 들과도 밀접한 관계를 맺고 있었다. 에반스가 수집한 엄청난 양의 장서표는 미국 장서표계에서도 아주 드문 경우에 속한다. 그녀가 수집한 장서표는 1740년부터 1960년 내외의 것으로 거의 200년이 넘는 기간 동안의 구미 초기 문장紋章과 도안식 무늬 등 양대 문파가 포함되어 있다. 작가는 미국 장서표 황금세대 위주로 수집했으므로 에드윈 프렌치, 아서 맥도널드, 조지프 스펜슬리 등의 명품도 물론 포함된다. 도서관 전용 장서표는 에반스의 소장품 중에서 가장 중요한 부분을 차지한다. 각 대학과 대학원(하버드대, 프린스턴대 등), 박물관(뉴욕의 메트로폴리탄 등) 등의 장서표도 빠짐없이 갖춰져 있다. 디킨스와 같은 명인들의 장서표도 적지 않게 포함되어 있다.

이 장서표는 구성이 단순하다. 활짝 펼쳐진 책 왼쪽에는 한 폭의 풍경화가, 오른쪽에는 장서표 주인의 이름이 쓰여 있다. 이 책은 틀림없이 여행기 노트일 것이다. 구미의 여러 국가를 두루 여행하기를 좋아한 문인들은 여행의 매순간을 즐겨 기록했다. 풍경 사진이나 스케치를 일기장 왼쪽에 붙이고 그 오른쪽에 자신의 감상을 적는데, 굉장히 세밀한 정감이 진실하게 담겨 있다. 에반스에게도 이와 유사한 여행기 노트가 있었을 것이다.

에반스의 이 장서표는 두 사람이 공동으로 완성했다. 장서표 아래 좌측의 'F.D.S.'는 'F.D. Smith'의 이니셜인데, 통상적으로 왼쪽에 쓴 이니셜은 장서표 디자이너의 이름을 암시한다. 오른쪽 이니셜 'W.F.H.'는 미국 장서표 황금세대 5대가 중 한 사람인 윌리엄 홉슨을 가리킨다. 그가 이 장서표 조판과 인쇄를 맡았다.

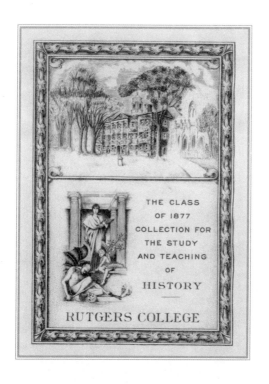

러트거스대학Rutgers College • 아서 엥글러Arthur Engler •
14×10cm • 1921년

Mark Skinner

마크 스키너 도서관을 위한 장서표

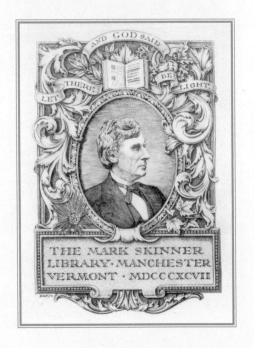

에드윈 프렌치 • 미국 • 9×8cm • 1897년

책 도둑의 최후는 교수형뿐이라네

장서표에 그려진 측면 초상은 마크 스키너Mark Skinner(1813~1887) 법
관인데 그는 미국의 저명한 변호사이자 장서가이기도 하다. 그는 정치 명
문가 출신으로 부친 리처드 스키너Richard Skinner(1778~1833)는 미국 버몬
트 주 주지사, 국회의원, 연방수석대법관을 역임했다. 마크 스키너는 정계
에서 아버지만큼 높은 성취는 이루지 못했다. 그러나 그는 자신의 인생 궤
적을 시종일관 자신이 선택한 방향으로 이끌었다. 그는 1833년 예일대학교
Yale University 법과대학에 입학했고, 1840년 시카고 시 사법관이 되었으며,
1844년 미국 지방 검찰관이 되었다. 그후 줄곧 시카고 지역 사법계에서 활
동하다가 퇴임했다. 1897년 마크 스키너 서거 10년이 지났을 때, 그를 기념
하기 위해 그의 고향 버몬트 주 맨체스터Manchester 시에서는 마크 스키너
의 이름으로 명명된 공공도서관을 지었다. 이 장서표는 바로 도서관 준공
기념으로 제작한 것이다. 초상의 위쪽 리본에 쓰인 영어는《구약성서》〈창
세기〉 1장 3절의 구절이다. "하느님이 이르시되 빛이 있으라 하시니 빛이
있었고."(개역개정판《성경》인용—옮긴이) 초상 아래에는 "마크 스키너 도서관,
맨체스터, 버몬트"라는 글씨가 적혀 있다. 그다음의 "MDCCCXCVII"는 로
마숫자로 1897년을 가리키는데 장서표의 제작 연대를 말한다.

에드윈 프렌치는 1851년 매사추세츠 주에서 태어나 평생 동안 330여
매의 장서표 작품을 제작했고, 미국 장서표 황금세대 5대가의 한 사람으로
꼽힌다. 1869년 프렌치는 화이팅 제조회사Whiting Manufacturing Company에서
은판 판각을 시작했다. 그후 그는 미국 미술협회American Fine Arts Society 창
립 이사가 되었다. 1893년 프렌치는 자신의 첫 번째 장서표 작품을 제작했
고 이후로는 걷잡을 수 없을 정도로 많은 작품을 쏟아냈다. 그의 디자인은

알브레히트 뒤러Albrecht Dürer(1471~1528)와 찰스 셔본, 두 대가 판화가로부터 영향을 많이 받았다. 프렌치에게 장서표 제작을 의뢰한 사람은 대부분 뉴욕 '그롤리에클럽Grolier Club'멤버였다. 이 클럽은 126년의 역사를 지닌 미국 개인도서 단체다. 당시 미국 장서가들은 프렌치가 제작한 장서표 한 매 보유하는 것을 아주 큰 행운으로 여겼다. 많은 예술가들과 마찬가지로 프렌치도 건강이 좋은 편은 아니었다. 일찍이 병으로 브라운대학교Brown University를 그만뒀고, 결국 1901년 폐결핵으로 세상을 떠났다.

미국 뉴베드퍼드 공공도서관New Bedford Free Public Library •
엘리사 버드Elisha Brown Bird(1867~1943) • 미국 • 12×8cm

Beverly Chew

장서가들의 존경을 받는 장서가

에드윈 프렌치 • 미국 • 6×5cm • 1895년

이 장서표의 주인 베벌리 추는 미국 뉴욕의 은행가로 1892년에서 1896년까지 뉴욕 그롤리에클럽 대표를 맡았다. 재임 기간 동안 프렌치와 클럽 회원 간의 장서표 제작 협력 관계를 맺었다. 베벌리 추는 자신의 개인 도서관을 보유했고, 그곳에 미국과 영국의 경전 도서를 다량 소장했다. 수많은 장서가 중에서도 그는 가장 안목이 있는 고수로 인정받았다. 그는 자신의 소장 도서 중 16~17세기 구미문학 저작 2,000부를 미국 역사상 저명한 장서가 헨리 헌팅턴Henry E. Huntington(1850~1927)에게 단번에 양보하기도 했다. 그는 많은 회원들로부터 당대의 가장 경탄할 만한 장서가로 인정받았다. 그롤리에클럽을 위해 헌신한 그의 공로는 후세 사람들이 당해낼 수 없을 정도다.

장서표 윗부분의 라틴어 "Esto Quod Esse Videris"는 "당신이 바라는 대로 하라"는 뜻이다. 맨 아래에는 작가의 서명과 제작 연도 1895년이 표시되어 있다.

Ellen Walters Avery

내 모습 그대로 받아주소서

에드윈 프렌치 • 미국 • 9×5cm • 1897년

책 도둑의 최후는 교수형뿐이라네

이것은 엘런 에이버리Ellen Walters Avery(1861~1893)를 기념하기 위해 제작한 장서표다. 장서표 주인 에이버리는 1861년 뉴욕 브루클린에서 태어나 32세에 급성 폐렴으로 갑자기 세상을 떠나 꽃다운 나이에 요절했다. 집안에서 가장 사랑받는 막내딸이었던 그녀는 생전에 속세의 티끌에 물들지 않았고 사교계에도 아무런 흥미를 갖지 않았으며, 친구도 손에 꼽을 정도로 적었다. 그녀는 책의 바다에서 헤엄치며 수많은 책을 읽었다. 근래 2세기 동안의 영국 문학을 애독했을 뿐 아니라 독어, 불어에도 능통했다. 에이버리는 위고, 하이네, 괴테의 작품을 영어로 번역하여 문학잡지에 발표하기도 했다. 그녀를 잡학가라고 불러도 결코 지나치지 않다. 그녀는 시를 제외하고도 자연과학, 생물학, 교회사, 음악 부문에 깊은 조예가 있었기 때문이다. 그녀는 오페라에도 심취했다. 그리스 문명과 라틴 문자에 관한 소양이 오페라 감상을 위한 지름길이었다. 새로운 오페라 공연이 있을 때마다 반드시 현장을 찾아 관람했다.

이 장서표의 핵심은 중간에 쓰여 있는 세 줄의 문장이다. "엘런 월터스 에이버리를 기념하며, 뉴욕, 1893년 3월 25일." 그 아래에 펼쳐진 몇 권의 책들은 모두 에이버리가 생전에 좋아하던 것들이다. 돋보기로 보아야만 모든 책의 제목을 분명하게 알 수 있다. 악보 오른쪽으로부터 자연사, 교회사, 천문학 및 시가의 제목이 붙어 있다. 줄 끊어진 리라와 천체망원경은 틀림없이 장서표 주인의 애용 품이었을 것이다. 왼쪽 띠에 쓰인 "Prend moy tel que je suy"라는 문구는 고대 불어로 된 좌우명이다. "내 모습 그대로 받아주소서"라는 뜻인데 집안의 가훈 정도로 봐야 한다. 불어 특히 고대 불어는 라틴어와 분위기가 다르다. 불어로 된 좌우명은 중세 기사도를 대표하기 때문에 귀족적인 어감이 매우 강하고, 자부심 강한 기사정신이 짙게 배어 있다. 안타깝게도 불어의 수많은 경전 조의 명언이 모두 라틴어 좌우 명으로 번역되어왔다. 이런 분위기와 상반되게 라틴어로 된 좌우명은 고등 교육과 종교의 영향을 받은 엘리트의 성향을 상징한다.

에이버리의 부친 새뮤얼Samuel P. Avery(1822~1904)은 미국의 저명한 그 림 판매상 겸 판화 수집가였다. 프렌치는 당시에 새뮤얼의 요청을 받고 이 장서표를 제작했을 것이다. 1897년 자신의 딸을 그리워하던 에이버리의 부모는 그녀의 장서 800권을 컬럼비아대학교 사범대학 부설 가츠먼도서 관Gottesman Libraries에 기증했다. 이 장서표에는 두 가지 판본이 있다. 한 가 지는 1893년 판본이고, 다른 하나는 도서관에 책을 기증할 때인 1897년 판본이다. 1897년 판본 하단에는 "그녀의 책을 사범대학에 기증한다. 1897년"이란 주석이 달려 있다. 그 외에는 두 판본 사이에 아무런 차이도 없다.

나는 컬럼비아대학교 사범대학 인터넷 사이트에서 에이버리의 당시 사진을 찾아보고, 명문대가 자제로서 그녀의 귀족적인 품격에 감탄을 금 치 못했다.

미국 초기 장서표 • 10.5×7cm • 1934년

내 모습 그대로 받아주소서

John Crerar

그의 영생으로
지식은 끝없이 이어지나니

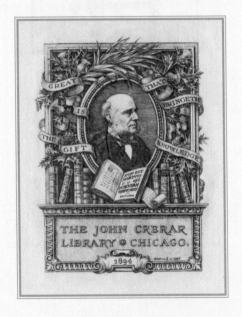

에드윈 프렌치 ● 미국 ● 11×9cm ● 1896년

책 도둑의 최후는 교수형뿐이라네

장서표 주인 존 크레라John Crerar(1827~1889)는 시카고 출신의 부유한 상공업자다. 그는 일찍이 철도산업에 투자했다. 사업상의 성취를 제외하고도 그는 교회를 위해 자선 성금을 모집했고, 존 크레라 도서관 건립을 위해 거금을 내놓았다.

존 크레라 도서관은 1894~1895년에 설립되었다. 미국 일리노이 주 주도인 시카고 시에 자리 잡았다. 과학, 기술, 의약 영역의 도서 및 자료를 소장하고 있어서 점차 명성을 얻었고, 이후 연구 중심 도서관으로 발전했다. 개관 초기에 출자자 크레라는 도서관의 소장도서 분류와 관련해 어떤 의견도 내지 않았고, 다만 자신의 위임자를 파견하여 도서관의 운영 및 미래 발전 방향을 결정하는 부문에만 경영권을 행사했다. 1897년 시카고 시 중심에 마셜필드Marshall Field 백화점이 건설되자 그곳 6층에다 존 크레라 도서관을 개설하고 정식으로 대외에 개방했다. 1920년에는 도서관을 노스 미시건 애비뉴와 이스트 랜돌프 스트리트 교차 지점으로 옮겼다. 1962년, 다시 일리노이 주립공과대학교와의 합작으로 이 대학 부설 도서관이 되었다. 1981년에는 시카고대학교와 합병 협약을 맺고 도서관의 명칭은 그대로 보존하기로 했다. 존 크레라 도서관은 설립 이래 줄곧 과학기술과 의약 부문의 각종 서적과 자료를 수집하는 데 진력했다. 현재 이 도서관의 소장 도서와 자료는 모두 2만 5천 권에 이른다. 여기에는 과학 명인들의 대표 저서, 예를 들면 아이작 뉴턴Isaac Newton(1642~1727), 갈릴레오 갈릴레이Galileo Galile(1564~1642), 안드레아스 베살리우스Andreas Vesalius(1514~1564) 등의 저서가 포함되어 있다.

이 장서표는 미국 장서표 황금세대 중 에드윈 프렌치가 1896년, 이 도서관 개관을 기념하기 위해 제작했다. 석조 서가(혹은 벽난로) 위에 각종 서적이 놓여 있고, 그 중간에 책 한 권을 펼쳐놓았다. 책의 오른쪽 페이지에는 고대 그리스 수학자 프톨레마이오스Ptolemaeus의 명언이 라틴어로 쓰여 있다. "그의 영생으로 지식은 끝없이 이어진다"라는 뜻이다. 이것은 존 크레라가 이 도서관을 위해 기여한 공로를 암시하는 구절이다.

중앙의 타원형 거울 속 얼굴은 도서관의 창시자 존 크레라의 초상이고, 그 주위를 가시풀이 감싸고 있다. 장서표 속의 띠에는 "Great is the gift that bring the knowledge"라고 적혀 있다. "위대함이란 지식과 동반되는 선물이다"란 뜻이다. 오른쪽 하단에는 프렌치의 서명이 있다. "E. D. French, 1896."

애그니스 캐슬Agnes Castle • 미국 • 1892년

그의 영생으로 지식은 끝없이 이어지나니

Frederick W. French

프렌치 도서관 창고 개방 세일!

에드먼드 개릿 • 미국 • 동판 • 9×7cm • 1896년

책 도둑의 최후는 교수형뿐이라네

1901년 5월 4일, 〈뉴욕 타임스〉 '토요일 북 리뷰와 예술' 섹션에 "프렌치도서관 세일: 여러 기록 경신 - 총 6만 5900달러"란 제목의 기사가 실렸다. 제목에 등장하는 '프렌치'는 바로 이 장서표의 주인공이자 미국의 저명한 장서가 프레더릭 프렌치Frederick W. French다. 그는 태어나서 고향 보스턴을 떠난 적이 없다. 학업을 마치고 줄곧 형을 도와 일하면서 업무 외로는 책을 즐겨 수집했다. 10여 년간 수집하면서 장서 수량이 점차 늘어나자 그는 자신의 개인 도서관을 짓고, 19세기 마지막 25년 동안 각지에서 유실된 경전 성격의 저작을 다량 수집했다. 1900년 7월 18일, 프렌치가 세상을 떠나자 그의 개인 도서관에서는 소장 도서 1,718권을 공개적으로 경매했다. 이 공개 경매는 큰 규모와 광범위한 영향력으로 볼 때 당시 미국에서 아주 희귀한 사례였다. 경매 낙찰가는 도서관에 40퍼센트의 수익을 가져다줬다.

장서표는 하나의 문장紋章, 두 명의 천사, 몇 권의 책과 두 개의 마스크로 구성되어 있다. 오른쪽 천사 머리 위에는 화가의 성명 이니셜 'EHG' 및 로마 숫자 'MD CCC XCVI'가 적혀 있다. 이 숫자는 이 장서표의 제작 연도가 1896년임을 가리킨다.

에드먼드 개릿Edmund Henry Garrett(1853~1929)은 미국의 삽화가이자 판화가, 수채화가였다. 그는 기초 회화 훈련을 받은 적도 없지만 천부적인 예술적 소양을 지니고 있어서 보스턴예술클럽Boston Art Club에 가입한 뒤부터 이미 명성을 날렸다. 그는 미국의 저명한 인상파 수채화가 프레더릭 하삼Frederick Childe Hassam(1859~1935)과 뜻이 맞고 마음이 통하는 친구였다. 두 사람은 서로의 화풍에 영향을 받았고, 함께 유럽으로 건너가 여러 예술 대가들로부터 예술의 진수를 배웠다. 개릿은 일생 동안 여러 명저에 삽화를 그렸다.《아서 왕의 전설과 그의 궁정Legends of King Arthur and His Court》의 삽화가 그의 대표작이다. 개릿의 각종 예술 작품은 뉴욕의 메트로폴리탄 박물관, 시카고예술대학, 보스턴 공공도서관 등과 같은 미국의 여러 기관 화랑에 소장되어 있다. 개릿은 평생 동안 장서표를 50매 가까이 제작했다.

오하이오주립대학교 물리학과도서관 •
아서 맥도널드 • 미국 • 13×9cm

39

Belmont Public Library

벨몬트 공공도서관의 장서표

에드먼드 개릿 • 미국 • 10×7cm • 1902년

책 도둑의 최후는 교수형뿐이라네

이 도서관은 미국 매사추세츠 주 벨몬트Belmont에 위치해 있고, 1868년에 건립되어 지금까지 140년이라는 역사를 쌓아왔다. 이것은 벨몬트 공공도서관Belmont Public Library 장서표다. 장서표 중앙에 도서관 이름과 건립 연도가 표시되어 있고, 사방을 두른 무늬 사이에는 셰익스피어, 밀턴, 괴테, 몰리에르, 호메로스, 단테 등 문학 대가들의 이름이 있다. 왼쪽 아래에는 화가의 서명이 있고, 오른쪽 아래에는 장서표 제작 연도가 로마 숫자 'MCMII'(1902년)로 표시되어 있다. 이 장서표는 개릿의 마흔 번째 작품이다.

40

Harry W. Flannery

눈부신 석양 아래에서의 휴식

린드 워드 • 미국 • 아연판 • 10×7cm

책 도둑의 최후는 교수형뿐이라네

린드 워드Lynd Ward(1905~1985)는 미국의 저명한 목각 판화가로, 목각, 수채화, 유화, 수묵화, 석판 및 메조틴트Mezzotint 동판화 기법에도 뛰어났다. 초등학교 1학년 때 어린 워드는 자신의 성 'Ward'가 'draw(그리다)'를 거꾸로 쓴 글자임을 발견하고 그때부터 화가가 되겠다고 결심했다고 한다. 어린 시절의 꿈은 그후 순조롭게 실현되었다. 1926년 린드 워드는 컬럼비아대학교 예술학과를 졸업한 후 독일로 떠나 라이프치히미술대학 Kunsthochschule Leipzig에서 판화와 북디자인을 배웠다. 어느 날 워드는 라이프치히의 한 서점에서 책을 뒤적이다가 벨기에 목판화의 대가 프란스 마세릴Frans Masereel(1889~1972)의 목판화 연작과 관련된 이야기를 읽었다. 이 창작 기법은 워드에게 하나의 계시로 작용했다. 1929년 그는 자신의 첫 번째 삽화소설《하느님의 남자Gods' Man》를 출간했다. 이 책은 미국에서 최초로 목판화 연작을 서사 기법으로 활용한 소설이었다. 바로 이어서 워드는 자신의 아내와 함께 어린이 삽화 서적을 디자인하여 모두 100여 권 넘게 출간했다. 그의 예술 창작 기풍에는 정치적 색채가 짙게 배어 있어서 프롤레타리아의 목소리를 대변하고 있다. 그는 여러 판화협회의 회원으로 활동했고, 미국 판화가협회 회장직을 여러 번 지냈다. 그는 또 장서표의 충실한 옹호자로서 평생 30매에 가까운 장서표를 제작했고 이와 관련된 상도 여러 차례 받았다.

이 장서표에는 주인의 이름이 지워져 있다. 미국 장서표협회 회장 제임스 키넌의 저서《장서표 예술The Art of the Bookplate》에 기록된 바에 따르면 이 장서표의 주인은 미국 기자 해리 플래너리Harry W. Flannery(1900~1975)라고 한다. 그는 제2차 세계대전 기간 동안 미국 CBS의 베를린 주재 특파원으로 근무했다. 전쟁이 끝난 후 그는 캘리포니아에 거주하며 CBS의 미국 서부 특약 시사분석가로 활동했다.

　장서표에서는 산등성이 뒤로 넘어가는 석양이 전체 화면을 오렌지 빛으로 물들이고 있다. 캘리포니아 햇빛은 눈이 부시기로 유명한데 석양도 예외가 아니다. 산등성이 아래 밭두둑에서 장서표 주인은 하루의 노동을 끝내고 잠시 쉬고 있음에 틀림없다. 그는 휴식 시간을 이용하여 붉게 타오르는 장엄한 노을을 감상하고 있는 것이다.

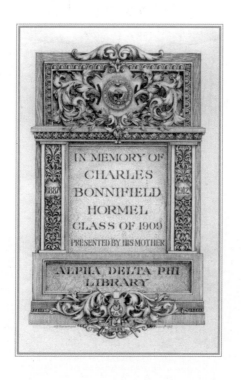

알파델타도서관Alpha Delta Phi Library • 아서 맥도널드 •
미국 • 12×8cm • 1915년

Everybody's Magazine

잡지광을 위하여

프랭클린 부스 • 미국 • 12×7cm • 20세기 초

책 도둑의 최후는 교수형뿐이라네

나는 독서와 장서를 시작으로 장서표를 좋아하게 되었고, 장서표를 시작으로 판화에 관심을 갖게 되었다. 그리고 또 장서를 시작으로 책 속 삽화를 좋아하게 되었고, 그로부터 표지, 광고, 포스터에 관심을 갖게 되었으며, 그 이후 잡지까지 수집하기 시작했다. 나는 이와 같은 반복적인 자아도취 과정을 통해 책을 고르고, 장서표를 모으고, 잡지를 좋아해왔다. 내가 소장하고 있는 잡지는 매우 다양하다. 중국 국내 잡지로는 1949년 건국 이전과 그 이후 '문화대혁명' 시기의 잡지가 있다. 각종 간행물의 창간호를 모으는 것에 특히 집중하고 있다. 하지만 집안의 공간이 협소한 탓에 수많은 귀중본을 이미 팔아버렸다. 현대 예술품 수집을 다루는 잡지도 각종 수집 활동의 참고자료로 활용할 수 있다. 20세기 전반 미국에서 발행된 잡지를 가장 좋아한다. 이것은 내가 이전에 신문 업계에 종사했던 것과도 어느 정도 관계가 있다. 그 덕분에 잡지들을 비교적 일찍 접할 수 있었는데, 그 이유 말고도 잡지 매 호의 표지에는 늘 시대적 특징이 강렬하게 드러나 있는 점이 좋아 잡지를 수집했다. 광고는 더더욱 사람을 탄복하게 만든다.

그런데 오로지 잡지를 위해 장서표를 제작하는 경우는 아주 드물다. 이 장서표는 20세기 초 미국의 저명한 펜화 삽화가인 프랭클린 부스Franklin Booth(1874~1948)가 《모두의 매거진Everybody's Magazine》 부설 도서관을 위해 제작한 전용 장서표다. 《모두의 매거진》은 1899년에 창간한 잡지로, 현실 사회의 온갖 불공평한 현상 폭로를 발행 이념으로 삼았다. 1903년에는 잡지 발행 부수가 무려 15만 부에 달했다. 그러나 제1차 세계대전이 끝난 후 판매량이 갑자기 줄어들어 1928년에는 겨우 5만 부 발간에 그쳤다. 그러다가 오래지 않아 1929년, 정간을 선언했다.

이 장서표의 제작자 부스는 당시에 광고 삽화가로 활동하며《모두의 매거진》을 포함한 여러 잡지에서 광고 포스터를 디자인했다. 부스의 창작 활동에 관한 재미있는 에피소드가 하나 있다. 어린 시절 부스는 책 속에 삽입된 동판화 삽화에 깊이 매료되었다. 그런데 삽화의 수천, 수만 가닥의 세밀한 선을 두고 부스는 이를 잘못 받아들였다. 즉, 그는 어지러울 정도로 섬세한 삽화를 모두 펜으로 검은 잉크를 찍어서 그린 것이라고 생각했다. 이때부터 어린 부스는 온 마음을 바쳐 이 환상적인 예술 기법을 배우려고 했다. 이 때문에 감상자들은 흔히 부스의 작품을 동판화로 착각하기도 한다. 그의 펜화의 수준이 얼마나 심오한지 짐작할 만하다. 부스의 어릴 적 아름다운 착각이 그를 삽화의 대가로 만든 셈이다. 서구 잡지의 표지를 좋아하는 애호가들이라면, 'magazinart' 인터넷 사이트에 등록하길 권한다. 이 사이트는 다량의 잡지 표지와 그와 관련된 소식을 제공하고 있다. 잡지 수집가라면 이 사이트를 가장 훌륭한 도구로 활용할 만하다.

오하이오주립대학교 화학과도서관 • 아서 맥도널드 •
미국 • 15×10cm • 1924년

42

Victor Robinson

개인의 인생을 기록하다

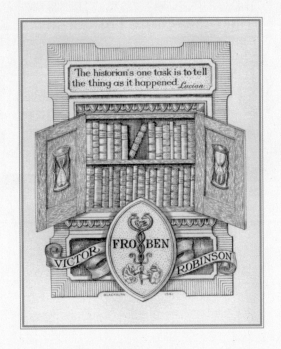

오스카 블랙번 • 미국 • 8×7cm • 1941년

책 도둑의 최후는 교수형뿐이라네

"역사학자의 한 가지 임무는 일어난 일을 그대로 말하는 것이다." 로마제정기의 그리스인 풍자작가 루키아노스Lukianos의 말이다. 처음 이 장서표를 보고 나는 그 명언에 깊이 매료되어, 마음을 주체하지 못하고 바로 이 장서표의 주인 빅토르 로빈슨Victor Robinson(1886~1947)이 어떤 사람인지 찾아보기 시작했다. 애초에 나는 이 사람을 역사학자라고 생각했지만, 장서표 아래 부분의 문장紋章에 그려진 쌍뱀 지팡이는 의약의 상징이었다. 과연 그는 우크라이나계 미국인으로 의학박사였다. 그는 일찍이 미국의 뉴욕대학교 로스쿨, 뉴욕약학대학교, 컬럼비아대학교에서 공부했고, 시카고의과대학교에서 박사학위를 취득했다. 부친도 의학자인 의학자 집안 출신으로 교육 배경도 정말 대단했다. 그는 일생 동안 의학 관련 서적을 여러 권 썼다. 그중에는 1910년에 출간한 《해시시에 관한 에세이An Essay on Hasheesh》도 있다. 인도 대마초로 마약을 만드는 내용이다. 이후 그는 《의학 생활Medical Life》이라는 잡지를 창간함과 아울러 미국 과학역사협회The History of Science Society 창립에 힘을 보탰다.

이 장서표는 미국 판화가 오스카 블랙번Oscar Taylor Blackburn(1863~1956)이 1941년에 로빈슨을 위해 제작했다. 화면의 치밀한 구조는 그 당시 미국 장서표의 기풍을 계승한 것이다. 클래식한 책장의 양쪽 문은 활짝 열려 있고, 좌우 문에 그려진 모래시계는 완전히 반대의 시간을 가리키고 있어서 그 의미가 심오하다. 들쭉날쭉 꽂아놓은 장서는 가운데 한 권이 비어 있다. 이처럼 아무 가식도 없는 서가의 모습은 이 장서표 주인이 오랫동안 책을 읽고 사랑하며 길러온 습관을 보여준다. 책은 진열만 해둬서는 안 된다. 책을 서가에 꽂아만 두고 무정한 먼지가 덮이도록 내버려두기보다는 마음에 드는 책을 늘 가까이하며 그 안에서 영양과 정수를 섭취해야 한다. 그렇게 지식을 얻어야만 사람들에게 자신의 뛰어난 학식을 뽐낼 수 있을 것이다. 장서표 아래 띠에 표시된 주인의 이름은 휘어져 두드러져 보이지 않는 데 비해, 오히려 그 가운데 문장紋章이 사람들의 시선을 빼앗는다. 이 문장의 주인은 르네상스 시기의 저명한 스위스 판화가 겸 출판상 요한 프로벤Johann Froben(1460~1527)이다. 전해오는 말에 의하면 프로벤은 처음으로 쌍뱀 지팡이를 자신의 문장에 디자인해 넣은 사람이라고 한다. 보통의 쌍뱀 지팡이는 맨 위를 활짝 편 두 날개로 장식한다. 그러나 프로벤은 창의성을 발휘하여 비둘기로 날개를 대신했다. 그는 뱀처럼 지혜로우면서도 비둘기처럼 전혀 악의가 없기를 희망한 듯하다. 이 문장에 담긴 의미가 심오하여 감상자들에게 무궁무진한 느낌을 준다.

왜 로빈슨은 모방의 혐의를 무릅쓰고 타인의 문장을 당당하게 자신의 이름 중간에 배치했을까? 대선배를 받드는 마음에서 그런 건 아닐까? 정확한 의도를 알 수는 없다. 책장 위의 명언은 루키아노스의 역사학 평론 《역사를 어떻게 쓸 것인가》에 나오는 문장이다. 이 평론은 서구 사학계의 첫 번째 사학 논문으로 평가받는다. 장서표 주인 로빈슨은 이 명언의 의미를 깊이 깨닫고 그의 저작 《의학 이야기The Story of Medicine》의 120쪽에도 이 명언을 인용하고 있다.

로빈슨의 장서표에 등장하는 세 가지 예술 기호 즉, 루키아노스의 명언과 모래시계, 프로벤의 문장은 그의 인생을 그대로 반영한 상징이다. 모래시계는 역사의 상징으로 시간의 영원성을 나타낸다. 왼쪽 모래시계는 한 사람의 인생이 시작하는 것을 의미한다. 오른쪽 모래시계의 모래는 이미

바닥 부분으로 모두 흘러내렸다. 이는 기나긴 역사의 끝과 인생의 종점을 뜻한다. 인류의 역사는 후세대에 의해 기록되지만 이 장서표의 주인은 오히려 자신의 인생 이력을 스스로 기록하고 있다.

43

Paul Jordan Smith

세상 모든 사람이 천재라면,
천재가 무슨 의미?

폴 스미스 • 미국 • 12×9cm

책 도둑의 최후는 교수형뿐이라네

나는 대학에서 신문학을 공부했기 때문에 장서표를 수집하고 나서부터는 특히 신문과 관련된 장서표에 흥미를 느꼈다. 신문업계 종사자들을 두고 잡학가라고 부르기도 하는데, 나도 그 말에 동의한다. 신문기자로서 일단 필봉을 한번 휘두르면 사회에 큰 영향을 끼쳐야 한다. 필봉의 배후에는 기만술에 뛰어난 마술사나 연기에 출중한 배우가 숨어 있다. 어떤 환경에 처하더라도 기자는 그 구체적인 상황에 따라 각색을 달리한다. 이 점이 내가 신문기자라는 직종을 좋아하지 않는 큰 원인이다. 나는 순수한 개체이므로 생계를 이유로 나 자신을 마음대로 왜곡할 수 없었다.

나와 같은 사람이 소수는 아니다. 예를 들면 이 장서표 주인인 미국의 기자 겸 작가 폴 스미스Paul Jordan Smith(1885~1971)도 그런 사람이다. 그는 현실 사회의 가식적이고 부당한 각종 평론에 대해서, 특히 자기 아내의 사실적인 정물화가 매스컴의 냉소를 당한 일에 대해서 다음과 같이 성토했다. "현대의 예술 평론가들은 겁쟁이다. 그들은 우유부단한 태도로 결정을 미루며, 진실한 견해 그리고 현실과 타협하지 않는 예술적인 견해가 대중들에게 공표될까봐 두려워한다." 그는 주류 평론계에 보복하기 위하여 경천동지할 사기극을 날조해냈다. 1924년 그는 낡은 유화 캔버스에 태평양 섬나라 여인이 바나나 껍질을 흔들며 춤추는 그림을 그린 후, 파벨 예르다노비치Pavel Jerdanowitch라는 이름으로 발표하면서 그 그림이 신예술운동의 대표작이라고 공언했다. 그의 작품이 뉴욕 화단에 전시되자 평론가들의 높은 관심과 긍정적인 평가가 이어졌다. 매스컴에서도 분분히 그에게 약력과 사진을 보내달라고 요청했다.

폴 스미스는 내친 김에 짓궂은 자작극을 계속 연출했다. 그는 자신의 약력을 다음과 같이 날조했다. "나는 모스크바에서 태어났고, 나중에 온 가족과 함께 시카고로 이주했다. 시카고예술대학교에서 공부할 때 폐결핵을 앓았다. 지인의 도움으로 나는 남태평양 섬으로 가서 요양했다. 그리고 그곳에서 원주민의 풍토와 인심에 감동을 받았다. 병에서 회복한 후에는 캘리포니아 사막에서 은둔하고 있다." 이처럼 신비하고 기이한 이력은 당시 미국 평론계의 입맛에 딱 맞았다. 그후 폴 스미스의 졸렬한 그림들은 각지의 화랑에 더욱 많이 전시되었다. 1927년 그는 이 황당한 자작극에 염증을 느끼고 〈로스앤젤레스 타임스Los Angeles Times〉에 사실의 진상을 밝혔다. 소식이 알려지자 전 세계가 깜짝 놀랐다. 그는 자서전에서 이렇게 썼다. "3년 동안 매년 겨우 1시간을 들여 날조한 거짓말이 나를 하룻밤 사이에 유명 인사로 만들었고, 이로써 나는 과거 몇 십 년 동안 일하면서 벌었던 돈보다 더 많은 돈을 벌게 되었다." 물론 이 말은 폴 스미스의 자조 섞인 울분이다. 그런데 사실이 공개된 후에도 소위 평론가라는 사람들이 그를 위해 변명을 하려 하자 그는 그 상황을 감히 믿을 수 없었다. 그는 자신의 심정을 이렇게 묘사했다. "미국의 수많은 평론가들은 내가 고지식한 화가이기 때문에 예술계의 규정을 잘 몰라서 지금까지 융통성 없이 행동하고 있고, 또 예술 부문에서 자신의 잠재력을 깨닫지 못하고 있다고 공언했다. 나의 오랜 친구조차도 편지에서 내가 스스로의 천재성을 지나치게 경시한다고 비판했다."

이 장서표 주인에 관한 자료를 읽고 나서 나는 이런 생각이 들었다. 세상 모든 사람이 천재라면, 천재에 무슨 의미가 있을까?

Columbia University
in the City of New York
Library

From the Gift of
Adolph Lewisohn
for
German Dissertations

컬럼비아대학교 뉴욕시도서관 • 미국 • 10.5×8cm

세상 모든 사람이 천재라면, 천재가 무슨 의미?

Boston Browning Society

시인 브라우닝 팬클럽

프랭크 메릴 • 미국 • 9×7.5cm

책 도둑의 최후는 교수형뿐이라네

미국 동부 해안 지역인 뉴욕과 보스턴에 영국 시인 로버트 브라우닝 Robert Browning(1812~1889, 19세기 영국 빅토리아 시대를 대표하는 시인—옮긴이)의 작품을 비평하고 빅토리아 시기의 문학작품을 연구하는 '브라우닝협회Browning Society'가 개설된 바 있다. 그 당시 중국 출신 지식인 후스胡適(1891~1962, 1917년부터 중국의 문학혁명을 주도한 평론가이자 시인, 철학가, 고전연구가—옮긴이)는 브라우닝과 떼려야 뗄 수 없는 관계를 맺었다. 일찍이 후스는 미국 코넬대학교Cornell University에서 유학하면서 '브라우닝 상'을 받은 적이 있다. 후스는 그 일을 어머니에게 편지로 알렸다. "브라우닝은 영국 근대의 대시인입니다. 제가 다니는 대학교에서는 매년 상금을 걸고 브라우닝 시문을 비평하는 글을 모집합니다. 그중에서 가장 우수한 글을 쓴 사람이 상금을 받습니다. 제가 지은 글은 대략 3,000자 정도 분량으로, '브라우닝의 낙관주의에 대한 변호A defense of Robert Browning's optimism'라는 제목입니다. 이 글로 상을 받았고, 제가 외국인이었던지라 교내의 여러 사람들이 더욱 명예로운 일이라고 칭찬합니다. 근래 경제적으로 어려운 상황에서 뜻밖에도 상금 50달러를 받고 보니 적게나마 보탬이 되지 않는다고 할 수 없습니다. 헛된 명성을 얻은 기쁨에 그치지 않는 일입니다." 후스의 일기에 실려 있는 〈다시 보스턴을 유람하며再游波士頓記〉란 글에서도 '보스턴 브라우닝협회'를 거듭 언급하고 있다.

이 장서표는 보스턴 브라우닝협회 전용 장서표이다. 이 협회는 1885년에 창립되었는데, 회원들은 항상 브라우닝의 시를 읽고 감상을 교류한다. 브라우닝은 영국 빅토리아 시대를 대표하는 작가이고, 또 당시 문단에서 활동한 풍운의 인물들과도 밀접한 관계를 유지했다. 이 때문에 이 협회는 주로 그 시대의 특징을 중심으로 연구를 진행한다. 때때로 브라우닝의 희곡을 직접 공연하기도 했지만 이를 관람하러 오는 관객은 매우 드물었다. 전해오는 말에 의하면 브라우닝도 인정에 보답하는 차원에서 딱 한 번 협회를 방문한 적이 있다고 한다. 이는 매우 소극적인 팬 관리인데, 현대의 유명 작가와는 비교할 수 없다. 장서표에는 브라우닝 측면 초상이 중앙에 있고 그 테두리에 영어로 다음과 같이 새겨져 있다. "Earth's every man my friend(지구의 모든 사람은 내 친구다)." 출처는 미상이다. 장서표 하단에는 협회의 이름과 로마 숫자 'MDCCCLXXXV'가 쓰여 있다. 보스턴 브라우닝 협회의 창립 연도가 1885년이란 의미다. 오른쪽 아래에는 이 장서표의 작가 프랭크 메릴Frank T. Merrill(1848~1936)의 서명이 있다.

프랭크 메릴은 미국의 저명한 삽화가로 보스턴 지역에서 명성을 떨쳤다. 50년의 창작 기간 동안 그는 마크 트웨인Mark Twain(1835~1910), 헨리 롱펠로Henry W. Longfellow(1807~1882), 너대니얼 호손Nathaniel Hawthorne(1804~1864), 워싱턴 어빙Washington Irving(1783~1859) 등 대가들의 작품에 삽화를 그렸다. 그가 그린 몇 천 폭의 삽화는 각종 문학작품 속에 출현한다. 그중 로버츠브라더출판사Roberts Brothers Co.에서 1880년에 출판한 《작은 아씨들Little Women》의 삽화가 대표작으로 여겨진다.

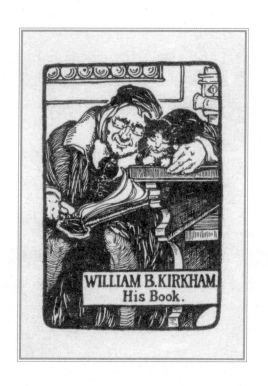

예일대학교 동물학박사 • 미국 • 10×7cm

Paul Horgan

인생은 두꺼운 책과 같다

LIBRARY OF PAUL HORGAN

폴 호건 • 미국 • 8×4cm

폴 호건Paul Hogan이란 이름을 듣고 내가 처음 떠올린 사람은 바로 유명한 오스트레일리아 영화 〈크로커다일 던디Crocodile' Dundee〉에서 던디로 분한 호건이다. 서양인들 사이에서도 중복되거나 유사한 이름이 많다. 예를 들면 이 장서표의 주인 폴 호건Paul Horgan(1903~1995)도 앞서 언급한 영화에 출연한 호건과 'r' 한 글자만 차이가 날 뿐이다. 그러나 그는 악어나 던디와는 아무 관계도 없다. 그는 미국 현대문학사에서 반드시 거론되는 인물이다. 북미 서부 역사소설을 대표하는 작가로 두 차례나 퓰리처 상을 받았다. 호건은 미국 동부의 부유한 지역인 코네티컷 주에서 태어나 10여 세에 뉴멕시코 주로 이주했다. 이러한 인생 이력이 이후 그의 창작활동에 큰 영향을 끼쳤다. 그의 작품에는 미국 서남부 지역 및 멕시코 등지에 남아 있는 스페인 식민지 기풍이 선명하게 스며들어 있다. 1933년 호건은 《천사들의 잘못The Fault of Angels》으로 하퍼 상Harper Prize을 받았다. 1955년에는 《위대한 강Great River》을, 1976년에는 《산타페의 라미Lamy of Santa Fe》를 출간하여 그해 퓰리처 상 역사 부문에서 수상했다.

이 장서표는 개인 도서관 전용이다. 미국 20세기 전기와 중기의 다른 장서표 문양과 마찬가지로 구도가 지극히 단순하고, 문자 여러 개를 조합해서 디자인을 완성했다. 이 장서표에는 라틴 문자 'Ex libris'라는 표시도 없다. 그 대신에 영어로 'Library of Paul Horgan'이란 글자를 써넣었다. 글자 위에는 활짝 펼쳐놓은 커다란 책이 놓여 있고, 그 위로 장서표 주인인 호건의 이니셜, 대문자 'H' 자가 수직으로 서 있다. 이 장서표 뒷면에는 풀로 붙인 흔적이 매우 선명하게 남아 있어서 이전에 사용한 적이 있음을 알려준다. 나는 이 장서표의 펼쳐진 책을 보는 순간 첸중수錢鍾書(1910~1998, 중국 현대 문학연구가 겸 소설가 —옮긴이)가 쓴《인생의 가장자리에서 쓰다寫在人生邊上》라는 책의 첫머리에서 말한 철학적 명언이 떠올랐다. "전해오는 말에 의하면 인생은 두꺼운 책과 같다고 한다. 만약 인생이 정말 이와 같다면 우리 같은 대부분의 작가는 단지 서평가일 뿐이다. 서평가의 본령은 책을 몇 페이지 읽어볼 필요도 없이 일찌감치 다량의 의견을 서술할 수 있다는 것이다. 그렇게 서평을 한 편 쓰고 나면 책은 그대로 덮어버린다."

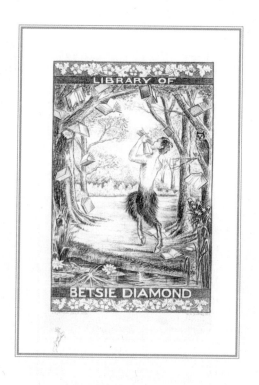

개인 도서관 • 존 제임슨 • 미국 • 17×13cm • 1938년

Stephen Spaulding

요절한 꽃청년을 기리며

윌리엄 빅널 • 미국 • 판각 • 12×8cm • 1927년

책 도둑의 최후는 교수형뿐이라네

미국 장서표협회에서 20세기 초에 한정판으로 발행한 자체 간행물을 수집하려고 그곳에 가입했다. 협회 회원들과의 교류를 통해 나는 1940~1980년까지 협회에서 발행한 내부 간행물 정보 및 구매 방식을 많이 알게 되었다. 1943~1944년까지 발행된 내부 간행물 중에서 내가 손에 넣은 것은 제13호인데 한정본 250권 중 하나다. 애초에 이 간행물을 입수하려고 한 것은 페터 핑게스텐Peter Fingesten(1916~1987)이 그의 부친인 유태계 판화의 대가 미헬 핑게스텐Michel Fingesten(1884-1943)에 관해서 쓴 책에 장서표 원본 5장이 첨부되어 있었기 때문이다. 그러나 이 내부 간행물은 아들 핑지스틴의 글을 맨 처음에 싣지 않았고, 미국 장서표 황금세대 5대가의 실력에 훨씬 미치지 못하는 판화가 윌리엄 빅널William Bicknell의 장서표를 첫 페이지에 싣고 있었다. 빅널의 작품 목록에 따르면 그는 평생 장서표를 30매가량 제작했다고 한다. 수량은 많지 않지만 장서표에 정밀하게 그려진 초상을 보면 그가 정말 놀랄 만한 솜씨를 갖고 있었음을 알 수 있다. 내가 고른 이 준수한 남자의 초상을 그린 장서표는 그가 1927년에 제작한 것이다. 장서표 주인 스티븐 스폴딩Stephen Spaulding은 1925년에 미시건대학교에 진학했다가 젊은 나이에 요절했다. 그의 부모는 애통함을 이기지 못하고 아들을 기념하기 위해 그가 사용한 서적을 모두 미시건대학교에 기증함과 동시에 빅널에게 이 장서표 제작을 부탁했다. 장서표에 써넣은 '1907~1925'란 연도는 스폴딩의 생몰 연대다. 불과 18세의 젊은이가 이렇게 부모의 곁을 떠났으니 얼마나 애통한 일인가? 지금까지도 미시건대학교의 도서관에는 '스폴딩 장서'가 남아 있고, 그 속에는 역사책이나 초기 삽화본 등 진귀한 서적이 많이 포함되어 있다.

요절한 꽃청년을 기리며

미시건대학교는 장서표와 떼려야 뗄 수 없는 인연을 맺고 있고, 이 도서관에는 장서표 관련 서적도 400권 가까이 소장되어 있다. 그중 중요한 것으로는 도서관 사서 겸 작가 시어도어 코흐Theodore W. Koch(1871~1941)가 무상으로 기증한 책이다. 코흐는 1915년《장서표에 관하여Concerning Book Plates》란 책을 썼는데, 이 책은 초급 장서표 애호가들이라면 반드시 읽어야 할 자료다.

나그네 • 존 제임슨 • 미국 • 10×6cm • 1935년

요절한 꽃청년을 기리며

47

Richard Storrs

역사는 시대의 증인이다

LONG ISLAND HISTORICAL SOCIETY
BEQUEST OF THE
REV. RICHARD SALTER STORRS, D.D., LL.D.
FOR THE ENLARGEMENT OF THE
DEPARTMENT OF ECCLESIASTICAL HISTORY
· MDCCCC ·

에드윈 프렌치 • 미국 • 12×8cm • 1901년

책 도둑의 최후는 교수형뿐이라네

1863년에 설립된 롱아일랜드역사학회The Long Island Historical Society는 1985년, 브루클린역사학회The Brooklyn Historical Society로 이름을 바꿨다. 이 학회는 도서관, 박물관, 교육센터를 망라한 공간으로 특히 브루클린 지역 400여 년의 역사를 보존하고 확장하는 학술 연구에 힘을 쏟고 있다. 이 학회는 매년 약 9,000명의 회원을 받아들이고, 정기적으로 각종 학술전시회, 좌담회를 개최하여 현지 및 주변 지역 교사와 학생의 관람을 유도한다. 1999년 새롭게 단장한 학회 건물은 퀸 앤 양식(서양 고전 주택을 지을 때 상자형 벽돌로 귀퉁이 돌을 축조하고, 창이나 문 언저리에 석재를 쓰는 양식을 가리킨다. 17~18세기 영국 퀸 앤 시대의 양식을 19세기 후반에 부활시킨 것이다.—옮긴이)의 옛 빌딩인데 미국 역사 건축물National Historic Landmark로 지정되어 있다. 이 학회 도서관에는 지금까지 10만 권에 달하는 학회지 통합본 자료, 6만 장의 사진, 2,000장의 지도와 도감 및 610미터가 넘는 필사본이 소장되어 있다.

이 장서표의 주인 리처드 스토스Richard Storrs(1821~1900)는 대대로 이어 내려온 독실한 기독교 집안 출신으로 미국 회중교회Congregational Church(프로테스탄트의 한 교파로, 미국 이주 초기에 매사추세츠에 상륙하여 미국 교회, 정치, 사회, 교육 등 많은 분야에 큰 영향을 미쳤다.—옮긴이)의 목사였다. 이 집안의 선교 역사는 그의 증조부 대로 거슬러 올라간다. 스토스는 미국에서 가장 유명한 목사 중 한 사람이었고, 동시에 작가이자 사상가, 연설가이기도 했다. 그는 일찍이 롱아일랜드역사학회 회장을 지냈다. 이 장서표의 제작 연도는 1901년인데, 스토스가 세상을 떠나면서 자신의 장서를 이 학회에 기증했다. 이 때문에 이 학회에서는 그의 이름을 내세운 기념 기금을 설립했다. 이 장서표의 핵심은 스토스 목사의 초상이다. 왼쪽 위편의 그리스 조각상은 롱아일랜드의 심벌이다. 상단의 라틴어 문자 "Historia Testis Temporum"은 "역사는 시대의 증인이다"란 뜻이다. 왼쪽 아래에는 종교서적 몇 권이 있고, 오른쪽에는 기름등잔이 놓여 있는데 종교적 의미가 매우 뚜렷하다. 장서표 하단 영어 문장의 뜻은 다음과 같다. "롱아일랜드역사학회는 스토스 목사의 성금을 받았다. 이 성금은 장차 기독교 역사 부문 연구를 확대하는 데 쓰일 것이다."

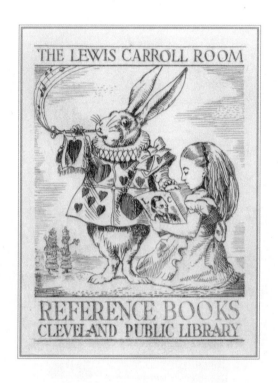

클리블랜드공공도서관Cleveland Public Library • 미국 • 10×7cm

48

Frank S. Hatch

완벽한 낚시꾼

앨프리드 다우니 • 영국 • 10×8cm • 1932년

책 도둑의 최후는 교수형뿐이라네

이 장서표의 주인 프랭크 해치Frank S. Hatch(1882~1968)는 미국 유타 주에서 나고 자란 토박이다. 그는 태어나서 학교를 다니고, 사회생활을 하는 내내 유타 주의 경계를 벗어난 적이 없다. 해치는 일찍이 유타주립대학교 Utah State University 전기공학과에서 공부했고, 졸업 후 오래지 않아 전기 전등 회사를 창업했다.

장서표의 산봉우리에는 백설이 하얗게 덮여 있고, 고목이 하늘을 찌르고, 삼나무가 빽빽하게 우거져 있다. 맑은 호수와 높은 산이 어울려 현지 특유의 아름다운 경관을 연출하고 있다. 유타 주는 미국에서도 유명한 낚시 명승지다. 지형이 복잡한 데다 천연으로 형성된 크고 작은 호수가 있고, 또 강물이 사방으로 흘러서 다양한 방법으로 낚시를 즐길 수 있다. 호수 낚시, 강물 낚시, 플라이 낚시 등이 보편적이다.

장서표 주인 해치는 낚시광임이 분명하다. 장서표 상단의 문장은 "고기를 낚는 것이 낚시의 모든 것은 아니다"란 뜻이다. 낚시광의 입장에서는 낚시를 하는 전 과정이 낚시의 결과보다 더욱 중요한 법이다. 장서표 왼쪽에는 낚시를 위한 필수 도구인 어람魚籃, 낚싯대, 뜰채가 세워져 있고, 배를 젓기 위한 한 쌍의 노까지 갖춰져 있다. 중간에 펼쳐놓은 책은 낚시꾼의 필독서다. 그것은 영국의 저명한 전기 작가 아이작 월턴Izaak Walton(1593~1683)이 1653년에 출간한《완벽한 낚시꾼The Compleat Angler》이란 책인데《조어대전釣魚大全》으로도 불린다. 정확하게 말하자면 이 책의 저자는 두 사람이다. 월턴의 친한 친구이자 낚시꾼인 영국 시인 찰스 코턴 Charles Cotton(1630~1687)도 책의 집필에 함께 참여했다. 그가 집필한 내용은 1676년 5쇄 출간 때 증보되었다. 전체적으로 대화체 산문 형식으로 되

완벽한 낚시꾼

어 있고 거기에 삽화를 곁들여 각종 물고기의 생활 습성 및 이에 걸맞은 낚시법을 상세하게 서술하고 있다. 장서표에 펼쳐 놓은 책을 돋보기로 자세히 살펴보면 이 책은 1836년 판본임을 알 수 있다. 이 책은 벌써 몇 백 쇄를 찍었으며 지금까지도 여전히 낚시꾼들에게 가장 훌륭한 참고서 역할을 하고 있다. 타이완 작가 둥차오董橋(1942~ , 인도네시아 화교로 타이완 청궁대학成功大學을 졸업한 후 홍콩과 타이완 등지에서 활동하는 작가다. 특히 수필 창작에 뛰어나다.—옮긴이)는 이 책을 소개하면서 "영어로 쓰인 낚시 경전"이라고 칭송했다. 2008년 홍콩 옥스퍼드대학출판사에서 출간한 둥차오의 산문집《녹색綠色》과《작은 풍경小風景》에도 이와 관련된 글이 수록되어 있다. 글의 제목은 "월턴의 영혼沃爾頓的幽魂"이다. 둥차오는 이 글을 처음 2007년 홍콩〈핑궈일보苹果日報〉에 발표했다.

장서표 오른쪽에는 사진기, 골프채 등이 놓여 있다. 그 중간에 테니스 라켓처럼 보이는 물건은 구미 특유의 물건인 설피snow shoes인데, 속칭 '곰발바닥 신발'이라 부른다. 유타 주의 날씨는 그곳 지형만큼 변화무쌍하다. 산악 고원 지대에는 눈이 많이 오기 때문에 두텁게 쌓인 눈 위에서는 설피를 신어야 걷기 편하다. 북미의 고위도 지역에서 생활하는 사람들은 무미건조한 긴 겨울을 보내기 위해 설피를 신고 야외 활동을 한다. 뉴욕에 있을 때 나도 저 '곰발바닥'을 신고 눈 위를 걸어본 적이 있다. 숙달된 기술이 없어서인지 발걸음을 내딛기가 어려웠다. 눈 위를 걷는 것뿐만 아니라 사진 촬영, 골프 치기 등도 모두 이 장서표 주인의 취미활동이었던 것으로 보인다. 장서표 주인의 취미활동과 관련된 물건은 각각 장서표의 좌우 양쪽에 놓여 있고, 그것을 독일산 명견 두 마리가 지키고 있다. 그러나 그가 가장 좋아한 취미는 낚시였음이 분명하다.

이 장서표는 앨프리드 다우니Alfred James Downey(1909~1935)가 그렸다. 그는 런던에서 활동한 화가 겸 삽화가다.

49

Adelaide Livingstone

동화책 그림 작가의 장서표

렉스 휘슬러 • 영국 • 13.5×10cm • 1933년

책 도둑의 최후는 교수형뿐이라네

의심할 것도 없이 장서표를 좋아하는 사람들은 대부분 독서와 책 수집도 좋아한다. 또한 장서표는 선본善本에 수록된 삽화와도 밀접한 관련을 맺고 있다. 판화가와 삽화가는 두 분야의 경계를 넘나들며 장서표를 제작하기도 하고 삽화를 그리기도 한다. 유일한 차이는 표현에서 중점을 두는 부분이 다르다는 것뿐이다. 서구의 초기 삽화본 수집을 즐겨 하는 사람들이라면, 몇몇 대가인 삽화가의 이름을 기억하고 있을 것이다. 예를 들면 영국의 에드먼드 덜락Edmund Dulac(1882~1953)과 아서 래컴Arthur Rackham(1867~1939) 등이 그들이다. 이 장서표의 작가는 20세기 초 영국의 저명한 삽화가인 렉스 휘슬러Rex Whistler(1905~1944)다. 그는 스위프트 Jonathan Swift(1667~1745)의《걸리버 여행기》20세기 판 삽화 및《안데르센 동화집》삽화로 명성을 떨쳤다. 개인적으로 휘슬러가 삽화를 그리고 영국 아동문학가 월터 데라메어Walter John de la Mare(1873~1956)가 글을 쓴 작품집을 가장 높게 친다. 나는 최근 아들이 태어난 뒤에는 점차 수집 취미를 서구 아동문학 삽화본 쪽으로 넓히고 있다. 아서 래컴과 루이스 캐럴Lewis Carroll(1832~1898) 모두 이 부문의 대가들이다. 그러나 그들의 초판본은 찾기도 힘들고 가격도 나날이 비싸져서 주머니 사정이 곤란한 나로서는 휘슬러가 1930년대에 월터 데라메어의 아동문학 작품에 그린 삽화본을 몇 권 구입했다. 그중 1933년에 출간한《로드 피시The Lord Fish》초판은 표지 디자인에 새로운 장식 요소가 녹아 있고, 본문에 등장하는 몇몇 인물이 페이지 곳곳에 그려져 있으며, 흑백 삽화로 목탄화 같은 효과를 내고 있다. 모든 삽화 아래에는 내용에 관한 설명이 한 줄씩 덧붙는다.

1933년, 휘슬러는 애들레이드 리빙스턴Adelaide Livingstone을 위해 이 장서표를 제작했다. 그레이트브리튼 훈장 보유자인 리빙스턴은 1934년에서 1935년까지 영국의 '평화투표Peace Ballot' 조직 책임자였고, 아울러 1935년에는 국민투표위원회 비서장에 임명되었다. 이 투표의 결과를 통해 영국 대중은 국제연맹이 주도한 집단안보 체제에 대한 지지를 표시했다. 그러나 이 투표의 구상과 목적을 살펴볼 때, 어느 정도 대중을 잘못된 방향으로 이끌었다는 혐의가 있다. 특히 리빙스턴은 투표 결과를 공표하기도 전에 《평화 투표: 공식적인 역사The Peace Ballot: The Official History》란 책을 출간하여 더욱더 사회 각계로부터 의심을 받았다.

렉스 휘슬러 • 영국 • 11×8cm

50

Henry & Christabel Mclaren

귀족 부부의 은밀한 서재

렉스 휘슬러 • 영국 • 11×8cm • 1932년

책 도둑의 최후는 교수형뿐이라네

장서표를 좋아하는 중국 국내의 벗들은 수집 초기에 장서표가 얼마나 고귀한 소형 자산인지 묘사한 둥차오의 유려한 문장을 읽어본 적이 있을 것이다. 그의 안목에 비친 영국의 몇몇 판화가 예를 들면 찰스 셔본, 에릭 길Eric Gill(1882~1940), 그리고 렉스 휘슬러와 같은 작가는 세기가 바뀔 무렵 명성을 날린 뛰어난 인재였다. 둥차오는 휘슬러를 이렇게 평가했다. "20세기 초에 휘슬러가 그린 장서표는 정말 볼 만하다. 로코코풍(18세기 유럽에서 유행한 장식 스타일의 하나로, 바로크 양식의 장엄하고 화려함을 탈피하고 우아하고 경쾌하며 여성적인 특징을 보인다.—옮긴이)의 운치가 은연중에 드러나 있고, 장서인의 생애와 학문을 표현하는 데 뛰어나면서도 공허한 미감으로 전락하지 않고 '우화寓言 장서표'에 비해 주제의 적합성에 있어서도 뛰어나다." 둥차오는 휘슬러와 동시대의 다른 예술가를 비교하면서 휘슬러의 작품이 더욱 구상화되어 있고 장서표 주인의 특성을 잘 표현하고 있으며, 개인의 은밀한 개성이 장서표로서의 공공성보다 훨씬 강하게 드러난다고 진술했다.

나도 이 같은 진술에 깊이 공감한다. 이번 장서표만 봐도 그렇다. 이 장서표의 주인은 영국 귀족 부부로, 헨리 매클래런Henry Mclaren(1879~1953) 남작과 그의 부인 크리스타벨 매클래런Christabel Mclaren(1890~1974)이다. 헨리 남작은 20세기에 줄곧 영국 정계와 경제계에서 활동했다. 그는 아버지에게 물려받은 집안의 유산을 계승하여 귀족 가문들이 오랫동안 쌓아온 세습제 권리를 충분히 향유했다. 이 장서표는 부부 공용으로, 문장紋章 중심인 영국의 전통적인 장서표 양식에서 탈피했지만 여전히 로코코풍이 희미하게나마 남아 있다. 장서표 속 어린 천사가 아치형 출입문의 커튼을 당겨서 열고 있는데, 마치 그 천사가 사람들에게 집 밖의 꽃밭에서 잠시 쉬었다 가라는 것 같다. 아치형 출입문 양쪽으로 놓인 서가는 아마도 헨리 남작의 서재 일부분을 재현한 것으로 보인다. 좌우 서가 위에는 두상이 하나씩 놓여 있다. 그리고 각각 'C'와 'H' 자가 새겨져 있는데 이는 틀림없이 이 장서표의 주인인 매클래런 부부 이름의 이니셜일 것이다. 아치형 출입문 바로 위쪽에는 바이올린, 만돌린, 트럼펫, 웨이스트드럼waistdrum 등과 같은 여러 가지 악기가 매달려 있다. 이를 통해서도 우리는 이 장서표 주인 부부의 두 가지 취미가 장서와 음악임을 알 수 있다. 두 부부는 때때로 책을 읽다가 피로해지면 문밖의 꽃밭으로 나가서 음악을 즐기며 피로를 풀었을 것이다. 보수적인 영국 귀족 사회에서 자기 가정의 일부분과 평소의 은밀한 사생활을 대중에게 공개하는 것은 매우 대담한 시도라고 할 수 있다.

이 장서표 뒤편에 '작은small 사이즈'라는 글씨가 쓰여 있는 것으로 보아 틀림없이 큰 사이즈도 있었을 것으로 짐작된다.

천사 문장紋章 • 영국 • 9.5×7cm

James A. H. Murray

지각의 빵으로 그를 먹이고
이해의 물을 그에게 주리라

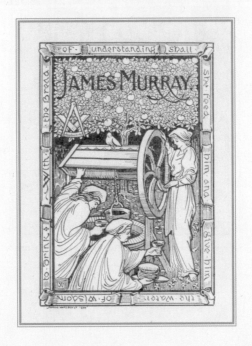

존 비니콤 • 영국 • 14×11cm • 1899년

책 도둑의 최후는 교수형뿐이라네

《옥스퍼드 영어사전Oxford English Dictionary》의 약칭은 'OED'인데, '사전계의 바이블'로 칭송받고 있다. 사전의 첫 번째 편집자가 스코틀랜드 언어학자 제임스 머리James A. H. Murray(1837~1915)였기 때문에 이 사전을 흔히 '머리 사전'이라고도 부른다. 이 장서표는 머리가 생전에 직접 사용한 것이다. 장서표 그림 속 여인은 도르래를 돌려서 우물 아래로부터 맑은 물을 길어 올리고 있다. 두 명의 지자智者는 각각 왼쪽과 오른쪽에서 손에 컵을 들고 물 마실 준비를 하고 있다. 작은 새가 도르래 위에 앉아 있고 그 곁의 과일나무 위에는 장서표 주인의 이름이 크게 적혀 있다. 장서표 가장자리의 장식 무늬에는 다음의 영어 문장이 표기돼 있다. "With the bread of understanding, shall she feed him and give him the water of wisdom to drink." 이 문장은 두에이−림스Douay-Reims 영역판《성경》〈집회서〉 15장 3절에서 인용한 것이다. "지혜는 지각의 빵으로 그를 먹이고 이해의 물을 그에게 주리라"라는 뜻이다.(한국천주교주교회의《성경》판본 인용—옮긴이) 이 문장은 장서표의 그림과 호응해 서로 간에 의미를 더하면서, 사람들의 깊은 각성을 유도하고 있다.

이 장서표 작가는 북아일랜드의 저명한 판화가 존 비니콤John Vinycomb(1833~1928)이다. 그는 마르쿠스 워드 인쇄상Marcus Ward & Co이란 곳에서 여러 해 동안 예술 총감독을 담당했다. 비니콤은 장서표를 제작하면서 영국의 문장紋章 양식을 계승했지만 전통적인 형식에 구애받지는 않았다. 그는 각종 예술 언어 속에서 예술 구성 요소 배후의 의미를 더욱 심층적으로 발굴해 냈다. 그는 이렇게 말한 적이 있다. "장서표는 서지학 속에 솟아오른 샛별이다. 장서에다 정교하고 예쁜 장서표를 붙이는 일은 이미 유행이 되었다."

지각의 빵으로 그를 먹이고 이해의 물을 그에게 주리라

52

C. E. Stewart

준비 없는 싸움은 하지 않는다

존 닉슨 • 영국 • 12×8.5cm • 1893년

장서표 소장의 가장 큰 즐거움은 장서표에 숨겨진 암호를 해독하는 일이다. 장서표에 등장하는 모든 예술 기호는 장서표 주인의 신분, 집안 배경을 해독하는 주요 실마리가 될 수 있다. 영국 19세기 말에 제작된 이 장서표를 그 예로 살펴보자. 장서표에 그려진 문장은 유럽 대륙 밖 영국 장서표의 전형과도 같다. 이 장서표에는 두 가지 잠언이 표기되어 있다. 하단 중앙에 있는 "Never Unprepared"는 라틴어 "Nunquam Non Paratus"를 영어로 번역한 것인데 "준비 없는 싸움은 하지 않는다"라는 뜻으로, 스코틀랜드의 오래된 부족인 존스톤Johnstone 부족의 족훈族訓이다. 스코틀랜드는 역사적으로 줄곧 자유를 쟁취하기 위해 싸워온 민족이다. 따라서 족훈도 전투성이 매우 강하다. 이후 구미 국가의 군대나 군사학교에서는 이 구절을 자신의 잠언이나 교훈으로 삼는 경우가 많았다. 1894년 출간된 영국의 《장서표 잡지》에도 이 장서표가 게재된 적이 있지만 관련 정보가 부족해서 이 장서표의 주인 스튜어트C. E. Stewart가 런던에 거주한다는 사실만 언급했다. 추측컨대 이 두 마디의 영어 잠언은 스튜어트 가문의 가훈이고, 그의 조상은 스코틀랜드 출신 상무尙武 정신의 소유자였던 것으로 보인다.

이 장서표 가장자리에 쓰여 있는 또다른 잠언은 장서표 주인의 좌우명일 것이다. 그 원문과 의미는 다음과 같다. "아무 내용도 없더라도 책은 책이다A Book's a book, although there's nothing in't."

장서표 주인의 이름 좌우 양쪽으로 각각 18과 93이란 숫자가 있다. 이는 이 장서표의 제작 연도가 1893년임을 나타낸다. 이 장서표의 핵심은 작가가 존 닉슨John Nixon이라는 점이다. 그는 영국 19세기 말에서 20세기 초에 장서표계에서 찰스 셔본과 로버트 벨Robert Anning Bell(1863~1933) 등과

준비 없는 싸움은 하지 않는다

이름을 나란히 한 예술가 중 한 사람이다. 아쉬운 것은 존 닉슨이 자신이 제작한 장서표에다 기본적으로 제작 연도를 표시하지 않았다는 점이다. 이 장서표처럼 제작 연도를 직접 표시한 것은 드물고도 드문 사례에 속한다. 옛 양식을 판에 박은 듯 고수한 영국 런던의 장서표와는 달리, 닉슨은 장서표에다 전통 문장과 당시 유행을 결합한 새로운 장식예술을 운용하고 있다. 손으로 직접 붉은색을 칠하여 장서표 화면을 더욱 심도 깊고 긴밀하게 구성했다. 표면의 요철도 운치가 있고 긴밀하게 이어져 있다.

천사 문장 • 영국 • 9×6cm

준비 없는 싸움은 하지 않는다

53

Charles Holme

흐르는 시내에서 책을 발견하고,
바위에게서 설교를 듣는다

장서표 주인_ 찰스 홈 • 영국 • 11×9cm

책 도둑의 최후는 교수형뿐이라네

이 장서표의 주인 찰스 홈Charles Holme(1848~1923)은 19세기 말부터 20세기 초까지 영국에서 유행한 아르누보Art Nouveau(19세기 말~20세기 초까지 구미에서 유행한 장식 양식. 유럽의 전통예술에서 탈피하여 새로운 예술을 수립하려는 미술계의 풍조에서 비롯됐다. 덩굴풀이나 담쟁이 등의 자연 형태에서 문양을 취해 유연한 선, 파도형 곡선, 당초 무늬, 화염 무늬 등을 도입하여 부드러운 장식성을 추구했다.—옮긴이) 운동의 선봉장 겸 유명한 디자인 잡지《스튜디오The Studio》의 창간자다. 그의 장서표는 그가 제창한 아르누보 스타일과 흡사하다. 그의 창작 정신은 전통적인 영국 장서표의 수구성에서 벗어나 있고, 그 내용은 고전주의 문학 기풍과 관련이 있다.

왼쪽 아래 방패에 새겨진 영어 "Tongues in trees, books in the running brooks, sermons in stones"는 셰익스피어의 희극《뜻대로 하세요As You Like It》제2막 제1장 〈아든 숲The Forest of Arden〉에 등장하는 대사다. 이 대목에서 공작Duke은 다음과 같이 독백한다. "우리의 생활은 속세에서 벗어나 있지만 숲속에서 자연의 이야기를 듣고, 흐르는 시내에서 책을 발견하고, 바위에게서 설교를 듣는다." 이 희극의 줄거리는 제목과 밀접하게 연관되어 있다. 즉, 온갖 고난을 겪은 선인善人은 마침내 좋은 보답을 받고, 서로 정을 느낀 사람은 마침내 가정을 이룬다. 장서표 주인 찰스 홈은 셰익스피어의 충실한 독자였음에 틀림없다. 그는 이 희극 속에 묘사된 인상적인 장면을 자신의 장서표로 옮겨왔다. 셰익스피어가 창조한 아름다운 이상과 홈의 환상이 잘 맞아 떨어지면서, 선이 반드시 악을 이기는 것이 인간 세상의 불변의 진리임을 드러내고 있다. 화면 오른쪽에서 뻗어 오른 거목에 둘러쳐진 띠에는 라틴어 문자가 쓰여 있다. 각각 영원한 역량, 지혜, 도덕이라

흐르는 시내에서 책을 발견하고, 바위에게서 설교를 듣는다

는 뜻이다.

장서표 속의 실외 풍경은 홈의 저택 밖 아름다운 전원 풍경일 가능성
이 크다. 1902년 홈은 업턴 그레이Upton Grey에 땅과 집을 구입한 뒤, 그 집
을 개조하고 다시 설계하기 위해 건축가 여러 명을 초청한 적이 있다. 그
가 살던 집은 나중에 영국 건축사에서 전원주택을 대표하는 건축물이 되
었다.

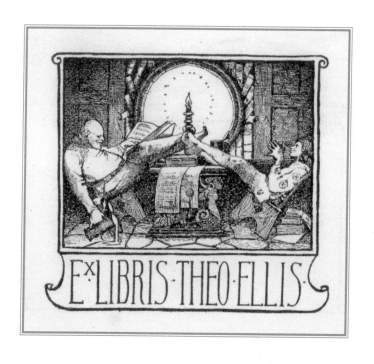

술 취한 자들 • 영국 • 11×8cm

54

Thomas Hardy

토머스 하디의 작은 집

FROM THE LIBRARY
OF
THOMAS HARDY, O.M.
MAX GATE

장서표 주인_토머스 하디 ● 영국 ● 6×4cm

쉬즈모徐志摩(1897~1931, 유명한 중국의 현대 시인—옮긴이)의 수필 〈하디를 알현한 어느 오후謁見哈代的一個下午〉에 언급되어 있는 맥스 게이트Max Gate가 이 장서표 하단에 이탤릭체로 표시된 바로 그 저택이다. 쉬즈모는 일찍이 유럽 여행을 할 당시 대륙 서부 여행을 '감정이 이끈 여행'이라고 불렀다. 그는 로맹 롤랑Romain Rolland(1866~1944, 프랑스 소설가이자 극작가, 평론가—옮긴이), 가브리엘레 단눈치오Gabriele d'Annunzio(1863~1938, 이탈리아의 시인이자 소설가 및 극작가—옮긴이), 토머스 하디Thomas Hardy(영국의 소설가 겸 시인—옮긴이) 등과 같은 몇몇 영웅을 만날 계획을 세웠다. 그러나 결국 영국의 문호 하디만을 만났을 뿐이다. 심지어 케임브리지의 친한 친구 골즈워디 디킨슨Goldsworthy Lowes Dickinson(1862~1932)이 써준 소개 편지가 없었다면 그에게도 문전박대를 당했을 것이다.

이것은 하디가 개인 저택 맥스 게이트로 이사하고 나서 개인 도서관용으로 제작한 전용 장서표다. 하디를 잘 아는 사람은 모두 그가 소설가 겸 시인일 뿐 아니라, 명성을 날리기 전까지는 시종일관 자신의 본업인 건축 설계를 포기하지 않았다는 사실을 잘 알고 있다. 1881년 그는 아내 엠마Emma Lavinia Gifford(1874~1912)와 함께 고향 도싯Dorset으로 돌아가 그곳에 '작은 맥스 게이트'란 개인 저택을 지었다. 그 저택은 하디 본인이 설계하고 감독했으며 그의 부친과 형이 직접 지은 빅토리아식 별장이었다. 1885년 하디의 온 가족이 그곳으로 이사했다.《무명의 주드Jude the Obscure》출간 이후 가계 상황이 호전되자, 하디는 원고료를 받아 본래의 '작은 맥스 게이트'를 두 배로 확장하여 지금의 '맥스 게이트' 형태로 완공했다. 하디는 그곳에서 남은 생애 40년을 보냈고, 죽음을 맞았다.

토머스 하디의 작은 집

장서표 종류 가운데 도서관 전용 장서표라는 것이 있다. 이는 'Ex libris'란 라틴어 표시 없이 문자나 문자 무늬로만 구성된 장서표다. 이런 장서표는 영국과 미국 등지에서 유행했고, 보통 'From the Library of'로 시작하여 바로 뒤에 장서표 주인의 이름을 표기한다. 글자체가 엄숙한 데다 장서표 크기도 일반 장서표의 1/3 또는 1/4 정도에 그치는 경우가 대부분이다. 내용이 풍부하고 제재도 다양한 일반 그림 장서표의 기풍과는 상반되게 이러한 종류는 문자로 실용적인 표시만 한다. 더욱 단순하게는 장서표 주인의 이름만 쓰고 다른 글자는 전혀 덧붙이지 않는 경우도 있다. 때로는 장식성이 강한 글자체로 고리타분한 옛 글자체를 대신하기도 하는데 이럴 때는 상당히 화려하게 보이기도 한다.

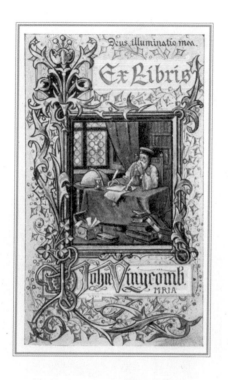

서재 • 존 비니콤 • 영국 • 12×9cm

Gardiner Hope Miller

책을 읽느라 모자에
불이 붙는 줄도 몰랐네

새뮤얼 홀리어 • 영국 • 10×7cm • 1896년

책 도둑의 최후는 교수형뿐이라네

작년에 나는 컴퓨터 그래픽에 뛰어난 벨기에 화가와 중국 국내의 여러 판화가들이 협력하여 제작한 장서표를 본 적이 있다. 장서표 화면을 절반씩 나누어 각각의 특징을 살려 디자인했다. 컴퓨터에서 시공을 초월하고 국경을 뛰어넘어 교류하는 건 아주 쉬운 일이지만, 현대 장서표 부문에서 이러한 제작 방식을 자주 볼 수 있는 건 아니다.

장서표 제작 초기에는 협력 제작 방식이 흔했다. 한 사람이 장서표의 디자인과 밑그림을 맡는다면, 다른 한 사람은 조판과 인쇄를 담당했다. 나이 많은 화가와 젊은 판화가가 나이 차에 상관없이 협력했고, 유명한 화가와 무명의 판화가도 서로 힘을 보탰으며, 동급의 판화가끼리도 우정으로 서로 합작하기도 했다. 영국 장서표협회에서 가을 경매 후에 내게 부쳐온 장서표 중에는 영국의 유명한 판화가 새뮤얼 홀리어Samuel Hollyer(1826~1919)가 1896년에 제작한 장서표도 있다. 이 장서표 중앙의 신사는 자신의 서재 책상 앞에 앉아 밤중에 책을 읽고 있다. 그런데 독서에 집중하느라 손에 든 촛불이 자신의 모자를 태우고 있는 것도 의식하기 못한다. 장서표 바닥 왼쪽에는 'Hogarth'란 이름이 있고, 오른쪽에는 작가의 이름인 'Hollyer'가 써 있다. 추정해보면 왼쪽의 Hogarth는 아마도 영국의 저명한 판화가 윌리엄 호가스William Hogarth(1697~1764)일 가능성이 크다. 우리가 잘 알고 있는 바와 같이 호가스와 홀리어는 서로 다른 시기의 예술가다. 두 사람이 생활한 연대는 거의 200년 가까이 차이가 난다. 이처럼 긴 세월이 흐르고 나서 아마도 홀리어는 호가스의 판각이나 에칭으로 만든 작품을 빌려서 미세하게 변화를 준 것 같다. 왼쪽 상단에는 이 장서표의 제작 연대를 1896년으로 표기하고 있다. 오른쪽 아래 구석의 책에는 호가스의 이름을 새겨 넣고 그를 이 장서표의 디자이너로 삼고 있다. 일반적으로는 디자이너의 이름이 장서표 화면 왼쪽 아래에 위치하고 판화가가 오른쪽에 위치한다.

내가 고증한 바에 의하면 이 장서표의 주인도 두 사람이다. 가드너 밀러Gardiner Hope Miller 외에 또다른 주인은 바로 홀리어 본인이다.

그레이인도서관Grays Inn Library •
존 파인John Pine(1690~1756) • 영국 • 11×7cm

책을 읽느라 모자에 불이 붙는 줄도 몰랐네

56

Everard Meynell

퇴폐적인 시인의 벗

에릭 길 • 영국 • 4×4cm

이 장서표는 영국의 저명한 판화가 겸 폰트디자이너 에릭 길이 친한 친구 마이넬 가족을 위해 제작한 것으로 그의 일곱 번째 작품이다. 마이넬 가족은 영국 서섹스Sussex에서 유명한 천주교도이고 에릭 길도 그곳에서 태어났다. 두 집안은 매우 친밀했고 에릭 길이 천주교에 귀의한 것도 마이 넬 가족의 영향이 컸다.

이 장서표의 주인 에버라드 마이넬Everard Meynell(1882~1925)은 영국의 유명한 여류시인 앨리스 마이넬Alice Meynell(1847~1922)의 아들이다. 앨리스 의 주요 작품으로는 에세이《삶의 선율The Rhythm of Life》, 영시 모음집《마 음의 꽃The Flower of the Mind》 등이 있다. 에버라드는 마이넬 여사의 여덟 번 째 아들인데 비교적 일찍 세상을 떠났다. 그가 평생 완성한 저작은 많지 않 다. 그러나 그중에서 1913년 그가 영국 시인 프랜시스 톰프슨Francis Thomp- son(1859~1907)을 위해 쓴《톰프슨의 일생The Life of Francis Thompson》이 유명 하다. 톰프슨은 광기 어린 인재로 대학 졸업 후 아편에 중독되어 런던 거리 를 떠돌았다. 마이넬 부부는 우연히 자신들이 편집하던 잡지에 투고한 시 를 보고 톰프슨의 문필을 매우 칭찬했다. 마이넬 부부는 그를 고난에서 구 해주기로 결심했다. 몰래 그에게 도움을 주던 차에 마이넬의 다른 아이들 은 톰프슨과 거리를 두었지만 오직 에버라드만 그와 깊은 교분을 나눴다. 두 사람은 스무 살이나 차이가 났지만 서로 의기투합했다. 크리켓이 두 사 람이 가장 즐기던 오락이었다.

나는 톰프슨에 관한 자료를 수집하다가 그가 100년 전 런던에서 발생 한 기괴한 연쇄살인 사건과 관련이 있다는 사실을 발견했다. 2001년 조니 뎁 주연의 영화〈프롬 헬From Hell〉에서 그 사건을 상세하게 다뤘다. 영화는

1888년 '살인마 잭Jack the Ripper'이라는 자가 어떻게 런던 동쪽 화이트채플 Whitechapel에서 바람 불고 캄캄한 한밤중에 다섯 명의 매춘부를 잔인하게 살해했는지 자세히 재현했다. 이 사건은 영국 역사상 지금까지도 해결하지 못한 사건 중 하나다. 100여 년 동안 사람들은 자신이 의심한 다양한 살인 혐의자를 열거하곤 했다. 그런데 톰프슨의 이름도 항상 그 명단 속에 끼어 있었다. 그들이 내세우는 증거는 집도 절도 없는 톰프슨이 1885년에서 1888년까지 런던 동쪽 화이트채플 근처에 출몰했다는 사실이다. 그 기간 동안 톰프슨은 네 곳에서 일을 했다. 그는 일찍이 의과대학에서 6년간 외과술을 공부한 적이 있어 어떤 의학 공장에서 일했다. 그곳에서 그는 동맥 수술에 쓰는 수술칼을 손에 넣었다. 톰프슨은 마이넬 부부에게 보낸 편지에서 이 수술칼을 이용하여 면도를 한다고 언급한 적이 있다. 사람들은 이것이 바로 가슴과 배를 가른 '살인마 잭'의 흉기라고 의심했다. 살인 혐의자의 외모를 묘사한 보고서에는 '살인마 잭'이 범행을 할 때마다 '가죽 앞치마'를 입었다고 지적했다. 우연의 일치인지 모르지만 톰프슨은 1888년에 이 같은 앞치마를 갖고 있었다. 게다가 그는 그곳의 매춘부를 사랑하여 그녀에게 시를 지어준 적도 있다. 그가 마이넬이 편집하는 잡지에 보낸 시 〈마녀들의 악몽The Nightmare of the Witch-Babies〉에도 젊은 기사가 어둠 속에서 여인의 가슴을 가르는 내용이 묘사되어 있다. 이 시는 공개적으로 발표된 적은 없다.

이 대목에 이르러 나는 에버라드가 도대체 톰프슨을 어떤 인물로 묘사했는지 읽어보고 싶어졌다. 톰프슨의 부모와 누이들은 일찌감치 그와 관계를 끊었다. 마이넬 부부의 아이들 중에서 오직 에버라드만이 그와 친구가 되고 싶어 했다. 이 과정에 어떤 오묘한 비밀이 숨어 있는지 모르겠다. 이 작은 장서표의 크기는 겨우 4×4cm에 불과하다. 이 작은 공간이 내게 던져주는 계시는 너무나 은밀하여 알 수가 없다.

Humphry & Mary Ward

책을 읽을 때 나는 기쁘오

찰스 서본 • 영국 • 8×6.5cm • 1891년

책 도둑의 최후는 교수형뿐이라네

이 장서표는 1895년에 출간된《귀부인들의 장서표: 장서가와 애서가를 위한 삽화 핸드북Ladies' Book-plates: An Illustrated Handbook for Collectors and Book-lovers》에 수록되어 있다. 이 책에서는 한 장을 온전히 할애하여 영국의 저명한 판화가 찰스 셔본이 제작한 부부 장서표를 소개했다. 나는 이 장서표가《귀부인들의 장서표》에 수록된 까닭이 장서표 주인 워드 부부 가운데 아내인 메리의 성취가 남편 험프리보다 한층 더 뛰어났기 때문이라고 생각한다. 토머스 험프리 워드Thomas Humphry Ward(1845~1926)는 영국 작가 겸 기자로 그가 집필한 사설이 일찍이《타임스》에 발표된 적이 있다. 결혼 후 무렵부터 험프리의 이름이 비로소 사람들에게 알려지기 시작했지만, 그의 일생은 결국 아내의 그늘에 가려지고 말았다. 그의 아내 메리Mary Augusta Ward(1851~1920)는 영국 빅토리아 시대 최대 베스트셀러 소설가였다. 그녀는 영국 및 서구 문학계에서 명성을 누리며 버지니아 울프Virginia Woolf(1882~1941)와 어깨를 나란히 했다.

메리는 영국의 엘리트 가문 출신이었다. 그녀의 부친 톰 아널드Tom Arnold(1823~1900)는 문학 교수였고, 조부 토머스 아널드Thomas Arnold(1795~1842)는 럭비스쿨Rugby School의 교장이었으며, 백부 매슈 아널드Matthew Arnold(1822~1888)는 영국의 저명한 시인 겸 평론가였다. 이 엘리트 가문은 영국의 교육과 문학에 중요한 영향을 끼쳤다. 1872년, 당시 21세였던 메리는 대학 교수였던 험프리와 결혼했다.《이상한 나라의 엘리스》의 작가 루이스 캐럴이 두 사람의 결혼사진을 찍어줬다. 결혼 후 메리는 독어, 불어, 이태리어, 라틴어 등 다양한 외국어를 독학하는 동시에《맥밀런 매거진Macmillan's Mazine》에 글을 투고하기 시작했다. 매일 밤 아이들이 잠이 든 후 세 시간 동안 글쓰기 연습을 했다.

1881년 그녀의 첫 번째 저작《밀리와 올리Milly and Olly》가 세상에 나왔고, 이때부터 걷잡을 수 없이 많은 작품을 발표했다. 메리의 이름은 순식간에 집집마다 알려졌고, 마치 태풍처럼 영국을 석권한 후 다시 바다를 건너 북미까지 도달했다. 1888년, 그녀는 대표작《로버트 엘스미어Robert Elsmere》를 출간하여 큰 성공을 거뒀다. 이 책은 연간 판매량 50만 부를 돌파한 후 여러 외국어로도 번역되었다. 1890년에는 새 책이 출간되고 나서 1개월 반 만에 10만 부라는 판매량을 올렸다. 이로써 그녀는 영국의 유명한 베스트셀러 작가가 되었다. 〈뉴욕 타임스〉의 기사에 따르면 그녀가 1903년에 출간한《로즈 부인의 딸Lady Rose's Daughter》과 1905년에 출간한《윌리엄 애쉬의 결혼The Marriage of William Ashe》은 모두 그해 미국의 최고 베스트셀러로 기록되었다고 한다.

작가활동의 성공으로 메리는 큰 명성을 얻었고, 이때부터 그녀의 이름이 정치적 상황과 얽히기 시작했다. 1908년 영국 상원에서는 메리를 '여성 투표권 반대 연맹Women's National Anti-Suffrage League' 의장으로 지명했다. 1909년 메리는《타임스》에 글을 발표하고 사회 각계를 향해 여성에게 의회 참정권을 줘서는 안 된다고 호소했다. 그녀는 헌법, 법률, 금융, 군사와 같은 국가의 책무와 관련된 법을 제정하는 일은 오직 남자만 감당할 수 있다고 판단했다. 그러나 주 정부에서는 여성이 발언권을 가져야 한다는 의견을 표시했다. 메리는 자신의 발언 때문에 국내외 각계각층의 비난을 받아야 했다. 버지니아 울프는 메리의 수구적인 생각에 공개적으로 반대하면서 이렇게 말했다. "그녀가 쓴 글을 읽는 것은 유행성 독감에 감염되는 것과 같다."

물론 이 같은 부정적 측면이 이미 대중의 마음속에 자리 잡은 메리의 이미지에 큰 타격을 줄 수는 없었다. 1914년, 그녀는 미국에서 가장 영향력 있는 영국 여성으로 평가받았다. 제1차 세계대전 기간 동안 그녀는 미국 대통령 루스벨트의 요청으로 미국인을 위해 전쟁 기간 동안 영국의 상황을 묘사하는 일련의 글을 썼다. 동시에 영국 정부에서도 메리가 전쟁을 소재로 한 저작을 한 권 집필해주기를 희망했다. 1915년 그녀는 최초의 여성 기자 신분으로 서부전선으로 파견되었다. 전쟁터 체험을 하고 돌아온 후 메리는 1916년에《영국의 노력, 미국 친구에게 보내는 편지 여섯 통England's Effort, Six Letters to an American Friend》을, 그리고 1917년에는《목표를 향해Towards the Goal》를 출간했다.

다른 부부의 장서표와는 달리 워드 부부의 장서표에는 여성적인 섬세함이 스며들어 있다. 크기도 비교적 작아서 손바닥 위에 올려놓고 감상할 수 있을 정도다. 장서표 전체 화면에는 꽃받침과 꽃잎이 가득하고 왼쪽 하단에는 모래시계가 있다. 이는 역사와 회고의 상징이다. 멋대로 펼쳐놓은 고서 몇 권과 악보 한 편은 사람들에게 운율이 있는 시를 연상시킨다. 돋보기로 살펴보면 그중 한 권이 호메로스의 서사시임을 알 수 있다. 작가 신분이었던 메리는 남편과 함께 역사와 경전 명편을 눈에 익을 정도로 읽었을 것이다. 꽃잎 사이에 끼어 있는 띠에는 "on bokes for to rede i me delyte"란 문장이 쓰여 있다. "책을 읽을 때 나는 기쁘다"라는 뜻이다. 영국 시인 제프리 초서Geoffrey Chaucer(1343~1400)의 세 번째 장시 〈훌륭한 여인들의 전설The Legend of Good Women〉의 프롤로그에 나오는 구절이다. 메리는 여권의 가치에 대해서는 줄곧 보수적인 모습을 보였지만, 이 장서표에는 그녀 내면의 몽롱한 해방사상이 드러나 있다. 물론 아마도 그녀 스스로는 이 점을 깨닫지 못했겠지만.

책을 읽을 때 나는 기쁘오

Max & Maurice Rosenheim

맥스와 모리스,
우애 깊은 형제를 위하여

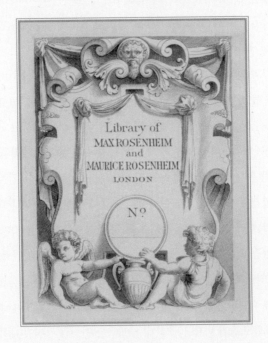

영국 이즈링턴 판화 공방 • 11×9cm

책 도둑의 최후는 교수형뿐이라네

이 장서표 주인은 영국의 소장가 로젠하임 형제로, 동생은 모리스 로젠하임Maurice Rosenheim(1852~1922)이고, 형은 맥스 로젠하임Max Rosen-heim(1849~1911)이다. 두 형제의 주업은 포도주 사업이었는데, 여가에 골동품을 수집하여 런던에서 유명한 소장가가 되었다. 두 사람은 생전에 주로 르네상스 시기의 이탈리아와 독일의 기념 메달 및 동전을 수집했다. 아우 모리스는 이 부문의 전문가이고, 소장품의 수량도 비교적 많은 편이다. 동전 수집은 두 형제의 취미 중 하나지만 그들은 다른 분야, 예컨대 보석, 문장紋章, 판화, 자필 편지, 고서 선본, 도자기, 장서표 등에 대해서도 상당한 연구를 했다. 맥스와 모리스는 소장품이 광범위했기 때문에 영국 각지의 대화랑과 박물관의 고정 게스트였으며, 당시 대영박물관의 가장 사심 없는 기증자이기도 했다. 맥스는 세상을 떠나면서 자신의 소장품 전부를 모리스에게 물려줬다. 1932년에는 모리스의 아내가 자신의 소장품을 대영박물관에 기증했다. 그중에는 맥스가 생전에 수집한 1만 1천 매의 진귀한 장서표도 포함되어 있었다. 일찍이 1923년 소더비 봄철 경매에 두 형제의 소장품이 나온 적이 있는데, 그해 4~5월 부문별로 여섯 차례 진행된 경매에서 1,500건 이상의 경매품이 낙찰되었다.

형제 공용의 이 장서표를 통해 우리는 두 형제의 우애가 아주 깊어, 네 것 내 것으로 소장품을 따로 구분하지 않았음을 알 수 있다. 아마 그래서 도서관 전용 장서표까지도 함께 사용했을 것이다. 장서표 중에서 가장 흔히 볼 수 있는 공용 형식은 부부가 함께 사용하는 것이다. 뜻이 같고 생각이 일치하는 몇몇 작가들도 장서표를 함께 제작하기도 했다. 그러나 형제 공용의 장서표는 결코 그 수가 많지 않다. 예술 감상과 골동품 애호와 관련해 형제 간의 인식 차이가 큰 게 보통이기 때문이다. 같은 어머니 배 속에서 태어난 친형제라 할지라도 서로 생각을 합치기는 어려웠을 것이다.

이 장서표에는 천사 두 명이 좌우로 나눠 앉아 손으로 트로피와 그 위쪽의 빈 메달을 잡고 있다. 메달의 공백은 도서 검색번호를 써넣는 부분이다. 뒷면에 풀칠 흔적이 없는 것으로 보아 사용한 적은 없는 장서표임이 분명하다. 이 장서표는 런던에서 유명한 이즐링턴Islington 판화 공방에서 이른 시기에 제작한 진귀한 작품이다. 20세기 초에 이즈링턴에서는 여러 명의 명인을 위해 장서표를 제작한 적이 있다.

세 천사 • 요제프 새틀러Josef Sattler(1867~1931) • 독일 • 12×9cm

맥스와 모리스, 우애 깊은 형제를 위하여

John Gustave Dreyfus

오페라 무대를 뛰노는 타이포

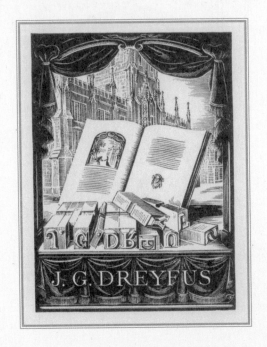

조앤 하솔 • 영국 • 9×7cm

책 도둑의 최후는 교수형뿐이라네

이 장서표의 주인 존 드레퓌스John Gustave Dreyfus(1918~2002)는 영국의 저명한 조판 인쇄 전문가 겸 타이포그래피 학자로 근대인쇄사에 중요한 공헌을 한 인물이다. 드레퓌스는 1918년 런던에서 태어났다. 그의 부친은 스위스 바젤Basel에서 개인 은행을 경영했고, 그후 런던으로 옮겨 주식 투자를 했다. 그의 모친은 프랑스 파리 사람이다. 아마도 부친의 영향으로 드레퓌스와 그의 형은 대학에 진학해 경제학을 공부했을 것이다. 그러나 이 진로가 드레퓌스가 자신의 미래를 선택하는 데는 전혀 영향을 미치지 못한 것으로 보인다. 어려서부터 서적과 글자 폰트의 매력에 빠져든 드레퓌스는 1936년, 케임브리지대학교의 트리니티대학교Trinity College에 진학하여 인쇄와 조판을 공부했다. 몇 년 후 케임브리지대학교 부설 출판사에서 견습공으로 일하기 시작하면서 저명한 조판 인쇄 전문가이자 '타임스 뉴 로만Times New Roman(영국《타임스》지가 1932년에 보도용으로 개발한 라틴 문자 폰트—옮긴이)' 폰트 개발자인 스탠리 모리슨Stanley Morison(1889~1967)에게서 타이포그래피를 배웠다.

제2차 세계대전이 끝나고 제대한 후 고향으로 돌아간 드레퓌스는 다시 케임브리지로 복귀하여 출판사 보조 인쇄기사에 임명되었다. 1954년 출판사의 타이포그래피 고문 스탠리 모리슨이 퇴직을 결정하자 드레퓌스는 순조롭게 모리슨의 업무를 인계받았고, 동시에 미국의 타이포그래피 디자인 회사 두 곳으로부터 고문직에 위촉되었다.

1968년에서 1973년까지 드레퓌스는 국제타이포그래픽협회Association Typographique Internationale 회장직을 지냈다. 이 기간 동안 협회의 연례 총회를 개최하는 일을 제외하고는 모든 시간을 타이포그래피 디자이너의 판권을 보호하는 법률 관련 일에 쏟아부었다. 1982년 드레퓌스는 퇴직을 결정하고 케임브리지와 기타 협력 회사의 업무에서 물러났다. 퇴직 후 드레퓌스는 세계 각지 특히 미국 각 대학의 학부와 대학원에서 강연 활동을 했다. 1996년 '국제구텐베르크협회Internationale Gutenberg-Gesellschaft'에서는 드레퓌스에게 '구텐베르크 상'을 수여했다.

이 장서표의 전체 화면은 오페라 무대로 구성되어 있고, 장서표 주인의 장기인 타이포그래피 영역의 성취를 잘 드러내고 있다. 무대 배경은 케임브리지대학교다. 장서표 주인의 이름은 몇몇 활자를 이용하여 불규칙하게 무대 위에 배열해놓았다. 그 뒤에 책 한 권이 펼쳐져 있는데, 이는 드레퓌스가 평생토록 인쇄를 관장한 많은 책 중 한 권일 것이다. 드레퓌스의 위대한 업적은 무대의 커튼콜 순간에 영원히 고정되어 절대로 역사의 무대에서 사라지지 않을 듯하다.

이 장서표의 작가 조앤 하술Joan Hassall(1906~1988)은 영국의 뛰어난 판화가이자 삽화가, 조판 인쇄가다. 그녀는 1987년 '그레이트브리튼 훈장'을 수상했다. 하술은 런던의 왕립예술대학Royal College of Art에서 공부할 때 토머스 뷰익Thomas Bewick(1755~1828, 영국의 목판화가다. 나무의 단면을 이용한 목구목판木口木板 판화 기법을 개량하여 동판화 못지않은 세밀한 표현을 가능하게 했다.—옮긴이)의 세밀한 목판 기법에 심취했다. 그녀는 평생 동안 제인 오스틴Jane Austen(1775~1817), 로버트 번스Robert Burns(1759~1796, 영국 시인—옮긴이)와 같은 유명 작가들의 책에 삽화를 그렸다. 그녀는 또 1953년 엘리자베스 여왕의 대관식에 사용할 청첩장을 디자인했는데, 이는 영국 대관식 역사상 가장 독창적인 양식으로 인정받고 있다.

소녀와 죽음 • 오이겐 슈미트Eugen Schmidt • 독일 • 9×6cm • 1969년

60

André Pierre Vlaandelun

부지런히 노력하면
달콤한 열매를 얻는다

안드레 플란데룬 • 독일 • 10×7cm • 1946년

책 도둑의 최후는 교수형뿐이라네

오늘 독일 장서표협회Die Deutsche Exlibris-Gesellschaft에서 부쳐온 2011년 초청장을 받았다. 2011년 봄에는 독일 도르트문트Dortmund에서 연례 정기대회가 열린다. 독일 장서표협회에 가입한 첫 번째 중국 회원으로서 나는 매년 열리는 정기대회에 몇 년 동안 큰 흥미를 느껴왔다. 이 협회 내부 간행물을 통해 장서표를 교환하는 대회장의 상황에 대해 알고 있었지만 직접 대회장으로 가서 그 분위기를 느껴볼 도리가 없었다. 소문에 의하면 이 대회의 참가 인원은 세계 장서표대회에 비해서도 손색이 없다고 한다. 작년에는 300명 내외의 인원이 참가했고 소장가들도 더욱 많이 방문했으며 이에 참가 비용 등 관련 경비도 더욱 저렴해졌고, 다른 대회와 같은 상업적 분위기도 없었다고 한다.

그렇다고 중국 소장가가 유럽 대륙에서 사흘 동안 열리는 장서표 행사에 참가하기 위해 거금을 들여 많은 사람들과 함께 달려가는 일은 지나친 탐닉인 듯하다. 이 때문에 나는 어차피 피 같은 돈을 들일 바에야 내친 김에 독일 주변의 베네룩스 3국을 좀 둘러볼 결심을 했다. 이 국가들과 관련된 정보를 찾다가 나는 1931년에 제작된 플랜더스Flanders(벨기에 북부 행정 구역. 중세풍의 고건축이 많다.—옮긴이)풍의 장서표 한 장을 발견했다. 장서표 화면에는 각각 세 곳을 대표하는 건축물이 사람의 시선을 사로잡고 있다. 가운데 건축물은 네덜란드 암스테르담의 서교회Westerkerk 첨탑, 왼쪽의 건축물은 벨기에 겐트Gent의 종탑, 오른쪽의 건축물은 브뤼셀의 종탑이다. 이 장서표의 작가는 플랜더스의 저명한 삽화가 안드레 플란데룬André Pierre Vlaandelun(1881~1955)으로, 어려서 고아원에서 자랐으며 1895~1898년까지 암스테르담의 응용예술대학에서 석판화 기법을 공부했다. 1899년 그는 한

출판사의 도제로 들어가서 광고 삽화 디자인을 시작했다. 1910~1920년까지 그는 한 잡지사에서 거의 500여 건의 광고를 디자인했다. 그는 창작활동 중에 모두 50권의 출판물 표지 삽화를 그렸다. 그는 또 1940~1945년까지 160매의 장서표를 디자인했고 1946년에 그 성과물을 책으로 편집하여 출간했다.

이 장서표는 플란데룬의 초기 작품으로 왼쪽 겐트 종탑 아래에 표기되어 있는 1929년은 그가 겐트에서 생활하던 때이고, 오른쪽의 1930년은 그후 브뤼셀로 옮겨서 생활하던 때이며, 중간의 1919년은 예술 창작 초기의 어렵게 지내던 시절을 가리킨다. 장서표 하단의 띠에는 네덜란드어로 세 단어가 표기되어 있다. "부지런히 노력하면 달콤한 열매를 얻는다"는 뜻이다. 라틴어 'Ex Libris' 위를 휘감고 있는 넝쿨나무 열매가 그 뜻과 잘 부합하고 있는 셈이다.

장서표 주인_지기스문디 라이너Sigismundi Reiner •
독일 • 11×8cm • 1911년

부지런히 노력하면 달콤한 열매를 얻는다

61

Fritz und Karla Pauk

꿈에 그리는 괴테식 작업실

독일 · 10×9.5cm · 1910년

책 도둑의 최후는 교수형뿐이라네

1910년에 제작된 이 부부 공용 장서표는 선 처리가 간결하고 명쾌하다. 같은 시기에 유행한 아르누보 스타일의 장서표를 대표할 만한 작품이다. 장서표의 전체 구도는 작업실의 본래 모습을 그대로 재현한 것이다. 나는 이 장서표를 보고 몇 년 전 읽은 적이 있는 일본 무대 디자이너 세노 갓파妹尾河童(1930~)의 저서《작업실 탐닉河童が覗いた50人の仕事場》을 떠올렸다. 이 책은 이미지와 텍스트를 함께 이용하여 일본 각계 유명 인사의 작업실을 소개하고 있다. 그는 가까이에서 작업실 공간을 투시한 뒤 그것을 명사들의 직업 혹은 전공과 결합시켜 남들이 모르는 그들의 일면을 드러내고, 각 개인의 서로 다른 생활 모습을 더욱 깊이 있게 포착한다. 그 책에서 보여주는 작업실 평면도는 이 장서표가 사람들의 눈앞에 펼쳐놓은 그림의 효과와 아주 유사하다. 그러나 세노 갓파의 시각으로 이 장서표의 작업실을 분석하려면 다소 어려움을 겪을 것이다. 왜냐하면 장서표 주인의 신분이나 배경을 모르는 상황에서는 작업실의 용도를 정확하게 판단하기가 어렵기 때문이다.

이 장서표의 주인은 독일 바이마르Weimar 출신 파욱Fritz und Karla Pauk 부부다. 두 사람은 이 장서표를 함께 사용했고 아마도 작업실도 함께 사용한 듯하다. 부부의 직업도 유사하고 취미도 서로 비슷했던 것 같다. 나보다 앞서 이 장서표를 소장한 사람의 기록에 의하면 이 작업실의 양식을 괴테식이라고 한다. 하지만 장서표 제작 시기로 추정해보면 괴테식의 부활이라고 하는 편이 더 정확할 것이다. 장서표 하단의 일곱 줄 현악기 리라에는 세 단어로 된 독일어 구문이 삽입되어 있다. '괴테 작업실'이란 뜻이다. 방 안의 가구와 소품은 작업실의 실용성을 잘 구현하고 있다. 오른쪽 벽에 붙

꿈에 그리는 괴테식 작업실

231

어 있는 긴 책상은 장서표 주인의 신체에 맞게 만든 것이다. 책상 위에는 크기가 다른 서적과 책자를 꽂기 위해 서가와 책장을 마련해뒀다. 왼쪽 하단부는 일반적인 작업 책상과 동일하다. 주인은 아마도 그곳에서 글을 쓸 것이다. 책상 오른쪽 하단에는 층을 지어 만든 수납 공간에 대형 그림을 넣어둔 듯하다. 왼쪽 벽면에는 작업대 하나만 붙어 있다. 그 작업대에서 그림을 그리거나 제도를 할 수 있을 것이다. 작업대 아래에는 한약방의 약장과 같은 서랍이 가득 설치되어 있다. 아마도 거기에는 작업 공구나 크기가 작은 그림을 넣어둘 것이다. 이 서랍장은 또 장서표 애호가가 장서표를 분류하여 넣어두는 용도로 사용할 수도 있다. 서랍이 많고, 밀폐도도 좋고, 크기도 작아서 장서표를 보관하는 공간으로 충분하다. 작업실 중간에는 또 네모난 탁자와 의자 두 개가 놓여 있다. 의자를 뒤로 돌리면 바로 왼쪽과 오른쪽 작업대와 마주하게 되므로 부부 두 사람이 각각 한 곳에서 일을 할 수 있다. 이 점을 보더라도 부부가 이 작업실을 함께 이용하면서 각자의 영역을 확보하고 있었음을 추측해볼 수 있다. 바로 앞쪽의 두 창문에서는 밝은 햇빛이 쏟아져 들어와서 두 작업대에 충분한 광선을 제공해주고 있다. 종합해보면 이 작업실은 단순한 보통 서재가 아니고 실용성과 기능성이 지극히 강화된 공간이라 할 수 있다. 주인의 직업 혹은 취미는 글쓰기와 그림 그리기와 같은 문예 부문과 관련이 있을 것이다. 물론 전문적으로 장서표를 수집 보관하거나 장서표를 디자인하는 작업실일 가능성도 배제할 수 없다. 이곳은 나를 포함한 모든 장서표 수집가들이 꿈속에서 그리는 작업실이다.

독일 왕실 장서표 • 18×11cm • 1891년

꿈에 그리는 괴테식 작업실

책벌레의 비밀 서재

헨리크 파이르하우어 • 독일 • 19×13cm • 1996년

책 도둑의 최후는 교수형뿐이라네

내 마음속 책벌레는 "두 귀로 창밖의 소리를 듣지 않고 한결같은 마음으로 성현의 책을 읽는兩耳不聞窗外事, 一心只讀聖賢書"(중국 격언과 속담 모음집인《증광현문增廣賢文》의 구절―옮긴이) 신선이다. 책을 읽을 때는 방문을 걸어 닫고 모든 세상사는 버려둔 채 자신의 누추한 서재에 깊이 처박혀 마음속 기쁨을 즐긴다. 속세의 티끌을 멀리하고 오직 그 순간의 철저한 해방감을 맛본다. 장서표 속의 노인은 책을 읽지도 않고 서재의 분위기에 흠뻑 취해 유유자적하고 있다. 천장까지 닿은 서가는 빽빽하게 돋아난 나뭇잎과 빈틈없이 뒤덮인 거미줄 때문에 천연의 장막으로 변했다. 노인이 불어대는 비눗방울은 자연스럽게 허술한 천연 장막 틈을 뚫고 공중으로 둥둥 떠다닌다. 본래 책상 위에 놓여 있던 책들은 방바닥에 흩어져 있다. 마음이 여유로울 때는 차라리 책을 버려두고 멍청하게 천장을 바라보며 어떤 비눗방울이 더 높이 올라가는지 바라본다.

이 장서표는 네덜란드 소장자 요스 바테르스호트Jos Waterschoot와 산둥성山東省 빈저우濱州에서 교환해서 갖게 된 것이다. 요스는 이 장서표를 교환할 때 한참이나 주저하며 결심을 하지 못했다. 왜냐하면 이 장서표의 작가가 이미 세상을 떠난 지 여러 해 지났고, 요스 자신에게도 당시에 이미 그렇게 많은 장서표가 남아 있지 않았기 때문이다. 이 장서표에는 주인의 이름이 화면에 표기되어 있지 않다. 이 점이 일반 장서표와는 다르다. 그림 판각을 먼저 완성해놓고 나중에 화면 아래에 주인의 이름과 장서표 라틴어를 추가한 것으로 보인다. 나는 아마도 이 장서표가 본래 작가의 독립된 소형 판화 작품이었는데, 나중에 장서표 주인이 이 작품을 좋아하여 자신의 이름을 넣고 장서표로 완성한 것이 아닐까 대담하게 상상해본다.

작가 헨리크 파이르하우어Henryk Fajlhauer(1942~1999)는 폴란드계 독일인이다. 폴란드 동판화계에는 유명한 작가가 즐비하다. 예를 들면 원로급인 보이치에흐 야쿠보브스키Wojciech Jakubowski(1929~), 야누시 시만스키Janusz Szymański(1938~1998) 같은 인물과 제33회 장서표대회에서 금상을 받은 헨리크 보이치크Henryk Wójcik도 이 대열에 포함된다. 그러나 1990년대에 유럽 장서표계에서 활약한 또 한 명의 폴란드계 예술가 헨리크 파이르하우어의 명성은 아마도 그의 동포 예술가들에게 비할 수 없을 듯하다. 파이르하우어 이름 배후에는 작은 에피소드가 숨어 있다. 그의 본명은 'Henryk Feilhauer'다. 나중에 독일로 이주했기 때문에 자신의 성을 'Fajlhauer'로 바꿨다. 단지 두 글자 차이에 불과하지만 그렇게 성을 바꿈으로써 완전히 폴란드 성향을 벗어나 독일인의 특성을 갖게 되었다. 성을 바꾼 연유는 아마도 1970년대~1980년대까지 냉전 기간 동안 동서 유럽인 간에 서로 정치적 편견을 갖고 있었기 때문일 것으로 짐작된다.

독일 초기 장서표 • 아투르 헨네Artur Henne(1887~1963) •
독일 • 18×11cm

책으로 쌓은 바벨탑

헨리크 파이르하우어 • 독일 • 19×14cm • 1997년

책 도둑의 최후는 교수형뿐이라네

폴란드계 독일 판화가 헨리크 파이르하우어는 1990년대에 '노인과 책'을 주제로 많은 장서표를 제작했다. 장서표에서 어떤 노인은 자신의 장서실 책 더미 속에서 피로에 지쳐 일어서지도 못하고 있으며, 어떤 노인은 서재에 꼿꼿하게 앉아서 사방 서가에 꽂혀 있는 자신의 장서를 천천히 둘러보고 있다. 이 장서표에서는 책으로 쌓은 산이 마치 《구약성서》에 나오는 바벨탑처럼 하늘에 닿아 있다. '책으로 쌓은 바벨탑'의 유일신은 바로 이 장서의 주인이다. 그는 산 아래에서 어쩔 줄 모르고 앉아 있는 금테 안경의 대머리 노인이다. 노인의 바벨탑은 하늘에까지 닿아 있는데, 탑 속에도 만 권 장서는 될 법한 개인 도서관이 있다. 게다가 책꽂이와 책 더미 사이에는 드문드문 긴 사다리가 놓여 있어서 주인이 끊임없이 자신의 탑을 확장하기에 더 없이 편리하다. 서구 종교적 색채가 짙게 배어 있는 이 장서표에는 무수한 장서가들이 머릿속으로만 꿈꾸는 개인 도서관에 대한 환상이 재현되어 있다. 장서가들은 자신의 소장 도서를 하늘까지 쌓고 싶지만 이것은 이룰 수 없는 목표다. 그러나 장서가들은 모두 이 목표를 기준으로 현실과 허무 사이를 오고 가며 상상 속에서 자신의 서재, 장서실, 열람실, 심지어 인류의 숭배 대상인 바벨탑을 건축하려 한다.

나의 장서는 내가 방금 귀국했을 때보다 많이 줄었다. 공간의 제약 때문에 서가를 더 높고 더 크게 만들려고 해도 아무 소용이 없어서, 자리만 차지하고 있는 많은 책을 내다 팔 수밖에 없었다. 지금 수집하고 있는 장서표는 대부분 이전의 책이 있던 자리에 이리저리 놓아두고 있다. 이미 읽은 잡지나 다시 볼 가능성이 없는 책은 뽑아내고, 그곳에 어렵사리 장서표 보관용 A4 파일을 꽂기도 한다. 장서표관藏書票館을 개관한 지 1년여의 시간이 흘렀다(저자 쯔안의 장서표관의 정식 명칭은 '쯔안판화장서표관子安版畵藏書票館'이다. 주소는 베이징 시 퉁저우 구 쑹좡 샤오바오 국방공사예술구 B-122호北京市通州區宋莊小 堡國防工事藝術區B-122號이다. 또 베이징 시 둥청 구 팡자 후퉁 30호北京市東城區方家胡同30號 에 판매점을 개설하여 영업 중이다. 그가 운영하는 블로그http://blog.sina.com.cn/zianex- libris도 참고하라.—옮긴이). 본래 일부 장서와 장서표를 모두 장서표관으로 옮 길 생각을 했지만 극단적으로 차갑고 뜨거운 베이징의 겨울과 여름 날씨 를 감안해야 했다. 큰 집에 만약 온도와 습도를 조절하는 장치가 없으면 종 이는 쉽게 변형이 되고, 거기에서 파생되는 다른 문제도 증가할 수밖에 없 게 된다. 나는 때때로 장서표관 문 앞에 서서 맞은편 이웃이 지은 사합원四 合院(베이징을 중심으로 분포해 있는 중국 전통식 기와집을 말함.—옮긴이)을 마음속 으로 가늠해보곤 한다. 또 시간이 나면 그 집에 사는 서예가 류형劉兄 옆으 로 가서 앉아 놀기도 한다. 그의 사합원은 동서로 각각 네 칸의 곁채가 붙 어 있다. 눈대중으로 재어보건대 내가 거주하고 일하고 전시할 공간으로는 충분할 것 같았다. 만약 내가 열 살만 젊고, 처자식이 없다면 이런 집을 장 만하는 것도 생각해볼 만하지만 안타깝게도 지금은 단지 백일몽에 불과 할 뿐이다.

독일 초기 장서표 • 프리츠 블룸Fritz Blum •
독일 • 18×13cm • 1930년

삼차원 속의 미궁

헨리크 파이르하우어 • 독일 • 20×13cm • 1993년

책 도둑의 최후는 교수형뿐이라네

프레데릭Frederik 장서표박물관은 덴마크의 장서표 애호가들이 특별히 사랑하는 성지다. 이 박물관에는 세계 각지에서 수집한 장서표 60여만 점이 소장되어 있어서, 세계 장서표 애호가들 사이에서 이미 명성이 자자하다. 이 박물관 전신은 한 장교의 개인 저택이었다. 이 박물관에서는 1978년에 첫 번째 전시회를 열었다. 박물관에서는 덴마크 현지의 민간 예술을 발전시키는 데 진력하고 있을 뿐 아니라 국제 수공예 종이 예술품도 중점적으로 수집하고 있다. 동시에 덴마크 다른 도시의 화랑 및 박물관과도 교류 협력하면서 그곳에서도 정기적으로 전시회를 연다.

나는 삼차원 공간에 대한 인식 능력이 부족하여 이 장서표의 배열과 조합을 모두 상상할 수 없다. 어렸을 때 삼차원 입체 그림을 본 적이 있는데, 그 당시에 같은 반 친구가 손가락으로 그림을 가리키며 내게 열심히 설명을 해줬지만 끝내 납득이 되지 않아 그 오묘한 세계에 빠져들 수 없었다. 그후 몇 십 년이 흘렀지만 나의 공간 인식 능력은 오히려 퇴보했다. 이 장서표의 구도는 다른 고수를 찾아 해독을 부탁해야 한다. 화가인 헨리크 파이르하우어는 이미 세상을 떠났고, 장서표 주인은 어떤 조직에 소속되어 있다. 상황을 보건대 다음 번 핀란드에서 열리는 제34회 세계 장서표대회에 참가했다가 다시 덴마크 프레데릭 장서표박물관으로 가서 그곳 관장에게 이 장서표의 오묘한 의미를 물어볼 수밖에 없을 것 같다.

Ada Betz

한 손에 화장품,
다른 한 손에 책을

오토 오틀러 • 독일 • 15×11cm • 1925년

책 도둑의 최후는 교수형뿐이라네

여성이 주인인 장서표는 20세기 초까지도 그리 많지 않았다. 여성의 독서를 제재로 장서표를 제작하는 것도 흔치 않았다. 명문대가 출신의 규수나 되어야 집에서 책을 읽거나 학교에서 공부할 기회가 있었다. 이 장서표는 1925년에 제작되었다. 당시에는 독서가 많은 여성들의 몽상이었고 심지어 '최신 유행'의 표지로 인정받기도 했다. 버지니아 울프 같은 여성 작가가 문단에서 두각을 나타냄에 따라 사상적 측면에서도 여성들의 요구가 더욱 강렬해졌다. 여성들은 지식 추구와 책 읽기를 통해 오랫동안 지속되어온 허약한 사회적 위치를 뒤엎고자 했다. 감성적 사유와 이성적 사유의 결합이 20세기 초 서구 사회에 나타난 하나의 중요한 현상이었다. 그 새로운 시기에 독서는 여성에게 화장과 동일하게 취급되었다. 후자는 여성의 외모를 아름답게 꾸미는 일이고, 전자는 여성의 기질을 수양하여 더 높은 단계로 끌어올리는 일이었기 때문이다. 안타깝게도 지금은 실용주의, 황금만능주의 등과 같은 겉만 화려한 이념이 세상을 휩쓸고 있다. 독서는 이미 다른 유혹물로 대체되었다. 젊은 여성들도 내면의 아름다움을 추구하기보다 외모를 가꾸는 데만 더욱 집중하고 있다. 이 장서표를 만들 때 장서표 주인 아다 베츠Ada Betz(1895~1970)는 서른 살에 불과했는데도, 독서와 장서를 자신의 최신 패션과 화장품으로 삼았다. 독서는 그녀에게 품성을 수양하고 기질을 연마하는 가장 아름다운 영양제였다. 꽃은 피었다가 반드시 진다. 더없이 찬란한 꽃도 결국은 시들어 떨어지게 마련이다. 여인이 만약 영원히 청춘을 지속하고 싶다면 독서의 세례를 받아야 한다. 이 장서표 좌우 하단에는 독일 포스터 삽화 디자이너 오토 오틀러Otto Ottler(1910~?)의 서명이 있다. 장서표 주인의 이름 아래 독일어 'Zu Eigen'은 '~에게 속하다'라는 뜻이다.

한 손에 화장품, 다른 한 손에 책을

The Book Society

독서클럽 만만세

에드먼드 뒬락 • 프랑스 • 11×6cm

책 도둑의 최후는 교수형뿐이라네

246

영국 독서협회The Book Society는 1929년에 창립되었다. 이 협회에는 강력한 문학 고문 단체가 소속되어 있었고, 영국 극작가 겸 소설가 존 프리스틀리John Boynton Priestley(1894~1984)와 소설가 휴 월폴Hugh Seymour Walpole(1884~1941)도 참여했다.

이 독서협회는 같은 시기 구미의 다른 조직과 구별되는 점이 있다. 바로 협회가 실제로 서적 도매 단체 역할을 했다는 사실이다. 이 협회의 회원인 출판상이 대량으로 서적을 구입했기 때문에 회원들에게 판매하는 가격도 공정하고 저렴했다. 협회의 고문들은 명확한 목표 의식을 갖고 회원들에게 좋은 신간을 추천했다. 이러한 행위는 영국 서적상협회의 의심을 야기했지만 출판사의 입장에서는 판매를 둘러싼 치열한 경쟁이 오히려 더 큰수익을 보장하는 일일 수도 있었다. 그래서 1930년대에 각 출판사들은 독서클럽을 서적 판매의 중요한 가교로 삼았다.

이 장서표는 프랑스 삽화의 대가 에드먼드 뒬락Edmund Dulac(1882~1953)이 디자인한 것이다. 화면 테두리의 간단한 꽃무늬 장식에는 아르누보 스타일이 짙게 배어 있다. 타원형 거울 안의 가녀린 여성 켄타우로스는 수중의 화살을 버리고 횃불을 든 채 뒤를 돌아보고 있다. 아마도 자신을 추종하는 사람들을 인도하기 위해 밝은 빛을 비춰주려는 것 같다. 장서표 하단 장식선 양 끝에는 각각 'E'와 'D'가 적혀 있다. 이는 뒬락의 성명 이니셜이다. 뒬락이 제작한장서표는 매우 드물기 때문에 사인이 없을 경우 자세하게 연구를 하지 않으면판별하기가 매우 어렵다.

1935년에 성립된 '좌파독서클럽The Left Book Club'은 영국 독서협회와그 이념이 확연히 달랐다. 창립자 빅터 골란츠Victor Gollansz(1894~1967)가

출판업으로 성공한 사람이었기 때문에 이 클럽에서 독립적으로 출판을 했고, 그 서적들은 좌파 색채가 매우 짙었다. 그리고 클럽 회원에게 가장 저렴한 가격으로 책을 보급했다. 이 클럽은 회원들에게 실질적인 혜택을 주는 동시에 일정한 양의 서적을 구매하도록 의무를 부여했다.

영국의 독서클럽을 연구하는 과정에서 나는 불현듯 현재 베이징에서 유행하고 있는 몇몇 굴지의 독서클럽을 떠올렸다. 그중에서 가장 반응이 좋은 곳은 '책벌레老書虫'라는 클럽이다. 기타 독립 서점의 경영 이념과는 달리 '책벌레' 클럽은 영국 독서클럽의 전통을 중국에 도입했다. 베이징에서 흔히 볼 수 있는 북카페는 서점과 카페 혹은 서점과 식당을 합친 형식으로 운영된다. 어떤 곳에서는 회원제 운영을 시도했지만 진정으로 회원제를 지속하고 있는 곳은 아주 드물다.

'책벌레' 카페의 주인 알렉스 피어슨Alex Pearson은 진정한 '베이징 후통 마니아北京胡同串子'로 중국에서만 20년 동안 생활한 영국인이다. 나는 그녀와 딱 한 번 만난 적이 있는데, 상당히 소박하고 겸손한 인상이었다. 그녀의 카페에는 양식과 음료를 파는 장소가 큰 부분을 차지하고 있지만 카페 내의 도서 열람실 운영, 매주 독서회 개최, 작가와의 좌담회 주선 등의 활동도 카페 영업의 핵심 부분으로 기능하고 있다. 물론 '책벌레' 카페가 목표로 삼는 대상은 주로 베이징 주재 외국인이고 초청 작가도 대부분 외국인이다. 따라서 중국 국내 작가를 초청하는 경우는 매우 드물다. 카페에서 판매하는 책과 토론의 대상으로 삼는 책의 주제도 대부분 퓨전 스타일이 강하다. 지난번 '책벌레' 카페에서는 장서표 전시회도 개최했는데 고객의 관심이 너무나 부족했다. 주인 알렉스를 도와 이 독서클럽 전용 장서표를 제작하는 일도 시간이 지체되고 있다. 나는 부끄러운 마음이 들어 이 자리를 빌려 사과의 말씀을 드린다. 들리는 소문에는 이후 청두成都와 쑤저우蘇州에도 '책벌레' 분점을 개설할 예정이라고 한다.

Karel Zink

프라하의 고서점

요세프 로타 • 체코 • 선판화 • 7×6cm • 1925년

책 도둑의 최후는 교수형뿐이라네

체코 프라하의 숨어 있는 골목 모퉁이에 높다란 중절모를 쓰고, 오른손엔 지팡이, 왼팔엔 책을 낀 노인이 '고서점Knihkupec'으로 성큼 들어서고 있다. 노인은 책을 사러 가는 고객일 수도 있고, 고서 선본을 수집하려는 장서가일 수도 있다. 아마 그는 이 장서표의 주인 카렐 진크Karel Zink(1889~1975)의 화신일 것이다.

카렐 진크는 20세기 초 체코의 중요한 서지학자다. 체코의 많은 판화가들이 모두 그를 위해 장서표를 제작해준 적이 있다. 그중에는 목판화의 대가 요세프 바할Josef Váchal(1884~1969)과 요세프 호데크Josef Hodek(1888~1973)도 포함되어 있다. 고서점의 아치형 출입문이 이 장서표의 주요 공간을 차지하고 있다. 출입문을 통과하면 서점 안에 진열된 각종 서적과 벽에 걸린 그림들이 희미하게 눈에 들어오기 시작할 것이다. 서지학자는 온종일 각종 서적과 씨름해야 하므로 고서점은 당연히 학문을 연구하기 위한 자료를 얻는 데 꼭 필요한 장소일 것이다. 가장 흥미로운 사실은 이 장서표 속의 서점이 가공의 장소가 아닐 수도 있다는 점이다. 억측이 아니라면 이 서점의 본래 장소는 프라하 어디에 있었을까? 또 서점 이름은 무엇이었을까?

진크는 틀림없이 이곳에서 가장 많은 자료를 찾았을 것이다. 장서표 작가가 서점 이름을 'Knihkupec'라고 붙인 것은 혹시 노이즈마케팅의 혐의에서 벗어나기 위한 것은 아니었을까? 하지만 백 년 전 학문을 연구하던 사람이 노이즈마케팅이란 개념을 알지는 못했을 것이다. 또 이 서점이 그 서점이 아니라면 더 많은 언급을 할 필요가 없다. 서점 간판으로 달아놓은 'Knihkupec'는 진크가 평생토록 출입한 적이 있는 각 서점의 총체적인 상징일지도 모른다. 책벌레들은 책 자체에만 관심을 갖기 때문에 좋은 책만 있다면 그곳이 좋은 서점이라고 생각하지 나머지는 전혀 고려하지 않는다. 이 장서표의 작가는 보헤미아Bohemia 핏줄인 요세프 로타Josef Lotha(1895~1982)다. 자신의 이름과 장서표 제작 연대를 서점의 계단에 써놓았다. 작가의 서명이 장서표에 등장하는 건 너무나 흔한 일이지만 로타의 서명은 이니셜이 아니라 이름 전체가 표기되어 있다. 이것은 분명 이채로운 일이기는 하지만 장서표 주인의 함축적인 태도와는 다소 어울리지 않아 보인다.

독일 초기 장서표 • 엘리자베스 포게스Elizabeth Voges • 1920년

Jan Beránek

체코의 판화 명인 쿨하네크

스타니슬라프 쿨하네크 • 체코 • 19×12cm • 1923년

책 도둑의 최후는 교수형뿐이라네

2010년 가을, 나는 운영하는 장서표관에서 체코의 판화가 파벨 흘라바티Pavel Hlavaty(1943~)를 초청하여 개인전을 열 행운의 기회가 있었다. 이 전시회에서는 파벨의 작품뿐만 아니라 그가 몇 십 년 동안 수집한 장서표 가작도 선보였다. 2년 전 파벨과 대화를 나누던 중에 그가 18세 때 자신의 첫 번째 장서표를 가진 이래 지금까지 1만 점 이상의 작품을 소장하고 있음을 알게 되었다. 거기에는 바욜스, 핑게스텐 등 수많은 대가의 명작도 포함되어 있었다. 그 때문에 나는 파벨에게 20세기 초기 체코의 판화 명인 스타니슬라프 쿨하네크Stanislav Kulhanek(1885~1969)의 장서표 100여 매도 함께 전시하자고 권유했다.

체코의 저명한 판화가 쿨하네크는 일생 동안 350매의 동판화 장서표를 제작했고, 각 작품마다 정성을 들여 인쇄 매수와 자신의 서명을 남겼다. 그는 1912년 첫 번째 장서표를 제작한 이후 작품 주제를 점점 풍부하게 확장시켜 주로 신화, 성경, 인체와 관련된 주제에 심혈을 기울였다. 고전주의 인체 묘사는 쿨하네크가 가장 뛰어난 솜씨를 발휘한 제재이고, 그의 판화기법도 이미 정상의 경지에 도달했다. 이탈리아 저명한 소장가이며 세계장서표협회 창시자 중 한 사람인 잔니 만테로Gianni Mantero(1897~1985)는 그의 작품을 이렇게 평가했다. "비범한 기법으로 예술 표현이 완벽한 경지에 도달했다."

20세기 중엽 체코가 구소련의 압제를 받을 때 쿨하네크와 체코의 몇몇 애국적인 예술가들은 당국의 야만적인 독재 행위에 분분히 항거하면서, 작품에 국가 몰락의 비애 및 자유와 민주에 대한 갈망을 표현했다. 그는 수차례 반정부 시위에 참여했다가 여러 해 동안 감옥에 갇혔다.

이 장서표가 보여주는 바와 같이 쿨하네크는 자신의 장서표 작품에다 제작 규범, 서명, 연대, 심지어 본인 작품 리스트의 해당 일련번호까지 일일이 표기했고, 각 요소가 화면 구도의 하나가 되게 했다. 20세기 초에 이처럼 근엄한 제작 기법을 보여주는 장서표는 그리 많지 않고, 장서표에 작가의 서명이 돼 있는 작품도 드물다. 내가 시종일관 강조하는 100여 년 전 유럽의 장서표계에는 지금처럼 상업 시장이 형성되지 않았고 투자 가치가 높은 환경도 조성되지 않았기 때문에, 작품을 보면 바로 작가를 알아볼 수 있었다. 작품 자체가 바로 서명이었던 셈이다. 이에 예술가들도 사족처럼 굳이 서명을 하지는 않는 분위기였다.

독일 초기 장서표 • 한스 피퍼Hans Pieper(1851~?) •
10.5×8.5cm • 1900년

Roland Roveda

인쇄술을 장서표에 담아내다

체코 • 11×7cm • 1985년

책 도둑의 최후는 교수형뿐이라네

기억하건대 나는 미국 유학 시절 중국인이 인쇄술을 발명했다고 교수와 논쟁한 적이 있다. 적어도 유럽에서 인쇄술을 발명한 때보다 몇 백 년은 빠르다면서 말이다. 어려서부터 천편일률적으로 암송해왔기 때문에 의심의 여지없는 사실로 여겼다. 나는 당시에 비교적 진지한 마음으로 이렇게 생각했다. '서구 문명은 일등 심리에 젖어서 어떤 일이든지 타 문명보다 낫다고 자만한다.' 지금 돌이켜보면 당시 스무 살을 갓 넘은 내가 너무 유치했던 것 같다. 역사는 모두 인류가 자신의 처지에 맞게 이용하는 도구 중 하나다. 누가 옳고 누가 그른지, 또는 누가 진짜고 누가 가짜인지를 토론하기 위해서는 확실한 증거가 필요하다. 당연히 그럴 거라고 망상하며 정치적 필요에 의해 날조해서는 안 된다.

동서양 사람들은 활자인쇄술을 중국의 필승畢昇(970?~1051, 중국에서 세계 최초로 활자를 발명했다고 주장하는 북송北宋 시대 인쇄공—옮긴이)이 발명했는지 아니면 그보다 400년 늦게 태어난 독일의 구텐베르크가 발명했는지를 두고 줄곧 첨예한 논쟁을 벌여왔다. 서구 사회에서는 구텐베르크가 발명했다고 인정하고 있다. 특히 그의 독창적 기술인 수직 나선식 수동 인쇄기는 완벽한 시스템을 갖추고 있었고, 현재 그 증거도 남아 있다. 누가 가장 먼저 인쇄술을 발명했든지 간에 서구 인쇄술이나 판화 예술에 끼친 영향으로 말하자면 구텐베르크가 선구자이며 비조임을 의심할 수 없다. 19세기에 유럽 장서표의 디자인이 문장紋章 양식에서 도안 양식으로 옮겨갈 무렵, 회고의 성격으로 16세기에 최초로 출현했던 인쇄술과 관련된 주제를 다양하게 재현하는 흐름이 등장했고, 점차 장서표 주인들이 이를 택하는 경우도 많아졌다. 인쇄기, 인쇄공방, 인쇄 기술자 등이 장서표를 구성하는 예술

인쇄술을 장서표에 담아내다

요소로 선택되었다. 구텐베르크와 함께 판화 대가 알브레히트 뒤러Albrecht Dürer(1471~1528)의 초상화도 종종 사람들이 숭배하는 대상이 되었다.

　　미국 장서표협회 회장 제임스 키넌이 주관하는 협회 간행물《장서표 수집에 관한 삽화 에세이Illustrated Essays on Bookplate Collecting》제1집에는 리처드 쉬멜펑Richard H. Schimmelpfeng(1929~)의 글 〈인쇄 모티프The press motif〉가 수록되어 있다. 이 글은 역사의 각 단계에서 출현한 '인쇄 관련 주제'의 장서표를 소개하고 있는데, 그 종류가 정말 다양하다. 이 책은 지금까지 내가 본 것 중에서 가장 완벽하고 상세한 영어 자료다. 앞의 장서표에 그려진 식자공은 인쇄 공방에서 쉬지 않고 일을 한다. 어쩌면 현대 장서표 작가에게는 이런 형상이 좀 고리타분하게 보일 수도 있지만 인쇄 관련 주제를 좋아하는 소장가들은 여전히 싫증 내지 않고 사방에서 이런 장서표를 수집하고 있다.

독일 초기 장서표 • 헤르베르트 오트Herbert Ott • 14×9cm • 1948년

인쇄술을 장서표에 담아내다

Eugen Eichmann

책에서 불꽃이 튀는 순간

프란스 마세릴 • 벨기에 • 13×10cm • 1959년

책 도둑의 최후는 교수형뿐이라네

인생은 한 권의 커다란 책이다. 이 책은 심오하기가 끝이 없지만 앞표지부터 뒤표지까지 읽어가노라면 자기 자신이 점점 더 작아짐을 느끼게 된다. 프랑스 마세릴이 1959년에 제작한 이 목각 장서표 속에는 남자가 자신의 서재에서 밤에 등불을 켜고 책을 읽고 있다. 그러다가 매우 흥분이 되는 대목을 만났는지 그는 한달음에 책상 위로 뛰어올라갔고 몸의 크기가 줄어들었다. 나는 장서표 속 주인이 인생의 의미를 찾는 과정에서 자신의 사상과 딱 맞아 떨어지는 책을 만났을 때라고 생각한다. 책은 산처럼 크게 변하고, 페이지에서 뿜어져 나오는 눈부신 광채는 마치 보석처럼 눈앞을 현란하게 한다. 나도 이 장서표의 주인과 마찬가지로 인생의 가치와 의미를 위해 끊임없이 전진하면서 탐색을 계속하고 있다. 독서 과정에서 생겨나는 화학반응은 나와 저자의 인연이다. 한 글자 한 구절에 공감하고 저자와 일체가 되면서 마치 불꽃이 일어나는 것처럼 느껴진다. 그 순간 저자 속에 내가 있고, 내 속에 저자가 있는 경지에 도달한다. 그 세밀하고 부드러운 정감은 투명하고 영롱하여 끝없는 상쾌함으로 이어진다. 똑같은 방식으로 장서표 작가와 장서표 주인 사이에도 이와 같은 불꽃이 일어날 수 있다.

장서표는 '책 속의 보석'이라고 일컬어진다. 그것은 장서가들이 문을 닫고 혼자서 갖고 노는 작은 장난감이다. 사람들은 흔히 장서표 애호가가 드물다고 하는데 그것도 사실이다. 장서표를 좋아하는 사람은 보석 탐색가다. 이 보석은 사람을 붙잡고 떠나지 못하게 한다. 때로는 나 자신이 시대를 잘못 타고난 사람이 아닌가 의심하기도 한다. 나는 지금 세상에서 유행하는 모든 것을 혐오하면서 한사코 시대를 거슬러 올라가려 한다. 나에게 적합한 연대는 재규어Jaguar가 세상의 주류를 점했던 1960~1970년대인 것 같다. 그 시대에는 LP 레코드만 있었고 녹음테이프나 CD는 없었다. 나처럼 삶의 궤적에서 자아를 잃고 회고 취미에 젖어든 인사들에겐 장서표가 바로 궁극적인 귀의처인 셈이다. 나는 세계가 변한다고 해서 나의 타고난 복고적 취미를 잃지 않을 것이다.

독일 초기 장서표 • 장서표 주인_요안 배틀Joan Batlle • 19×13cm

Wilhelm Kuhrot

루쉰박물관에서 보석을 찾다

프란스 마세릴 • 벨기에 • 13×10cm • 1965년

책 도둑의 최후는 교수형뿐이라네

내가 지난번에 상하이에 갔을 때가 2007년이었다. 그리고 3년 후 상하이에서 세계박람회가 개최됨에 따라 많은 것이 변했다. 깊어가는 가을, 상하이에서는 조금도 추위를 느낄 수 없었다. 베이징에서 출발할 때 나는 옷을 여러 겹 껴입었지만 차에서 내린 후에는 전부 벗어버렸다. 내가 머문 곳은 구이린로桂林路 근처였다. 그곳 출신 친구의 소개로는 이 일대에 계수나무가 많다고 했다. 10월 중순은 마침 계수나무 꽃이 필 때여서 부드러운 꽃향기가 폐부와 단전으로 스며들었다. 마치 쑤저우蘇州와 항저우杭州에서 많이 파는 연근 전분 완자藕粉圓子 냄새를 몰래 맡는 듯했다. 이 맑은 향기를 따라 나는 여유롭게 이 도시의 거리를 천천히 산보했다. 때로는 친구와 만나서 회포를 풀기도 하고 때로는 발걸음을 멈추고 혼자만의 한가로운 정취를 즐기기도 했다. 그러다가 이렇게 탄식을 내뱉기도 했다. "시간은 정말 모래시계 속 모래처럼 순식간에 흘러가버리는구나!" 한동안 눈코 뜰 새 없이 지내다가 모처럼 나 자신을 위해 한가로이 시간을 보냈다. 며칠간 정말 귀하고 귀한 여유를 즐길 수 있었다. 그러나 내 머릿속은 온통 베이징의 장서표관 전시회, 장서표 경매 및 한 살 난 귀여운 아들 생각으로 가득했다. 또 회피할 수 없는 몇몇 현실의 일도 나의 뇌리를 파고들었다.

상하이 시내 북쪽에서 오랜 친구 자오趙 선생을 만난 후 나는 훙커우공원虹口公園(지금은 루쉰의 묘가 공원 내에 있고 루쉰기념관이 있기 때문에 루쉰공원魯迅公園으로 불린다. 윤봉길 의사의 의거 현장이기도 하다.—옮긴이) 내에 있는 루쉰박물관魯迅博物館(중국 내에 루쉰을 기념하는 시설은 여러 곳이다. 이 책 원문에는 상하이의 훙커우공원 내에 루쉰박물관이 있다고 했으나, 사실 이곳에는 루쉰기념관魯迅紀念館이 있다. 이를 구분하기 위해 베이징에 개설된 루쉰 기념 시설을 루쉰박물관이라고 부른

다. 원저자의 착오로 보인다.—옮긴이)을 좀 둘러보기로 결심했다. 루쉰박물관은
두 번째 관람이었는데 그동안 큰 변화가 있었다. 본래 2층에 있던 장서표
판매처가 1층으로 내려왔고, 장서표의 수량과 관련 서적도 줄어든 것 같았
다. 지난번에 샀던 리화의 장서표는 이미 매진되어서 참으로 유감이었다.
상하이 루쉰박물관을 관람하면서 내가 가장 흥미를 느낀 곳은 바로 루쉰
이 편집한 목각 판화집을 전시해놓은 곳이다. 그것은 정치적 색채가 강하
기는 하지만 그 시대를 대표하는 작품집이다. 그가 수집한 중국과 외국의
판화로는 구소련 작품만 해도 400여 점이 있다. 그가 추천한 독일 판화 대
가 케테 콜비츠 Kathe Kollwitz(1867~1945)와 프랑스 마세릴의 작품은 그후 중
국 목각 판화계 몇 세대 사람들에게 큰 영향을 끼쳤다. 소문에 의하면 루쉰
이 소장한 판화 작품 가운데는 마세릴의 작품이 비교적 많다고 한다.(루쉰
은 1929년《근대 목각 선집近代木刻選集》을, 1930년에《새로운 러시아 회화 선집新俄選集》
을 출간하여 영국, 미국, 일본, 러시아 등의 목판화를 중국에 처음 소개했다. 이에 영향을
받은 당시 젊은 목판화 화가들이 1931년 상하이에서 '일팔예사一八藝社'를 조직하고 작품
활동에 전념했는데, 이들의 작품 180점을 실은 화집을 출간할 때 루쉰이 서문을 썼다.—
옮긴이)

　　나는 우연한 기회에 벨기에의 소장자 손에서 마세릴의 목판화 장서표
10여 점을 구했다. 그는 평생 26매의 장서표 작품만 제작했다. 여기에 소개
하는 이 장서표는 1965년에 제작한 것으로, 그의 23번째 작품이다. 1920년
마세릴은 일련의 목각 작품집을 출간했다. 그 작품집이 바로 루쉰이 신흥
목각운동을 제창하면서 1933년 수입하여 중국에 처음 소개한《마세릴 연
속 목판화 이야기麥綏萊勒木刻連環畫故事》다. 이 책에 마세릴의〈한 사람의 수난〉

〈광명의 추구〉〈나의 참회〉〈글자 없는 이야기〉가 수록되어 있다. 마세릴의 장서표 작품에도 그의 일관된 판화 기풍인 거친 흑백 선이 잘 드러나 있다. 비록 목판화 연작에서 보여준 특징은 찾아볼 수 없지만 대가급의 리얼리즘 기법이 수량도 많지 않은 20여 매의 장서표 작품을 관통하고 있다. 이 장서표를 보면 비좁은 고서점에서 네 명의 보석 탐색자가 각자의 코너를 차지하고 자신들의 보석을 찾기 위해 서가를 뒤지고 있다. 장서표 왼쪽 아래 구석에 새겨 놓은 'FM'은 프란스 마세릴의 성명 이니셜인데, 이 판화가가 사용하는 서명 중 하나다.

독일 초기 판화 장서표 •
오토한스 베이어Ottohans Beier(1892∼1979) • 14×10cm

Thomas Stearns Eliot

시인 엘리엇의 히아신스 아가씨

마르크 세버린 • 벨기에 • 목판화 • 13×9cm • 1945년

책 도둑의 최후는 교수형뿐이라네

벨기에의 저명한 판화가 마르크 세버린Mark F. Severin(1906~1987)의 작품 목록에는 영국의 위대한 시인 엘리엇을 위해 제작한 장서표가 포함되어 있다. 그의 작품번호 82번에 해당하는 것으로 1945년에 제작됐다. 세버린은 수많은 동판화 작품을 남겼다. 그러나 이 장서표는 그의 작품 가운데서 아주 드물게 보이는 목판화 명품이다. 2008년 중국 자더국제경매회사에서 우싱원 선생의 장서표를 경매할 때 고가에 낙찰되었다. 내가 구입한 이 장서표도 인터넷 경매에서 용감하게 낙찰받은 것이다. 낙찰 가격은 자더 경매의 것보다 높지는 않지만 정말 피 같은 돈을 쓰면서 고난과 인내의 과정을 거친 후에야 귀한 명품을 손에 넣을 수 있었다.

나는 감정이 풍부하고 섬세한 북방의 사내이지만 서구 시에 대해서는 아는 것이 매우 적다. 일찍이 그 세계로 들어가보려고도 했지만, 그때마다 억지로 비틀어 딴 과일을 입에 넣는 것 같아서 한순간에 단맛이 모두 사라져버리고 본래의 과일 맛도 느낄 수 없었다. 나는 어쩔 수 없이 시를 이해하는 나의 바탕이 너무나 천박하다는 사실을 인정해야 했다. 내 감정의 풍부함 정도로는 낭만적인 시에 침잠하기에는 무리였다. 난 좀더 나이를 먹고 나면 다시 시작해보기로 했다. 그런데 엘리엇의 개인 장서표를 해독하려면 그의 장시집《황무지The Waste Land》를 읽어야 했다. 그 시집 속에 출현하는 히아신스 아가씨hyacinth girl, 소소스트리스 부인Madame Sosostris, 릴Lil, 여성 타이피스트 모두 이 장서표에 그려진 여인이 될 수 있다. 여인은 꽃처럼 피었다가 져서 한순간에 사라지고 만다. 지고 난 후의 처량함, 허무함, 아득함, 심지어 둔감함이 '황무지'를 지배하는 공허하면서도 복잡한 감정을 극단적으로 장식한다. 배설 후의 창백함은 타락의 궁극적 표현이다. 나는 이 장서표에 그려진 여인이 누구의 화신인지 묻고 싶다.

히아신스 아가씨일까?

> 하지만 히아신스 정원에서 우리가 돌아왔을 때, 밤은 늦었네,
> 네 두 팔은 꽃으로 가득, 네 머리는 젖어 있었지, 나는
> 아무 말도 못했고, 두 눈은 안보였지, 나는
> 산 것도 죽은 것도 아니었고, 나는 아무것도 몰랐네,
> 빛의 심장을 들여다보네, 그 정적을.
> 황량하고 쓸쓸하네. 저 바다는.

아니면 3장 〈불의 설교The Fire Sermon〉에 등장하는 타이피스트일까?

> 그녀는 돌아서서 거울을 잠시 들여다본다,
> 가버린 애인을 전혀 개의치 않는다.
> 그녀의 머릿속에 건성건성 생각이 지나간다.
> "흥, 이제 끝났네, 그 짓이 끝났으니 홀가분한걸."
> 사랑스런 여인이 어리석은 짓을 저지르고,
> 자신의 방을 다시 혼자서 거닐 때는,
> 자동으로 작동하는 기계 같은 손으로 머리칼을 매만지며,
> 축음기에 레코드판을 한 장 걸어 올린다.

책 도둑의 최후는 교수형뿐이라네

프랑스 초기 장서표 •
발랑탱 캉피옹·Valentin Le Campion (1903~1952)

시인 엘리엇의 히아신스 아가씨

273

Edwin W. Jewell

책과 미녀를 함께 누릴 수 있다니!

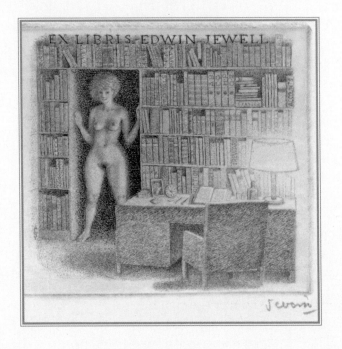

마르크 세버린 • 벨기에 • 15×12cm • 1985년

책 도둑의 최후는 교수형뿐이라네

마르크 세버린을 말할 것 같으면, 장서표계에 발을 들여놓은 사람이라면 그를 모르는 사람이 거의 없을 정도다. 그러나 내가 세버린의 장서표를 수집하기 시작한 것은 둥차오 선생이 쓴 에세이 한 편을 읽고 난 이후부터다. 둥 선생은 'Severin'을 '西弗琳(xifolin)'으로 음역했다. 이 음역의 어감은 부드럽고 아리따워서 여성미가 가득하다. 이 장서표 작가가 그린 춘화 속의 여인, 소녀나 "넋을 빼앗고 춘정을 부추기는" 에로티시즘과도 아주 잘 맞아떨어진다. '에로티시즘'은 오랫동안 금기 주제의 하나였다. 동서양은 문화, 종교, 사상적 차이가 큼에도 불구하고, '정욕'과 '여색'을 꺼리고 은폐하며 심지어 이것이 인류 사회의 발전을 저해한다고 금기시하는 데는 같은 입장이었다. 그러나 근대 구미에서는 세버린의 에로티시즘 장서표를 떠받들며 존경했다. 둥차오 선생도 그의 작품을 이렇게 평가했다. "여인들의 모습이 영롱하고 자태도 아리땁다. 모발까지 묘사해내는 공력은 더욱 비범하여 한 가닥 한 가닥 그려진 선이 인물의 의식에까지 스며들어 있다. 에로티시즘 작품은 더욱더 음유陰柔의 그윽한 정에 의지하여 양강陽剛의 씩씩한 힘을 쏟게 한다."

그러나 세버린의 노골적인 작품을 여러 번 접하게 되자 에로틱한 맛이 사라지는 느낌을 받았다. 예술 작품 속 정욕은 창작자와 감상자 자신의 욕망을 배설하는 도구다. 특히 특수한 환경하에서 억압된 욕망은 객관적으로 허용된 통로를 통하여 직접적으로나 간접적으로 해방시켜야 한다. 시각적인 자극은 짧은 시간 안에 욕망을 만족시킬 수 있다. 그러나 그것은 마치 사랑을 나눈 후에 남녀의 두뇌가 순식간에 공백 상태가 되는 것과 같다. 어떤 방식으로 충동질하거나 자극을 가해도 아무 소용이 없다. 배설 후의 생리적 반응은 마치 에로틱한 장서표를 너무 많이 봐서 아무 감각도 느끼지 못하는 상태와 같다. 남은 것은 오직 무미건조함뿐이다.

이 장서표에서 표현하고 있는 함축적이고 은근한 분위기는 세버린 작품 가운데서도 아주 드문 사례에 해당한다. 깊은 밤 서재의 희미한 등불 빛도 아름다운 여인의 나체를 감추지 못한다. 책상에 엎드려 일을 하던 주인도 바야흐로 몸을 일으켜 서재 문 쪽으로 걸어가고 있을 것이다. 책과 미녀를 함께 누릴 수 있다니! 이 장서표의 주인은 오스트레일리아 장서가 에드윈 주얼Edwin W. Jewell이다. 나는 그와 인터넷 경매에서 알게 되었고 시간이 지날수록 더욱 가까워졌으며 그에게서 많은 장서표를 구입했다. 한번은 그가 부쳐준 장서표에 세버린이 만년에 제작한 이 장서표가 선물로 첨부되어 있었다. 주얼과 앤드루 피크Andrew G. Peake(1949~)는 남태평양 지역의 대소장가다. 주얼의 말에 의하면 오스트레일리아에 장서표협회가 두 군데 있다고 한다. 하나는 (자칭) 공식 단체인데, 다른 하나도 지역의 공식 단체로 공언한다고 한다. 그곳에는 회원이 두 명뿐이고 이 두 사람이 각각 하나의 단체를 관장한다는 것이다. 이는 오스트레일리아의 서해안 도시 분포와도 닮았다. 오스트레일리아 서해안의 도시는 퍼스Perth와 다윈Darwin뿐이고 나머지 도시 십여 곳은 모두 동해안에 집중되어 있다. 이 두 회원이 서해안 출신인지는 알 수 없다.

유럽 장서표 • 10×5cm

Henryka Kurzawy

폴란드 고서점에서
장서표를 만나다

폴란드 • 10×7cm

책 도둑의 최후는 교수형뿐이라네

5년 전 나는 아내와 결혼을 약속한 후 처음으로 폴란드에 가서 장인·장모를 뵈었다. 그 기회에 폴란드 장서표 문화에 대해서도 처음으로 부족하게나마 지식을 쌓았다. 다른 유럽 국가와 마찬가지로 폴란드의 고서점도 장서표를 구하기 위해 반드시 들러야 하는 장소다. 그렇지 않으면 그 당시 내가 그랬던 것처럼 유럽의 오래된 도시에서 풍경을 감상하고 골동품을 감상하느라 모든 시간을 허비하게 될 것이다.

폴란드에는 크고 작은 고서점들이 대학 주위에 드문드문 분포해 있다. 포즈난Poznań 시에는 국립대학 여덟 곳과 사립 단과대학 여러 곳이 있어서 대학 도시로 불린다. 아내가 포즈난대학교를 졸업하기도 했고 그곳은 아내의 고향 칼리시Kalisz에서도 자동차로 한 시간 반 정도의 거리밖에 되지 않아, 포즈난은 내가 장서표를 구하기 위해 들른 첫 번째 도시가 되었다. 포즈난의 고서점은 두 종류로 분류할 수 있다. 첫째는 전문적으로 학생 교재를 파는 곳이다. 구미 국가의 교재 가격은 싼 편이 아니기 때문에 중고 교과서가 아주 잘 팔린다. 둘째는 고서적, 각종 학술자료, 참고서, 외국문학 등을 파는 곳으로 일반적인 중국 고서점과 비슷한 곳이다. 이런 곳은 도서 분류가 비교적 복잡하다.

지금 소개하는 이 장서표는 두 번째 종류의 서점에서 구입한 것이다. 당시에 내가 서점 주인에게 그곳에 들른 까닭을 설명하자 그는 깜짝 놀라서 한참 머뭇거리다가 천장까지 닿은 서가의 가장 꼭대기에서 문서철 한 무더기를 안아 내렸다. 문서철에 먼지가 가득 쌓인 걸로 봐서 그 장서표들을 구입하는 사람이 거의 없는 것 같았다. 몇 다스의 장서표, 옛날 사진, 엽서 등이 함께 뒤섞여 있었다. 그곳의 장서표는 모두 폴란드 초기 목판화나

오프셋 인쇄품이었고, 또 선화線畵도 일부 포함되어 있었으며 작가의 서명
이 들어 있는 작품도 고를 수 있었다. 한 장에 겨우 5~10즈워티(중국 돈으로
10~20위안, 한국 돈으로는 1,700~2,400원 내외)에 불과했다. 가격이 공정하여 나
는 에누리도 하지 않고 즉시 그곳의 장서표를 모두 구입했다. 당시에 현대
장서표 작품만 보아온 나로서는 이 같은 1960년대 작품을 마주하자 생경
한 기분이 들기도 했다. 이 장서표는 인쇄 관련 주제의 작품이다. 인쇄 공방
에서 일하는 두 명의 도제가 인쇄기 곁에서 한 명은 인쇄물을 찍어내고 다
른 한 명은 조판을 하고 있다. 창밖으로 드러난 풍경에 천주교 성당이 있는
걸로 봐서 이곳은 아마도 천주교를 신봉하는 폴란드 어떤 도시의 중심지
인 것 같다. 내가 그 서점을 나오면서 살펴보니 서점 주인의 표정은 만족스
워 하는 한편, 여전히 의아함과 놀라움이 뒤섞여 있었다.

유럽 장서표 • 10×6cm

Miejska Biblioteka Publiczna W Ełku

도서관 장서표에
왜 낚싯대가 그려져 있을까

폴란드 • 목판화 • 9×6cm

책 도둑의 최후는 교수형뿐이라네

포즈난 시로 장서표를 구하러 가서 얻은 또 하나의 수확은 바로 에우크Elk 시립도서관 건립 35주년을 기념하는 이 장서표를 구입한 것이다. 이 장서표는 인쇄가 약간 비뚤지만 해독에는 전혀 방해가 되지 않는다. 에우크 시립도서관은 1946년에 건립된 이후 시민들에게 완전히 무료로 개방되고 있기 때문에 현지의 공공 문화활동 센터로서 기능하고 있다. 또한 이 도서관에는 어린이 열람부가 설치되어 있어서, 유치원, 학교 등 어린이 교육기관과 각종 협력 관계를 맺고 있다. 각급 도서관을 위한 초기 장서표의 화풍은 대부분 부화뇌동하는 경우가 많지만 이 장서표는 일반 도서관 장서표와 다르게 풍부한 예술적 요소를 가미해 화면을 분할하고 있다. 중앙의 아치형 출입문에는 도서관 현판이 걸려 있고, 오른쪽 아래 팻말에는 35주년이란 글씨가 쓰여 있다. 문 발치 빽빽한 풀숲 속에는 각종 서적이 놓여 있다. 왼쪽 그림 속에는 손수레, 등산화, 낚싯대, 노 한 쌍 등이 갖춰져 있는데, 이것들은 야외활동을 할 때 반드시 필요한 도구다. 에우크는 에우크 호숫가에 자리 잡고 있는 도시로 사방에 숲이 울창하여 야외활동의 천국이라 할 수 있다. 오른쪽 그림에는 각종 무기, 투구, 갑옷 등이 그려져 있다. 이것은 아마도 현지의 전통을 상징하는 물건들일 것이다. 나는 야외활동의 고수가 아니지만 이 장서표를 해독한 후에는 에우크 산천의 자연을 직접 체험해보고 싶은 생각이 들었다.

76

Wojewódzka Biblioteka Publiczna W Kaliszu

폴란드 도서관의 장서표 선물

폴란드 • 칼리시 도서관

막 돌을 지난 루카시는 그의 엄마와 함께 40도에 달하는 베이징의 불볕더위를 피하기 위해 폴란드 외가로 가서 반 달을 머물렀다. 아내 카사가 이번에 친정으로 가게 된 것은 부모님에게 외손자를 처음 인사시키기 위한 목적 외에도 또 한 가지 다른 이유가 있었다. 그것은 바로 칼리시 공립도서관의 초청으로 그곳에서 중국문화를 알리기 위한 강연을 하는 일이었다.

카사는 2004년 나를 따라 중국으로 와서 함께 생활해왔다. 중국에서의 경험과 생활을 일기 형식으로 폴란드 블로그에 올리면서 수많은 폴란드 네티즌의 주목을 받았다. 아내의 블로그를 방문하는 네티즌 수는 그곳 블로그 순위의 10위 안에 들 정도였다. 이 때문에 우리가 결혼하던 바로 그 해에 아내 고향의 신문사에서는 특별히 우리를 소재로 '서양이 동양을 만났을 때'란 제목의 기사를 게재하기도 했다. 카사의 도서관 강연도 100여 명의 손님이 찾아올 정도로 반응이 괜찮았다고 한다. 이것은 인구가 겨우 10만 명에 불과한 중소도시에서는 정말 쉽지 않은 일이라 할 만하다.

동시에 아내는 작년에 내가 출간한 《서구 장서표西方藏書票》도 가지고 가서 선전을 했다. 장서표는 많은 유럽 국가에서 두터운 역사적 기반을 갖고 있지만 폴란드에서는 이미 대부분의 사람들에게서 잊힌 상태였다. 이 때문에 중국인이 유럽 장서표를 다룬 이 책은 현지인들에게 큰 관심을 불러일으켰다. 안타깝게도 아내 카사는 당시에 내 사인본을 겨우 두 권만 갖고 가서 한 권은 친구에게 증정했고, 한 권은 공립도서관에 기증할 수밖에 없었다. 그런데 강연이 끝난 후 연단 앞으로 몰려와서 책을 요청하는 사람이 너무나 많았다고 한다. 그래서 연락처를 남겨달라고 한 후 나중에 책을 준비하여 부쳐주겠다고 했다는 것이다. 이 도서관에서는 카사의 강연과 나의 기증 도서에 감사를 표시하기 위해 우리에게 100매의 장서표를 우송해왔다. 그중 대부분은 이 도서관 전용 장서표였고 제작 연대는 지금부터 20~30년 전이었다.

　여기에 수록된 상이한 색깔의 목각 장서표 작품은 작은 도시 칼리시를 대표한다. 표현하고 있는 내용은 각각 다르다. 초록색과 분홍색 장서표는 모두 그곳 공립도서관 전용이고, 검은색은 칼리시 시 은행도서관 전용이다. 은행에도 부설도서관이 있으므로 나중에 꼭 한 번 가볼 생각이다. 초록색 장서표에는 도시의 전경이 펼쳐진다. 높다란 현대 건축물이 하나도 없고 오래된 종탑과 성당 같은 표지 건물만 시가 골목 끝에 우뚝 솟아 있다. 시내 전체를 걸어서 한 번 도는 데는 불과 한나절이면 충분하다.

　현재 폴란드 장서표계는 과거와 현재가 이어지지 못하는 상황에 있다. 비록 각지에서 거행되는 장서표 교류 전시회가 여전히 성행하고는 있지만 창작에 참여하는 젊은 인재가 너무나 드물다. 몇몇 나이 든 판화가만 이 작은 장서표계를 어렵게 지탱하고 있다. 8월 말에 터키 이스탄불에서 열린 제33회 세계장서표대회에서 두 명의 폴란드 예술가의 작품이 금상과 은상을 받았다. 이로써 같은 국가의 노년과 청년 예술가가 동시에 상을 받을 수 있다는 선례를 남겼다. 상황을 보건대 심사위원회에서도 지금은 잠들어 있는 판화의 유구한 전통을 일깨워 그곳 젊은이들로 하여금 장서표 창작활동에 더 많이 참여하도록 유도하려고 애쓰고 있음을 알 수 있다.

유럽 초기 장서표 • 23×15cm

Jan Rhebergen

꿈속의 여인

피오트르 나샤르코브스키 · 폴란드 · 동판화 · 13×9cm · 1888년

책 도둑의 최후는 교수형뿐이라네

이번 주에 폴란드 동판화 작품들을 정리하여 책자로 장정할 준비를 했다. 아내 카사 덕분에 나는 폴란드 장서표에 각별한 관심을 가지고 있다. 그곳 장서표를 수집하는 몇 년간 나는 폴란드 장서표 작가들 대부분 아주 소극적인 태도로 마치 은둔자처럼 살고 있다는 사실을 발견했다. 이는 다른 동유럽 국가들의 판화가들이 자신의 작품을 선전하면서 시장의 수요에 영합하려는 경향과는 아주 다른 모습이었다. 올해 세계장서표대회에서는 폴란드의 예술가 두 명이 금상과 은상을 받았다. 그러나 두 명 모두 상을 받으러 시상식에 오지 않았다. 나는 그 원인이 무엇인지 모르겠다. 그러나 세계장서표대회는 세계 각 지역의 친구끼리 장서표를 교류하는 가장 좋은 기회인데, 그런 기회를 놓치다니 정말 애석한 일이 아닐 수 없다.

내가 알고 있는 폴란드 판화 명인 중에서 피오트르 나샤르코프스키 Piotr Naszarkowski(1952~)는 해외에 거주하며 은둔자처럼 살고 있지만 여전히 혁혁한 명성을 누리고 있다. 그는 저명한 우표 디자이너 겸 지폐 디자이너다. 1980년대에 나샤르코프스키는 다른 애국적인 예술가들과 함께 폴란드를 침략한 통치자인 구소련에 항의하는 시위를 전개했다. 1985년 그가 디자인한 첫 번째 우표가 발행되었고, 1989년에는 북쪽으로 바다를 건너 스웨덴으로 가서 2005년까지 모두 100종의 우표를 디자인했다. 그가 폴란드 바르샤바 도시 창건 400주년을 기념하기 위해 디자인한 기념 지폐는 가가호호 모르는 사람이 없을 정도로 유명하다. 그후 콩고, 도미니카 등에서도 그를 초청하여 지폐 디자인을 맡겼다.

사실 나샤르코프스키는 우표와 지폐 영역에서 거둔 성취가 장서표 부문에서 거둔 성취보다 훨씬 뛰어나다. 지금 소개하는 이 에로틱한 장서표는 그가 1988년에 동판화로 제작한 것이다. 뒤편에 기록된 작품 일련번호를 보면 이것이 그의 785번째 작품임을 알 수 있다. 이는 그가 1988년 당시 이미 거의 800매에 가까운 장서표를 제작했다는 증거다. 만약 번호가 기록되어 있지 않았으면 오랫동안 외국에 은거해온 이 판화가가 이처럼 막강한 창작 에너지를 갖고 있다는 사실을 아무도 믿지 못했을 것이다. 동판화 기법을 운용했기 때문에 장서표의 화면이 매우 세밀하다. 이는 다른 판화 기법으로는 도달할 수 없는 경지다. 이른 아침 창밖의 햇볕이 비스듬히 서재로 비쳐드는 가운데 주인은 햇볕을 반사하고 있는 선글라스를 끼고 책상에 엎드려 있다. 그의 눈앞에서는 상큼한 여인이 그를 위해 흩어진 책을 정리해주고 있다. 이러한 정경은 아마 장서표 주인이 항상 상상하곤 하는 에로틱한 꿈일 것이다.

유럽 초기 장서표 •
프란츠 스타센Franz Stassen (1869~1949) • 12×7cm

꿈속의 여인

Feyyaz Yaman

상대가 돋보기를 들이대면
당장 탈출하라

마르틴 그루에프 • 불가리아 • 19×13cm • 2007년

책 도둑의 최후는 교수형뿐이라네

올해 여름 터키 이스탄불에서 개최된 제33회 세계장서표대회에 참가하여 세계 각지의 장서표 화가들과 몇 백 매에 달하는 장서표를 교환했다. 정말 풍성한 수확이었다. 외국 예술가들과 교류하는 과정에서 알게 된 불가리아의 마르틴 그루에프Martin Gruev는 가장 두뇌가 명석하고 눈빛도 사나웠다. 예술가인 그들이 그렇게 많은 장서표를 교환하는 이유는 오직 다른 사람의 장점을 배우고 본받으려는 욕심 때문이다. 그루에프는 나이가 많지 않았지만 1990년대에 유행한 중간 가르마 헤어스타일에다가 온갖 풍상을 겪은 얼굴빛을 하고 있었다. 그는 장서표를 받아들 때마다 후회하지 않도록 돋보기를 이용하여 장서표 표면의 무늬를 자세하게 관찰했다. 나는 그의 모습을 보고 그와 더이상 얽히지 말아야겠다고 결심했다. 우리 같은 비전문가가 어찌 감히 모든 소장품을 가지고 저런 고수와 일일이 무공을 겨룰 수 있겠는가? 나는 중국 장서표 몇 점을 그의 작품 세 점과 바꾸고는 바로 그와 작별했다. 이 대목에서 나는 독자 여러분께 권해드리고자 한다. 만약 장서표를 교환할 때 상대방이 돋보기를 가지고 작품을 감별하려고 하면 얼른 그곳에서 벗어나기 바란다. 왜냐하면 상대방은 여러분에게 털끝만큼의 사정도 봐주지 않을 것이기 때문이다.

그루에프에게서 교환해온 이 장서표는 투르크 스타일이 아주 뚜렷하여 당시 대회에서 가장 눈길을 끈 장서표 중 하나였다. 심사위원회에서도 특별상을 수여하여 도록의 중요한 위치에 싣도록 추천했다. 이 장서표의 윤곽은 터키 특유의 아시아-유럽 융합 스타일 건축 구조로 디자인되어 있다. 마치 푸른색 이슬람사원과 소피아대성당을 합친 것 같은 느낌이다. 장서표 주인의 이름 페이야즈 야만Feyyaz Yaman을 보더라도 그가 터키 사람임을 알 수 있다. 장서표 그림을 보면 야만은 자신의 책상에 앉아 커다란 책을 읽고 있다. 책상 아래에 펼쳐놓은 것은 세계적으로 유명한 터키 양탄자다. 야만의 등 뒤에는 두 그루의 나무가 그의 이름 첫 글자인 'F'와 'Y' 모양으로 자라고 있다. 이 나무는 일종의 암호다. 애석하게도 나는 당시에 이 화가가 무공을 발휘하여 나를 공격할까봐 재빨리 도망치고 말았다. 그렇지 않았다면 틀림없이 그에게 이 식물이 어떤 다른 의미를 갖고 있는지 물어봤을 것이다. 장서표 배경에는 주인의 장서가 가득 꽂힌 서가가 놓여 있다. 그 오른쪽 하단에 평평하게 올려놓은 세 권의 책에는 각각 네덜란드 판화 대가 모리츠 에셔Maurits C. Escher(1898~1972), 노르웨이 화가 오드 네르드룸Odd Nerdrum(1944~), 낭만주의 화가 프란시스코 고야의 이름이 새겨져 있다. 이 세 사람은 틀림없이 장서표 주인이 숭배하는 예술 대가들일 것이다. 이 장서표가 사람의 정신을 가장 번쩍 들게 하는 부분은 바닥 부분 돌계단에 새겨진 영어다. "뜨거운 불에도 타지 않는 모든 수요는 쥐가 다 갉아먹을 것이다"라는 뜻이다. 이 구절의 출전은 미상이다. 암시하는 의미는 다음에 작가와 다시 만났을 때 가르침을 청할 생각이다.

유럽 초기 장서표 • 16×13cm

상대가 돋보기를 들이대면 당장 탈출하라

Hasip Pektas

신세대의 장서표

누르귈 아리칸 • 터키 • 21×15cm • 2008년

책 도둑의 최후는 교수형뿐이라네

터키 이스탄불 세계장서표대회에서 장서표 교환 행사에 참가한 첫날 나는 가장 한가롭고 부담 없는 시간을 가졌다. 왜냐하면 사람들이 대부분 조직위원회가 마련한 도시 일일 여행에 나섰기 때문이다. 그날 나는 대회장에 남아 장서표 교환을 시작하기로 결심했다. 그날 하루 동안 거둔 수확이 적지 않았다. 또한 교환 행사장 분위기도 부드러워서 모두들 웃으며 한담을 나누며, 한가롭게 장서표를 교환했다. 오후에 장서표를 수습하여 대회장을 떠나려 할 때 터키 미녀 한 명이 내게 다가와서 말을 걸었다. 그녀는 장서표 한 다스를 손에 들고 전전긍긍하며 터키 억양이 섞인 영어로 나와 장서표를 교환하자고 했다. 그 미녀의 이름은 누르귈 아리칸Nurgül Arikan이었고 한눈에 학생임을 알아볼 수 있었다. 그녀는 본인이 제작한 컴퓨터 그래픽 장서표에 자신감이 없어서 주눅 들어 있었다. 나는 그녀의 장서표를 훑어보고 바로 아르헨티나 컴퓨터 장서표 명인 무리알 프레가Murial Frega(1972~)가 나를 위해 제작해준 장서표와 기타 목판화 작품을 꺼내서 그녀와 교환했다. 우리가 교환한 일곱 장의 장서표 중에서 내가 가장 좋아하는 것은 바로 이 '책 속의 흑발 여인'이란 작품이다. 아리칸은 어떤 책의 이미지를 컴퓨터 그래픽으로 처리한 후 책 오른쪽 페이지에 흑발 여인의 윤곽을 그려 넣었다. 그녀는 장서표 주인 하십 페크타스Hasip Pektas(1953~)의 이름을 흑발 여인의 눈 위치에 써넣었고, 장서표 라틴어 표시인 'Ex libris'는 입의 위치에 써넣었다. 이 장서표 주인 하십 페크타스는 터키 장서표협회 회장이면서 아리칸의 지도교수이기도 하다. 국내외 장서표 초학자들은 창작 초기에 주로 학우나 스승을 위해 장서표를 제작한다.

나는 줄곧 컴퓨터 그래픽 장서표에 대해 견해를 유보해왔다. 어쨌든 장서표는 원래 판화 기법을 매개로 한 예술 창작이기 때문이다. 완전히 컴퓨터로만 디자인한 장서표는 판화의 전통 기법에 위배된다. 그러나 젊은 세대에게 장서표를 보급하고 또 발전시키기 위해서는 컴퓨터 기법으로 장서표를 제작하는 것도 하나의 방법이 될 수 있다고 생각한다. 다만 기법상 선천적으로 판화 양식이 부족한 부분에 대해서는 작가가 디자인하고 인쇄할 때 엄격한 규정을 마련해야 할 것이다. 특히 프린터, 잉크, 종이 등을 사용할 때 더욱 정밀한 규정을 적용해야 한다. 바꿔 말하면 감상자가 컴퓨터 그래픽 장서표를 목격했을 때 한눈에 컴퓨터로 만든 것임을 알아챘다면 그 장서표는 성공적인 작품으로 간주할 수 없다. 아리칸의 컴퓨터 기법은 우수하고 창의성도 풍부하며, 용지 사용도 세심하게 연구했다. 가장 특별한 것은 그녀가 이 장서표 왼쪽 아래 구석에 자신이 디자인한 쇠도장을 찍어놓았다는 점이다. 글자체도 자연스럽고 세밀하게 다듬은 것을 보면 단순히 에너지를 아끼기 위해 만든 보통 컴퓨터 제작 작품과는 다르다는 사실을 알 수 있다.

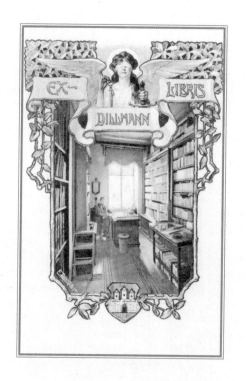

유럽 초기 장서표 • 되케르E. Döcker jun • 14×9cm

Elisabeth W. Diamond

꿈에 취하다

미헬 핑게스텐 • 오스트리아 • 18×14cm • 1938년

책 도둑의 최후는 교수형뿐이라네

이 장서표의 주인 엘리자베스 다이아몬드는 미국 아이오와 주 클리블랜드 시 출신 장서표 수집 대가다. 다이아몬드 부부는 자신들의 개인 장서표관과 출판사를 보유하고 있다. 이 두 사람을 위해 장서표를 제작해 준 판화가들이 숫자를 다 헤아릴 수 없을 만큼 많다. 두 사람은 영국의 저명한 삽화가 존 오스틴John Austin(1886~1948)과 친분이 두터워서 오스틴의 삽화 저작권을 많이 갖고 있기 때문에, 그들의 일부 개인 장서표는 오스틴의 삽화에서 제재를 가져왔다. 존 오스틴의 삽화 스타일은 그의 선배 오브리 비어즐리Aubrey Vincent Beardsley(1872~1898)의 영향을 많이 받았다. 그가 1922년《햄릿》에 그려준 삽화는 독자들로부터 호평을 받았다. 또한 이 삽화는 그가 퇴폐주의에서 아르누보 스타일로 전환하는 기점을 만들어주었다.

미헬 핑게스텐은 엘리자베스를 위해 장서표 두 장을 공동 제작했다. 장서표 그림에는 한 여인이 큰 책을 들고 있다. 표지 오른편 아래쪽에는 '38MF'란 글자가 있는데, 38은 이 장서표 제작 연도 1938년을 의미하며, MF는 제작자의 성명 이니셜이다.

책을 들고 있는 여인은 엘리자베스로 봐야 한다. 그녀의 주위에 꿈속처럼 분방하게 떠도는 환상적인 요소들은 그녀의 유년 시절 또는 젊은 시절의 아름다운 추억일 것이다. 남편의 성을 따른 다이아몬드는 우리가 잘 알고 있듯이 보석을 의미한다. 핑게스텐은 이 다이아몬드 보석을 교묘하게 큰 책의 오른쪽 아래에 넣었다.

이 장서표 상단에 적힌 영어는 영국 작가 셰익스피어의 소네트 129번째 시의 한 구절이다. "before, a joy proposed, behind, a dream." 1998년 이린출판사譯林出版社에서 출간한 구정쿤辜正坤(1952~ , 베이징대학교 외국어대학

교수로 동서비교문학 연구가 겸 번역가다. 셰익스피어를 비롯한 다양한 구미 문학가의 작품을 번역했다.―옮긴이)의 번역본《셰익스피어 14행시 시집莎士比亞十四行詩集》에서는 이렇게 번역했다. "동침하기 전에 서로 즐기고, 운우의 정을 나눈 후 꿈을 깬다求歡同枕前, 夢破雲雨後."(중국어 번역이 정확하지 않은데, 특히 뒷 구절은 "꿈속으로 빠져든다"로 번역하는 것이 더 정확하다.―옮긴이)

　장서표 오른쪽 상단 구석의 하트 표시도 우리의 시선을 끈다. 하트에는 엘리자베스 성명의 이니셜 세 글자 EWD가 쓰여 있다. 사람의 얼굴은 절반이 가려져 있다. 이런 장치에는 작가가 장서표 주인을 찬양하는 의미가 숨어 있다. 그녀의 선량한 마음은 존경할 만한 가치가 있다는 것이다. 당시 이 장서표 작가 펑게스텐과 장서표 주인 다이아몬드가 처해 있던 시대 상황을 상기해보면 그 의미가 분명히 드러난다. 이탈리아로 도피한 펑게스텐은 1938년에 이미 자신이 환란에서 벗어날 수 없는 운명임을 예감하고 다음 해 봄, 자신의 아들 페터를 미국으로 보냈다.(미헬 펑게스텐은 오스트리아 출신 표현주의 화가로 유태계 혈통이다. 당시에 어머니를 만난다는 구실로 이탈리아로 도피하여 작품활동을 하다가 독재 당국에 체포되어 나치 수용소에 수감되었고 1943년 그곳에서 세상을 떠났다.―옮긴이) 페터가 미국에 가서 몸을 의지한 곳이 바로 다이아몬드 일가였다. 다이아몬드 부부에게 감사를 표하는 펑게스텐의 마음이 이 장서표에 가득 담겨 있다. 자신의 아들이 타국에서 의지할 곳이 있었기에 그는 죽으면서도 여한이 없었을 것이다.

체코의 장서표 • 10.5×7cm • 20세기 초

꿈에 취하다

81

Gianni Mantero

책으로 산을 쌓다

미헬 핑게스텐 • 오스트리아 • 18×15cm • 1937년

책 도둑의 최후는 교수형뿐이라네

이 장서표의 제작 연도는 1937년으로 핑게스텐이 이탈리아로 도피한 지 2년째 되는 해다. 밀라노에서 핑게스텐은 친척의 도움으로 넓은 아파트를 임대했다. 그의 청신한 예술 스타일은 이탈리아에서도 점차 주목하기 시작했다. 궁핍하게 지내는 가운데 핑게스텐은 이탈리아에서 장서표 500여 장을 창작했다. 창작활동의 정점에 이르던 때였다. 1937년 4월 핑게스텐은 이탈리아 판화가 아틸리오 카발리니Attilio Cavallini(1888~1948), 그림 판매상 루이지 보라피오Luigi Filippo Bolaffio와 함께 판화전을 열었다. 1937년 10월 그는 일군의 판화계 및 장서표계 동료들과 이탈리아 최초 장서표 소장가 단체Gruppo Italiani dell'Ex Libris e del Bianco e Nero를 만들었다. 이단체의 회원으로 장서표계 거물들이 많이 포함되었다. 예를 들면 건축가 잔니 만테로, 장서표 소장가 지오반니 보타Giovanni Botta, 이반 롬바르도Ivan M. Lombardo, 지지 라이몬도Gigi Raimondo, 지노 사바티니Gino Sabattini 등이 그들이다. 핑게스텐은 이 친구들을 위해 다양한 장서표를 제작했을 뿐 아니라 그들의 저택 장식을 위해서도 자신의 유화 작품을 많이 증정했다.

이 장서표 주인은 이탈리아 건축가 겸 세계장서표협회 발기자 중 한 사람인 잔니 만테로다. 그는 핑게스텐의 친한 친구로 핑게스텐의 생계와 창작 양쪽 측면 모두에 큰 도움을 주었다. 독일 소장가 에른스트 데켄Ernst Deeken이 지은 《미헬 핑게스텐의 장서표Exlibris von Michel Fingesten-Versuch einer vorläufigen Werkliste Ernst Deeken》에는 핑게스텐이 만테로를 위해 상이한 장서표 주인의 이름으로 70여 매의 장서표를 제작한 사실이 기록되어 있다. 이때는 핑게스텐 예술 생애의 최후 단계에 해당한다.

수천수만 권으로 쌓은 책의 산은 아마도 '책바보'나 '책벌레'의 꿈속

풍경일 것이다. 지식을 기르는 모든 책 속 영양분은 지성의 땅을 비옥하게 만드는 비료로 작용할 것이다. 날마다 높이 쌓이는 책 더미 가운데서 의젓한 나무가 새싹을 피우며 자라고 있다. 산꼭대기에 앉아서 책을 읽는 사람은 아마도 자기 몸 아래의 책을 모두 읽었을 것이다. 그가 책의 산꼭대기에서 얼마나 오래 책을 계속 읽을지 아는 사람은 아무도 없다. 어쩌면 그가 꿈을 깨는 순간에 이에 대한 해답이 내려질 것이다.

체코 초기 장서표 •
야로슬라프 도브로볼스키Jaroslav Dobrovolsky • 19×12cm

82

Rigi Warschawski

오스트리아 빈의
클래식 선율이 흐르면

미헬 핑게스텐 • 오스트리아 • 12×12cm • 1915년

책 도둑의 최후는 교수형뿐이라네

이 장서표는 1915년 핑게스텐이 리기 바르샤브스키Rigi Warschawski를 위해 제작한 것으로 그의 초기작 중 하나다. 핑게스텐은 여러 해 동안 떠돌이 생활을 하다가 1913년 베를린에 정착했다. 아내를 맞아 아들을 낳은 후 그는 자신의 모든 회화 작품을 폐기하고 전적으로 판화 창작에만 진력했다. 따라서 이것은 핑게스텐 장서표를 전문적으로 수집하는 사람이라면 반드시 갖춰야 할 작품 중 하나다. 그러나 이 장서표는 작가의 창작 인생의 이정표에 해당하는 작품이기 때문에 시장에 위조품이 많이 유통되고 있다. 진짜와 가짜를 구별하기가 매우 어려우므로 주의해야 한다.

화면 상단 오른쪽의 글씨 "In Arte Voluptas"는 오스트리아 빈의 클래식 음악인데, 중국에서는 흔히 '오래된 볼룹타스에서在古老的沃塔斯'란 제목으로 알려져 있다. 요제프 슈람멜Josef Schrammel(1852~1895, 오스트리아 연주가 겸 작곡가—옮긴이)이 작곡했다.

핑게스텐은 30년 동안의 창작 인생에서 거의 2천 장에 달하는 판화 작품과 1천 매에 달하는 장서표를 창작했다. 그의 친한 친구 잔니 만테로가 1977년에 진술한 바에 따르면 자신이 소장한 핑게스텐의 작품에는 작품 일련번호가 표시되어 있지 않다고 했다. 그러나 이는 사실과 다르다. 1915년 핑게스텐은 리기 바르샤브스키를 위해 제작한 장서표에 열다섯 번째 작품이라고 분명하게 표시했다. 그의 일련번호는 반 위스G. M. van Wees에게 준 1,169번째 장서표까지 죽 이어지고 있다. 이 밖에도 일련번호가 없는 750매의 장서표와 250매의 소형 판화, 축하카드, 생일카드, 청첩장 등이 있다. 이들 작품만 모아도 1,500매에 달하기 때문에 최소한으로 계산한다고 해도 실제 작품 수량은 그 숫자를 훨씬 능가할 것이다.

Vaclav Poppe

체코의 장서표 수집가

페르디스 두사 • 체코슬로바키아 • 12×9cm • 1925년

책 도둑의 최후는 교수형뿐이라네

이 장서표의 주인은 체코의 저명한 수집가 바를라프 포프Vaclav Poppe 다. 그는 1978년 다른 한 명의 수집가와 함께 공동으로《체코의 판화 장서 표 예술가En tjekkisk grafiker og hans exlibris》란 책을 출간했다. 이 책은 비록 87쪽에 불과하지만 내용이 충실하고 삽화도 풍부하다. 제17회 스위스 루 가노Lugano 세계장서표대회에서 처음 소개되었다. 나는 2004년 귀국할 때 체코 소장자 한 분에게서 이 책을 구입했지만 당시에는 저자의 한 사람인 포프가 어느 나라 사람인지도 몰랐다. 그러다가 작년 독일 장서표협회의 교환 목록에서 이 장서표를 발견하고 갖고 있던 폴란드 초기 목각 장서표 와 교환했다. 나는 그 장서표를 너무나 싼 가격에 획득한 사실을 알고 기쁨 에 겨워 어쩔 줄 몰랐다. 본래는 이 장서표를 앞서 소개한 그의 저서에 부 착할 생각이었으나 아까운 마음이 들어 아직까지 보관 파일 속에 넣어두 고 있다. 포프는 체코의 대소장가라 할 수 있다. 체코의 근대 장서표에 익 숙한 이들이라면 그의 이름이 찍힌 장서표를 자주 보았을 것이다. 그는 체 코의 석판 장서표 명인 보후밀 크라트키Bohumil Kratky(1913~2005)의 작품을 좋아하는 편이다.

이 장서표의 작가 페르디스 두사Ferdys Dusa(1888~1958)는 슬로바키아 계 목판화 명인이며, 또 1920~1930년대 체코슬로바키아의 삽화 대가이기 도 하다. 그의 목판화는 색깔이 분명하지만 딱딱하지 않고, 선은 굵고 거칠 지만 어지럽지 않다. 그는 대부분 성명 이니셜인 FD를 서명으로 사용하고 있다. 장서표 화면 속 지자誌者는 자신의 서재에서 장서를 정리하고 있다. 상 단에 새겨진 말은 체코어로 '나의 책'이란 뜻이다.

Paul Schiesinger

매일 밤 당신의 서재 등불은
그렇게 밝게 빛난다

페르낭드 제임스 주노 • 스위스 • 12×11cm

책 도둑의 최후는 교수형뿐이라네

나는 10년 전 스위스에서 불어를 배운 적이 있지만 미국으로 유학을 떠난 이후에는 사용한 적이 없다. 언어는 환경에 의해 단련된다. 하루만 말하지 않아도 바로 낯설어진다. 내 불어 실력은 그렇게 녹슬고 말았다. 하지만 젊은 시절의 기억력이 그나마 가장 나은 편이어서 나는 스위스 판화가 페르낭잠 쥐노Fernand-James Junod가 제작한 이 장서표를 손에 넣었을 때, 왼쪽 상단에 표기된 불어를 대강 이해할 수 있었다. "매일 밤 당신의 서재 등불은 그렇게 밝게 빛난다"라는 뜻이었다. 안타까운 것은 이 구절의 출전을 고증할 수 없다는 것이다. 어쩌면 판화가가 장서표 주인에게 써준 경구일 수도 있다. 화면에 묘사한 장면은 장서표 주인의 서재 일부로 보인다. 책상에는 책 한 권과 꽃병 하나가 놓여 있고, 창틀 아래에도 양피지로 장정한 서적 몇 권이 놓여 있다. 장서표 주인의 이름이 파울 시징거Paul Schiesinger임을 감안하면 이 사람의 모국어는 독어임에 틀림없다. 그러나 장서표 왼쪽 상단에 표기된 언어를 보면 그가 불어에도 정통했음을 알 수 있다. 유럽인들에게 세 개 이상의 외국어를 구사하는 일은 너무나 평범한 일이다. 나는 이 장서표의 주인이 스위스의 독어 상용 지역 출신이라고 대담하게 상상해 본다. 스위스는 독일, 프랑스, 이탈리아 3개국에 둘러싸여 있기 때문에 스위스 영토도 3개 언어 지역으로 분리되어 있다. 장서표 작가의 이름 쥐노는 불어식 이름이다. 따라서 그는 스위스의 불어 상용 지역 출신이라 할 수 있고, 이 때문에 이 장서표의 불어는 쥐노가 장서표 주인에게 써준 것으로 봐야 할 것이다.

장서표 맨 하단에는 작은 글자로 작가의 사인과 축약형 라틴어 두 단어 'Inv'와 'Fec'가 새겨져 있다. 두 단어는 초기 판화 장서표에 항상 등장한다. 'Inv'는 'Invenit'의 줄임말로 이미 설계했다는 뜻이다. 또 'Fec'는 'Fecit'의 줄임말로 이미 완성했다는 뜻이다. 이 두 가지 단어가 쥐노의 이름 뒤에 표기된 것은 그가 이 장서표를 디자인했을 뿐 아니라 마지막 인쇄까지 담당했음을 나타낸다. 이러한 사인 표기 방식은 구미 동판화의 전통으로 아주 오랜 기간 지속되었다. 20세기 초의 일부 판화 장서표에는 두 명의 작가가 힘을 합쳐 제작한 작품이 자주 출현한다. 예를 들면 한 명은 밑그림을 디자인하고, 다른 한 명은 판화와 인쇄를 담당하는 경우가 그렇다. 이 때문에 사인을 할 때 보통 작가의 이름 뒤에 라틴어 축약형을 이용해 자신이 담당한 역할을 밝힌다. 다음은 라틴어 축약형 글자의 각 의미를 풀이한 것이다.

fec. fect. Fecit. FAC.: faciebat: 이미 완성했음.
INV.: Invenit: 이미 디자인했음.
INC.: Incisit: 이미 판화를 새겼음.
SC. sculp: 이미 판화를 새겼음.

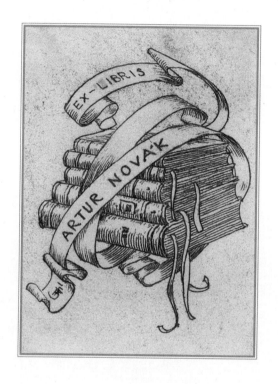

체코 초기 장서표 • 아르투르 노박Artur Novak • 10×6cm

Artur Mario da Mota Miranda

지식의 샘물

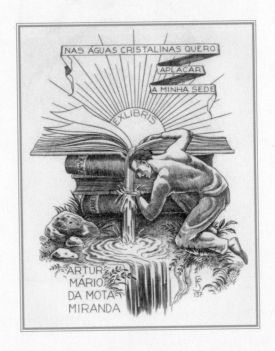

훌리오 사에즈 Julio Fernández Sáez • 스페인 • 14×12cm • 1924년

책 도둑의 최후는 교수형뿐이라네

이 장서표 상단 포르투갈어의 의미는 대략 다음과 같다. "수정 같은 맑은 샘물이 나의 목마름을 채워준다."

남송南宋의 시인이며 성리학의 완성자 주희朱熹(1130~1200)는 시 〈책을 읽다가 느낀 감상观书有感〉에서 이렇게 읊었다. "묻노니 어찌 그렇게 물이 맑을 수 있나? 샘에서 살아 있는 물이 흘러나오기 때문일세問渠哪得淸如許, 爲有源頭活水來." 주희는 문답체 수사 방법을 이용하여 독서인의 심령이 상쾌하고 맑은 이유가 책 속에서 끊임없이 흘러나오는 지식의 샘물 때문이라고 비유하고 있다. 이 장서표의 작가와 주희의 마음이 교묘하게 일치하고 있음을 알 수 있다. 장서표의 그림에서는 활짝 펼쳐놓은 책에서 맑은 샘물이 흘러나와 계속해서 연못으로 주입되고 있다. 그 옆에서 남자 한 명이 오른손으로는 책 가장자리를 붙잡고 무릎을 꿇은 채 왼손으로 맑은 샘물을 받아서 마시려 하고 있다.

이 남자가 바로 장서표 주인 미란다Artur Mario da Mota Miranda로 포르투갈의 원로급 장서표 소장가다. 그는 이탈리아 소장가 잔니 만테로와 동시대 인물이며 일찍이 포르투갈 장서표협회Associação Portuense de Ex-Libris 회장을 여러 해 동안 지냈다. 1955년에서 1990년까지 그가 주관한《장서표 예술Exposição de Ex libris》이라는 간행물은 동호인들로부터 크게 환영받았다. 1985년부터 미란다는 자비로《현대 장서표 예술 백과전서 목록Ex Libris. Enciclopédia bio-bibliográfica da arte do ex-libris contemporâneo》총서를 정장본으로 출간했다. 이 총서에는 세계 각지의 예술가에 대한 간단한 소개, 작품 이미지, 작품 목록을 수록함과 아울러 책 속의 원작을 우송받아 첨부했다. 1985년에서 2001년까지 30호 가까이 출간했고, 매 권 한정본으로 300부만 찍었다. 이 총서는 20세기 후반기 장서표 발전사에서 중요한 지위를 차지하는 지극히 진귀한 텍스트 및 이미지 자료다. 21세기로 진입한 이후에도 미란다는 여전히 매년 한 권씩《백과전서 목록》을 출간하여, 끊임없이 출현하는 신인 예술가나 잊힌 예술가를 위해 그들의 작품을 드러낼 공간을 제공해주고 있다.

나르는 바퀴 • 리하르트 룩스Richard Lux(1877~1939) •
오스트리아 • 11×10cm • 1919년

Bedřich Beneš

도서관에서 홀로 책을 읽다

막스 셴케│Max Schenke(1891~1957) • 체코 • 19×14cm

책 도둑의 최후는 교수형뿐이라네

이 장서표에 그려진 독서인은 장서표 주인 베드르흐 베네시Bedřich Beneš(1885~1953)다. 그는 체코의 작가이자 번역가, 장서표 및 판화 수집가다. 베네시는 대학 졸업 후 여러 곳의 도서관에서 일했다. 1930년에는《애서가Bibliofilům》라는 잡지의 주간이 되었다. 그와 동시에 소설을 쓰기 시작했고, 독일어와 폴란드어로 된 문학작품을 번역했다. 베네시는 다른 문인들과 마찬가지로 판화와 장서표 소장을 좋아했다. 1926년 그는《현대 체코 장서표Moderníčeskáexlibris》란 책을 편찬했다. 이 책은 체코 근대 장서표 역사에서 가장 중요한 참고문헌의 하나로 인정받고 있다. 베네시가 생전에 모은 장서표 및 판화 작품은 현재 체코의 '슬로바키아박물관Slováckém muzeu'에 소장되어 있다.

장서표 화면에 그려진 베네시는 도서관 한구석에서 홀로 책을 읽고 있다. 서가와 책상 위의 책은 그와 평생을 함께한 친구다. 생활이 얼마나 삭막하든지 간에 베네시는 언제나 책의 바다에서 자신의 기항지를 찾는다. 그의 가정은 매우 불행하게도 첫째 아들이 두 살 때 요절했다. 둘째 아들은 훗날 교사가 되었지만 제2차 세계대전 당시 나치수용소에서 비참하게 죽었다. 첫 번째 아내는 그보다 앞서 세상을 떠났고, 두 번째 아내는 딸을 하나 낳았지만 불가사의하게도 그 딸은 15세에 세상을 떠났다. 가족이 하나하나 자기 곁을 떠나간 것이다. 마치 운명이 어둠 속에서 이 가련한 사람을 희롱하는 것 같았다. 이 장서표 화면의 어두운 색조는 분명 복잡다단한 베네시의 심정과 어느 정도 상통하는 면이 있다.

William A. Speck

예일대학교의 괴테

Dauer im Wechsel.

Yale University Library.
William A. Speck Collection
of Goetheana.

10×6cm

미국 장서표협회 회장 제임스 키넌의 오랜 적수 제프(키넌은 그를 뱀 머리라고 부른다)는 근래에 내가 도서관 전용 장서표에 탐닉한다는 사실을 알고 특별히 편지로 관련 장서표를 한 무더기 추천했다. 나는 그중에 실루엣 형식의 예일대학교 전용 장서표가 아주 마음에 들었다. 10개 단어의 화려하고 고전적인 장식미가 아주 적절하여 한눈에 보기에도 대학 전용 장서표임을 알 수 있었다. 이 장서표는 예일대학교 도서관 괴테소장품부 전용이다. 화면에 그려진 측면 실루엣은 바로 괴테Johann Wolfgang von Goethe(1749~1832)의 두상이다. 두상 위의 독일어 "Dauer im wechsel"은 괴테의 시구다. '변화 속의 영원'이란 뜻이다. 하단부에 특별히 써놓은 "William A. Speck Collection of Goetheana"는 '윌리엄 스펙의 괴테 컬렉션'이란 뜻이다.

스펙은 1911년에 자신이 수집한 괴테 관련 모든 소장품을 예일대학교에 일괄 기증했고 자신이 그 기증품을 돌보는 첫 번째 관리자가 되었다. 스펙이 수집한 괴테 관련 소장품은 그 수량 면에서 당시 독일 이외 지역에서는 최대였고, 그것은 세 부류 즉 초상, 그림, 삽화로 분류되었다. 초상에는 괴테 자신뿐 아니라 그의 친구들까지 포함되어 있다. 그림의 경우는 괴테가 생전에 방문한 곳, 괴테가 생활한 곳으로 이루어져 있다. 삽화는 괴테의 시, 산문, 희곡 작품의 연도에 따라 종합해서 전시하고 있다. 스펙이 세상을 떠난 후 그의 후임자인 칼 슈라이버Carl F. Schreiber는 스펙을 존경하는 마음을 담아《윌리엄 스펙의 괴테 컬렉션The William A. Speck collection of Goethiana》이란 책을 저술했다. 그는 이 책에서 텍스트와 이미지를 풍부하게 활용하여 스펙의 소장품 중 정수만을 소개했다. 나는 인터넷에서 이 책의 전자

파일을 찾았고, 운 좋게도 책의 첫머리에 붙어 있는 실루엣 장서표를 살펴볼 수 있었다.

10년 전에 나는 아직 젖비린내도 가시지 않은 유치한 마음으로 주말에 친구들과 함께 버스를 타고 뉴헤븐New Haven에 가본 적이 있다. 유일한 목적은 세계적인 명문대학인 예일대학교를 한번 우러러보기 위해서였다. 그런데 뜻하지 않게 고속도로에서 차가 심하게 밀려 그곳에 도착했을 때는 이미 황혼 무렵이었다. 우리는 주마간산식으로 바쁘게 교정을 휙 둘러보고는 바로 돌아올 수밖에 없었다. 지금 그때를 돌아보며 안타까움을 금할 수 없는 이유는 그날 스펙의 컬렉션을 소장하고 있는 예일대학교 도서관 앞을 그냥 지나치고 말았기 때문이다.

오스트리아 20세기 초기 장서표 • 리하르트룩스 • 14×10cm • 1931년

John Todd

만약 주님이 아니라면

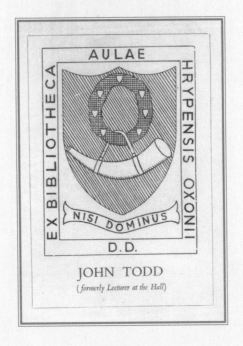

장서표 주인_존 토드 • 10×7cm

이 장서표의 주인 존 토드John Todd는 성직자다. 장서표 하단에 표시된 "D.D."가 신학박사를 나타내는 'Doctor of Divinity'의 약자이기 때문이다. 영국에서 초기의 신학박사는 대학에서 수여하는 최고급 박사였다. 물론 사회 변화에 따라 그 의미가 점점 약해지고 말았다.

장서표 주위의 라틴 문자 "Ex Bibliotheca" "Aulae"는 대략 '성당의 도서관'이란 뜻이다. 오른쪽 두 단어는 해석을 찾지 못했다. 중간의 방패 장식은 틀림없이 도서관이나 성당 또는 대학의 엠블럼일 것이다. 방패 아래의 라틴어 "Nisi Dominus"는 '만약 주님이 아니라면'이란 뜻인데 이 구절은《구약성서》〈시편〉 127장에 나온다. "여호와께서 집을 세우지 아니하시면, 세우는 자의 수고가 헛되며, 여호와께서 성을 지키지 아니하시면 파수꾼의 깨어 있음이 헛되도다." 세계의 수많은 미션스쿨이 모두 이 구절을 교훈으로 삼고 있다. 예를 들면 미국 뉴욕의 세인트존스대학교St. John's University가 그런 곳이다.

장서표 이름 아래의 작은 영어 "formerly Lecturer"는 '이전에 강사'란 뜻이다. "Hall"은 틀림없이 어떤 조직의 내부 예배당을 가리키는 말이다. 아마도 이 장서표의 주인이 모 대학, 혹은 모 성당, 혹은 모 도서관의 강사였던 것 같다.

George Watson Cole

독서를 하면 넉넉해지고

장서표 주인_조지 콜 • 11×8cm

책 도둑의 최후는 교수형뿐이라네

이 장서표의 주인 조지 콜George Watson Cole(1850~1939)은 20세기 미국의 저명한 서지학자다. 그는 일찍이 미국 서지학회협회The Bibliographical Society of America 회장, 미국 도서관협회The American Library Association 재무부장, 미국 장서가 헨리 헌팅턴을 기념하기 위한 도서관The Henry E. Huntington Library에서 관장을 역임했다. 콜은 미국 서지학 영역에서 최고의 지위를 향유했으며 도서관 간행물에서도 그와 관련된 글을 많이 발표했다.

이 장서표의 주인은 프랜시스 베이컨Francis Bacon(1561~1626)의 명언을 인용하고 있다. "Reading makes a full man, conference a ready man, and writing an exact man." 그 의미는 이렇다. "인간은 독서를 하면서 넉넉해지고, 대화를 주고받으며 영리해지고, 글을 쓰면서 정확해진다."(베이컨의《수상록The Essays》에 나온다.—옮긴이) 장서표 속 인물은 16세기의 영국 신사 복장을 하고 있다. 등에는 망토를 두르고, 목에는 나비넥타이를 맸으며, 머리에는 원통형 모자를 썼다. 한 사람은 독서 중이고 다른 한 사람은 글쓰기 중이다. 형상은 두 사람이지만 사실은 분리된 한 사람으로 생각하는 편이 더 낫다. 그는 바로 베이컨 자신이다. 장서표 주인 콜은 베이컨의 형상과 명언을 자신의 독서, 장서, 글쓰기, 서지학 연구의 나침반으로 삼고 있다. 나도 독서와 관련된 베이컨의 명언 두 구절(모두 베이컨의《수상록》의 인용구다.—옮긴이)을 인용해본다.

반박하거나 오류를 찾아내려고 책을 읽지 말고,
이야기와 담론거리를 찾아내려고 읽지 말며, 오직 심사숙고하기 위해서 읽으라.

책이란 배는 시대의 파도를 항해하여

고귀한 화물을 조심스럽게 한 세대에서 한 세대로 전해준다.

이 장서표는 미국의 저명한 소장가 에비스 모리슨Avis M. Morison의 소장
품이다. 1911년부터 모리슨은 도서관 사서로 일하다가 1945년에 퇴직했다.
그녀는 19세기 말과 20세기 초부터 장서표를 수집하기 시작했다. 그녀의
소장품은 명인과 명문가 또는 친구들의 장서표가 대부분이며 거기에는 아
르누보, 아르데코Art Deco(1925년 무렵부터 파리에서 유행한 장식 미술 사조다. 아르
누보가 수공업적 아름다움을 강조하며 곡선의 선율을 추구하는 반면에 아르데코는 공
업적인 생산방식을 예술로 받아들여 직선의 미를 강조했다.—옮긴이), 가족 문장, 동
물, 아동 등 다양한 스타일과 주제가 포함되어 있다.

오스트리아 장서표 • 11×8cm • 20세기 초

Herbert John Gladstone

아버지를 향한 존경을 담아

윌리엄 필립스 배럿William Phillips Barrett(1861~1938) •
13×10cm • 1907년

책 도둑의 최후는 교수형뿐이라네

내 손을 거친 구미 장서표는 각양각색이지만 때때로 한 번만 보고도 바로 기억에 남는 것도 있다. 특히 시대적 특징이 분명한 작품들이 그렇다. 이 장서표의 그림에서처럼 장서표 주인이 책상에 엎드려 글을 쓰고 있는 모습은 흔히 볼 수 있는 양식이다. 그러나 화면 속 백발노인은 이 장서표의 주인인 허버트 존 글래드스톤Herbert John Gladstone(1854~1930)이 아니라 그의 부친인 영국 전임 총리 윌리엄 에와트 글래드스톤William Ewart Gladstone(1809~1898)이다. 이 장서표 상단 중앙에 영국 정계 거물인 그의 성명이 'W.E.G.'란 이니셜로 표기되어 있다. 그는 19세기 말에 네 차례나 자유당 총리를 지낸 적이 있다. 부친 글래드스톤이 이룬 혁혁한 공로는 그의 아들 허버트에게도 깊은 영향을 미쳤다. 허버트도 부친의 발자취를 따라 자신의 세계를 열었다. 그는 부친과 마찬가지로 자유당 당원이 되었고 1905년에서 1910년까지 영국의 내무상을 지냈으며, 그후 1910년 남아프리카공화국 총독으로 취임했다. 허버트가 부친의 모습을 자신의 장서표 상단에 그려 넣은 것을 보면 그가 자신의 부친을 매우 존경했음을 알 수 있다. 책상 앞에는 세 권의 책이 놓여 있고 가장 왼쪽 책등에는 '호메로스《일리아스Ilias》와《오디세이아Odysseia》를 집필한 고대 그리스의 시인—옮긴이)'란 글자가 보인다. 사실 부친 글래드스톤은 당시 빅토리아 왕조의 개혁가였을 뿐 아니라 호메로스의 서사시를 연구하는 전문가로서도 사람들의 주목을 받았다. 이와 관련된 대표 저작이 바로 1858년에 출간한《호메로스와 그의 시대 연구Studies on Homer and the Homeric Age》이다.

이 장서표 하단 오른쪽 부분에 나선식 띠로 둘러싸인 마크는 허버트의 개인 엠블럼이다. 왼쪽 부분의 투구와 매鷹는 글래드스톤 가문 문장紋章

아버지를 향한 존경을 담아

의 주요 요소다. 글래드스톤은 고대 스코틀랜드 사람들의 이름이다. 이 가문은 고대 스코틀랜드 래너크Lanark 지방의 글래드스탠스Gledstanes에 거주했다. 고대 영어에서 글래드스탠스는 '새들의 사냥꾼'을 의미하는데, 여기에서 새는 매를 가리킨다. 그것이 그의 가족 문장 투구에 매가 도사리고 앉아 있는 이유이기도 하다.

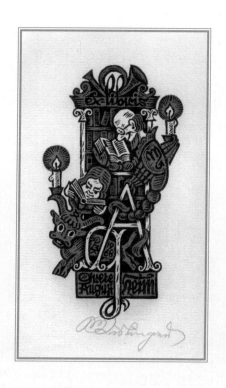

오스트리아 초기 장서표 •
막스 키슬링거Max Kislinger(1895~1983) • 15×9cm • 1968년

H. Wessely

책에는 각각의 운명이 있다

장서표 주인_베젤리 • 15×13cm

책 도둑의 최후는 교수형뿐이라네

이 장서표에 그려진 광경은 16세기 혹은 17세기의 서점이다. 내부 장식이나 구조를 보면 13세기의 네덜란드 대성당 안에 개설된 '셀렉시즈 서점Selexyz'(네덜란드 마스트리흐트Maastricht에 있는 13세기 교회를 개조하여 만든 서점. 웅장하고 아름다운 인테리어 덕분에 독일의 "Lensvelt de Architect Interior Prize 2007"을 수상했다.—옮긴이)을 떠오르게 한다. 그 서점은 세계에서 가장 아름다운 서점으로 일컬어진다. 물론 이 장서표에 그려진 서점의 규모는 틀림없이 셀렉시즈 서점의 규모에는 미치지 못할 것이다. 그러나 아치형 창문이나 천장까지 닿은 서가는 모두 중세기풍의 예술 특징을 보이고 있다. 상단 중앙의 올빼미는 지식, 명상, 정독을 상징한다. 장서표 정상부에 앉아서 고독하지만 향기로우면서도 꼿꼿한 기질을 보여주고 있다. 올빼미 양쪽에는 고대 라틴어 격언 "Habent sua fata libelli"가 쓰여 있다. 이 구절은 고대 로마 라틴어 시인 테렌티아누스 마우루스Terentianus Maurus의 시에서 인용한 것이다. "책에는 각각의 운명이 있다"란 뜻이다. 즉, 모든 책의 운명은 그것을 읽는 독자의 인식에 달려 있다는 것이다.

서점은 모든 '책의 영혼'의 환승장에 비유할 수 있다. 이 책들의 일부는 독자들이 구입한 후 집으로 가져가서 읽고, 나머지는 서가 위에서 자기 운명을 주재할 사람을 기다리게 된다. 이 장서표 화면에는 기사 복장을 한 독자가 책을 골라 들고 서점 주인과 가격을 흥정하고 있다. 장서표 하단의 독어 문장은 '베젤리H. Wessely 선생의 책'이란 뜻이다.

책에는 각각의 운명이 있다

Alfred Edward Newton

장서가들의 롤 모델

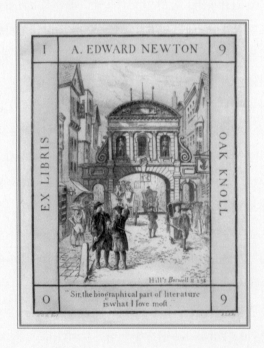

시드니 스미스 • 미국 • 10×8cm • 1908년

책 도둑의 최후는 교수형뿐이라네

작년 9월 중국 자더국제경매회사의 가을 정기 경매에서 우싱원 선생의 장서와 장서표를 경매했다. 늦더위를 피하기 위해 나도 국제호텔에 갔다가 내친 김에 자더 장서표 전문 매장의 2008년 상황과 2009년 상황을 비교해보고 싶었다. 장서표 매장은 고적 선본善本 전문 매장 끝에 합쳐져 있었고, 경매 상품 중에서 사람들의 눈을 끌 만한 것은 리화 선생과 록웰 켄트의 장서표 몇 장뿐이었다. 그리고 미국 장서가 앨프리드 뉴턴Alfred Newton(1860~1940)의 저작 세 권도 주의를 끌었다.《장서의 즐거움과 관련 취미The Amenities of Book-Collecting and Kindred Affections》《가장 위대한 책과 기타 문서The Greatest Book and Other Papers》《장서라는 게임The Book-Collecting Game》이었다. 몇 권의 책은 경매 시작 가격이 너무 높아서 아무도 참여하지 않았다. 장서표 부문의 경매가 시작되자 뉴턴의 책 세 권도 어떤 경매자에게 고가에 낙찰됐다. 나는 한편에 서서 눈이 붉어지고 손이 근질근질했지만 지갑 속의 돈으로 아들에게 분유를 사줘야 한다고 마음을 달랬다. 나중에 경매가 끝나고 모두들 돌아갈 때 나는 책을 낙찰 받은 그 사람 뒤를 따라 엘리베이터를 타서 혹시 장서표 수집가가 아닌지 물었다. 그 사람은 장서표에는 흥미가 없고 뉴턴을 좋아하는 팬이라고 했다. 중국 내 시장에는 뉴턴의 저작이 아주 드물기 때문에 돈이 얼마나 들든 그의 책이면 모두 산다고 했다.

뉴턴 팬이 낙찰 받은 세 권의 책 중에서 가장 가치가 있는 것은 1918년에 출간한《장서의 즐거움과 관련 취미》이다. 이 책은 뉴턴의 대표작으로 출간하자마자 2만 5천 부의 판매량을 기록했다. 이 책에서 표지로 사용한 그림도 바로 내가 온 마음을 기울여 손에 넣은 이 '존슨 장서표Johnson's bookplate'다.(앨프리드 뉴턴의 개인용 장서표를 '존슨 장서표'라고 한다. 뉴턴은 평소에 영국 작가 새뮤얼 존슨Samuel Johnson을 좋아했고, 이에 제임스 보스웰James Boswell이 쓴《새뮤얼 존슨의 생애The Life of Samuel Johnson》라는 책도 좋아했다. 당시에 뉴턴은 자신의 개인 장서표를 만들면서《새뮤얼 존슨의 생애》에 나오는 풍경을 배경 그림으로 선택하고, 또 같은 책에 나오는 "선생님, 문학의 전기 부분이 바로 제가 가장 좋아하는 부분입니다Sir, the biographical part of literature is what I love most."라는 구절을 장서표 하단에 써넣었다. 그리고 뉴턴은 자신의 저서《장서의 즐거움과 관련 취미》에도 새뮤얼 존슨과 관련된 이 장서표의 그림을 책 표지로 사용했다. 그 때문에 이 장서표를 '존슨 장서표'라고 부른다.—옮긴이)

이 장서표와 관련된 배경 자료에 관심이 있다면, 친구 황우창黃務昌 선생이 그의 블로그 '츠자이遲齋'에 올린 2009년도 글(http://blog.sina.com.cn/s/blog_46812d6e0100g7an.html)을 참고하시기 바란다. 그는 그 글에서 이 장서표의 내력과 배경 이야기를 상세하게 서술했다. 따라서 여기에서는 반복해서 서술하지 않겠다. 나는《장서의 즐거움과 관련 취미》를 구입하려고 오랫동안 군침을 삼켰지만 뉴턴의 원작을 살 돈이 부족했고 또 중국어 번역본이 출간되었다는 소문이 들려서 구입을 주저하고 있었다. 그러나 원문을 읽는 즐거움을 누리려고 인터넷에서 이 책과 관련된 많은 서평과 전자판 책 일부를 구해서 읽었다. 이 책은 뉴턴이 장서가들을 위해 온몸을 바쳐 저술한 경전에 가까운 서적으로 제1차 세계대전 후 구미의 장서계에 새로운 기운을 불어넣었다. 이 책의 에세이는 두 부분으로 구성되어 있다. 하나는 저자가 각지에서 책을 수집하면서 느낀 즐거움을 서술한 부분이고, 다른 하나는 저자가 좋아하는 유명 작가를 서술한 부분이다. 뉴턴은 이 저서에서 장서 취미와 기타 소장품 취미를 비교하고 있을 뿐 아니라 수시로 독자들에게 '장서'가 어느 놓쳐버린 한때를 회상하는 취미임을 일깨우고 있다. 아마도 사람들이 과거에 독서를 하지 못한 부채 의식으로 책을 수집하는 것 같다는 것이다. 뉴턴은 장서와 독서가 완전히 상반된 것은 아니라고 인식했지만, 자신은 양서를 소장하고자 하는 마음이 독서가 주는 쾌감보다 훨씬 크다고 인정했다.

뉴턴은 장서가들의 롤 모델이다. 그가 세상을 떠나고 난 뒤 어떤 사람이 그의 장서량을 집계했더니 1만 권 내외에 달했다. 그의 소장도서는 영미 문학이 위주이며. 그중 대부분의 장서와 저자 친필 원고는 1941년 4월과 5월, 그리고 10월에 뉴욕 파크버넷Parke-Bernet 화랑에서 경매로 구입한 것들이었다. 경매 예비 전시회 기간 동안 거의 6만 8천 명에 가까운 인원이 현장을 찾아 관람했고, 4월 17일 첫날 경매에 1,500명이 참가했다. 당시 경매의 초점은《셰익스피어 전집》, 토머스 하디Thomas Hardy(1840~1928)의 소설《성난 군중으로부터 멀리Far from the Madding Crowd)》친필 원고, 영국의 수필가 찰스 램Charles Lamb(1775~1834)의 수필《꿈속의 아이들Dream children》친필 원고에 맞춰져 있었다. 세 차례 경매의 총 낙찰가는 37만 6560달러였고, 이를 현재 시가로 따지면 498만 4937달러에 해당한다.

Hans Mark

책의 산에 과연 지름길이 있을까?

장서표 주인_ 한스 마르크 • 10×7cm • 1920년

나는 항상 읽어야 할 책이 너무 많다고 탄식하곤 한다. 눈앞에 있는 책도 헤아릴 수 없이 많아서 어떤 책부터 읽어야 할지 모르겠다. 시간이 흐르면서 나날이 이 장서표의 그림처럼 책이 산처럼 쌓여간다. 사람마다 크기가 일정하지 않은 서재에서 어렵게 등반을 시도한다. 그런 과정에서 책의 정상이 멀지 않은 것처럼 느껴지기도 하지만, 곧 자신보다 한발 앞서 등정에 성공한 사람이 책의 꼭대기에 앉아 깊은 생각에 잠겨 있음을 목격한다. 그보다 앞서 등정에 성공한 사람은 평생 읽어야 할 책을 모두 독파했지만 마음이 그렇게 즐거워 보이지 않는다. 그는 생명이 멈추기 전에 책을 더 읽어야 할지를 고민하고 있는 것이 아닐까? 이른바 '책의 산에 길이 있어도 부지런함을 첨경으로 삼아야 한다書山有路勤爲徑'는 격언(당나라 한유韓愈의 유명한 대련對聯으로 명나라 시절 편집된 《증광현문增廣賢文》에 수록되어 있다.─옮긴이)은 진리이므로 누구나 그 길을 따라야 한다. 그러나 도대체 어떻게 읽어야 하며, 또 어떤 책을 읽어야 할까? 이것은 우리를 오랫동안 곤혹스럽게 만든 문제다.

프랜시스 베이컨이 우리 같은 '책 바보'가 어떻게 독서를 해야 하는지 그 방향을 제시해준다. "어떤 책은 맛만 보면 되고, 어떤 책은 한 번 볼 가치도 없다. 오직 소수의 책만 자세히 음미할 필요가 있다."(베이컨 《수상록》에서 인용.─옮긴이) 베이컨은 우리에게 세상의 책은 바다처럼 무한하지만 인간의 생명은 유한하므로 한번 맛만 보든 깊이 탐구하든 책의 내용을 잘 이해하는 것이야말로 가치 있는 독서라는 사실을 알려주고 있다. 이 장서표의 주인 한스 마르크Hans Mark가 바로 책의 산 정상에 앉아 있는 등반가다. 그는 온 생명을 바쳐서 독서의 진정한 가치를 깨닫고 있다. 장서표 위편 오른쪽에 새겨진 독어 "Dieses Buch Gehört"는 "이 책은 ~에게 속한다"라는 뜻이다.

책의 산에 과연 지름길이 있을까?

94

L. G. Peake

서재 밖 공중전

장서표 주인_피크 • 13×10cm • 1947년

책 도둑의 최후는 교수형뿐이라네

터키에서 돌아와 교환해온 몇 백 장의 장서표를 정리하는데, 마구 뒤섞여 있는 장서표의 교환 과정을 분명하게 기억해낼 수가 없었다. 1940년대 호주에서 제작된 이 작품도 상당히 흥미로워서 아내 카사에게 이 장서표를 누구와 교환했는지 물었다. 카사는 호주 동부 영어를 쓰는 어떤 백발 노인과 교환했는데, 마침 그때 내가 현장에 없었다고 대답했다. 이번 터키 세계장서표대회에는 호주에서 온 사람이 많지 않았다. 그중 한 사람은 호주 장서표신협회 회장 마크 퍼슨Mark J. Ferson이었고, 또 한 사람은 앤드루 피크Andrew G. Peake였다. 그럼 장서표 주인의 이름이 피크L. G. Peake로 표기된 이 장서표도 피크 가문에 전해온 것일까? 가능한 한 빨리 사실을 확인하기 위해 나는 앤드루 피크에게 편지를 한 통 보냈지만 아직도 답장을 받지 못하고 있다. 만약 이 장서표가 정말 피크 가문 소유였다면 피크는 '호주 공군Royal Australian Air Force'의 일원일 것이다. 왜냐하면 이 장서표 상단에 호주 공군의 마크와 군훈軍訓이 그려져 있기 때문이다. 배경 그림은 장서표 주인이 쓰는 서재의 창가다. 양쪽에 배치된 서가에는 많은 책들이 자유롭게 꽂혀 있다. 장서표 주인은 당시에 혈기 왕성한 청년이었다. 그는 서재의 창틀에 앉아 멀지 않은 바다에서 불어오는 신선한 바람을 마시고 있다. 그러나 해안선 또다른 곳에서는 대포가 터지고 전투기가 날아가고 있는데, 장서표 주인은 미동도 하지 않는다. 오른쪽 서가 아래 한 권의 책에는 1947년이란 글자가 쓰여 있다. 이는 이 장서표의 제작 연도다. 창밖의 전투 장면은 아마도 막 공중 비행 전투에 참가했다가 돌아온 장서표 주인의 뇌리 속 기억을 그린 것으로 짐작된다. 전쟁은 이미 끝났고 자신은 집으로 돌아왔지만 전쟁이 가져온 마음속 상처를 지울 수는 없었을 것이다.

서재 밖 공중전

95

Albert von Escher

외톨이들을 위한 장서표

크리스티안 마르틴Christian Ludwig Martin (1890~1967) •
오스트리아 • 16×12cm • 1935년

책 도둑의 최후는 교수형뿐이라네

몇 년간 해외 생활을 하면서 세계 곳곳에서 온 각양각색의 사람들과 교류했다. 그중 어떤 사람은 지나가는 나그네처럼 내 기억 속에서 순식간에 사라졌고, 어떤 사람은 영원히 내 기억 속에 남아 있다. 그들의 이름은 이미 나의 삶에서 지울 수 없는 추억이 되었다. 그들은 내가 그 나라, 그 도시, 그 학교에서 보낸 아름다운 시절을 대표한다.

근래 며칠간 매일 저녁 똑같은 꿈을 꿨다. 꿈속에서 나는 스위스와 미국에서 공부하던 곳으로 반복해서 돌아갔다. 나와 함께 해외에서 배움을 구하던 친구들과 학우들이 끊임없이 꿈속에 나타났다. 희미하지만 그들의 얼굴을 알아볼 수 있었다. 그들의 목소리는 여전히 맑고 분명했다. 때로는 몽롱한 꿈결 속에서 눈물이 방울방울 흘러내려 얼굴을 가득 적시기도 했다. 꿈에서 깨어난 후 나의 지나친 회고 감정에 씁쓸하게 웃었다. 꿈은 사람의 잠재의식을 반영하는 거울이다. 꿈속에서 나의 사고가 기억의 문을 열고, 아무도 도와주지 않던 10년 전의 고독한 내 모습을 보여준다. 지금 나는 당시의 친구들과 모두 연락이 끊겼다. 그 시절의 진지한 기억, 내 생애에서 떨쳐버릴 수 없는 그 기억을 붙잡기 위해 나는 친한 벗을 위한 장서표 한 장을 제작하여 기념하기로 결심했다.

구체적인 구상은 1930년대에 제작된 이 동유럽 장서표를 보면서 영감을 받았다. 나는 나의 이력과 감성을 장서표 내용에 넣을 것이다. 몇 그루의 나무 아래에서 과일을 따는 청춘남녀는 유학시절 나와 내 친구들 같다. 우리는 젊음에 의지하여 먼 이국의 타향에서 나무뿌리에 있는 책의 영양분을 섭취했다. 책을 읽다가 지치면 나무의 과일을 따서 허기를 채웠다. 우리는 천하에 두려울 것이 없는 세대였다. 외국인 앞에서 비굴하지도 오만

하지도 않았다. 만약 동포가 굴욕을 당했다는 소문을 들으면 퇴학의 위험을 무릅쓰고서라도 앞으로 나서서 투쟁했다. 마음에 두었던 중국 여학생이 아버지뻘 되는 외국인과 캠퍼스 안에서 끌어안고 있으면 분노를 참지 못하고 조금도 거리낌 없이 책을 내던지며 큰 소리로 "슬프다"라고 연이어 내뱉었다. 집 생각이 날 때는 서로 돈을 모아 공중전화로 부모님께 전화를 드리면서도 좋은 소식만 말하고 나쁜 소식은 알리지 않았다. 배고픔은 두렵지 않았다. 천 리 밖 고국에서 가져온 라면을 먹을 수 있었기 때문이다.

그러나 고독과 적막이 우리의 천적이었다. 설날, 중추절, 국경일 같은 명절 기간에는 두려움이 엄습했다. 18~19세 한창 나이의 외톨이들이 두 눈이 붉어지도록 눈물을 흘렸다. 1999년 중국 건국 50주년을 맞았을 때 나와 스위스 제네바Geneva에 거주하던 친구 몇 명은 건국 기념일 열병식을 보기 위해 돈을 조금씩 모아 구식 TV를 한 대 샀다. 그러나 CNN은 30초 간격으로 멈췄고, 결국 우리는 주먹을 휘두르고 발을 구르며 분노를 금치 못했다. 나는 몇몇 친구들보다 한 학년이 높았다. 내가 스위스를 떠날 때 의리뿐인 나의 만주 형제 '다하이大海'는 내 짐을 덜어주겠다며 내가 쓰던 생활용품을 모두 사줬다. 진정한 만주 사나이의 후예라 할 만했다. 그후 나는 미국으로 갔다. 소문을 들으니 그는 아랍계 사람과 싸움을 해서 퇴학당했다고 한다. 나는 그와 더이상 연락이 닿지 않고 있다. 또다른 나의 친구, 아니 어린 동생이라 해야 맞다. 우리는 그를 '루루路路'라고 불렀다. 당시 겨우 16세로 고등학교 2학년도 마치지 않고 업무 실습을 위해 해외로 나왔다. 그가 실습하던 곳은 스위스 산골이었다. 그는 쓸쓸할 때면 늘 내게 전화를 했다. 내가 미국으로 떠나기 전 제네바공항에서 그와 연락한 것이 마지막

통화였다. 그때 나는 그에게 시간이 약일 테니 너무 집 생각 하지 말고, 반년의 실습 기간은 금방 지나간다고 위로했다. 그러나 우리 같은 중국 외동 첫 세대들에게 해외에서의 독립생활은 참으로 힘든 일이었다. 내 몸 하나 지탱하기 어려운데 어떻게 다른 사람까지 신경 쓸 수 있겠는가?

나는 이번에 만드는 장서표에다 친구들의 이름을 새겨 넣고, 나중에 어느 날 그들이 내 장서표를 보았을 때 내가 여전히 그들을 찾고 있었음을 알려줄 생각이다. 정말 10년 후에 우리 모두 가정을 이루고 다시 만나 그 시절을 추억할 때, 당시의 외톨이들이 지금 어떻게 변했는지 보고 싶은 마음 간절하다.

Irene Pace

책이 없는 방은
영혼이 없는 육체다

이털로 제티Italo Zetti(1913~1978) • 미국 • 13×9cm • 1953년

책 도둑의 최후는 교수형뿐이라네

"책이 없는 방은 영혼이 없는 육체다." 이 지극히 당연한 명언은 고대 로마 사학자 겸 철학자인 키케로Marcus Tullius Cicero(기원전106~기원전43)의 말이다. 이 장서표의 주인 아이린 페이스Irene Pace는 그 명언을 개인 장서표에다 인용했다. 몇 년 전 어떤 라틴어 학자의 블로그 글을 보았는데, 그는 키케로에게 있어서 '책'의 개념이 우리와 완전히 달랐다고 인식했다. 고대 로마 시대 고급 인사에 속한 키케로는 당시에 성행한 '두루마리 문서'를 직접 만질 일 없이, 그의 노예가 그를 도와서 직접 문서를 베끼고, 그의 원고를 정리하고 심지어 주인을 대신해서 큰 소리로 낭독까지 해줬다는 것이다. 그 시대의 저자들은 자신이 저작한 문서와 완전히 분리되어 있었다. 자료를 찾거나 인용할 문헌을 찾는 건 번거로운 일이었고, 이러한 체력을 필요로 하는 일들은 노예들에게 대신 시켰다. 따라서 나는 앞의 명언이 현대인에게 더욱 잘 맞는다고 생각한다. 지금 우리가 살고 있는 시대에는 전자책이 전통적인 종이책을 대신하는 추세가 강해지고 있다. 사람들이 심혈을 기울여 자기 집을 마련할 때, 자신을 위한 독립 서재를 꾸미고, 소장한 책들을 위해 서가를 늘릴 생각을 할까? 우리는 모두 생계를 꾸리고 주택을 장만하기 위해 목숨을 걸면서도 자기 육체 안의 영혼이 추구해야 할 방향에 대해서는 전혀 신경을 쓰지 않고 있다.

이 장서표의 주인 페이스는 그 필요성을 앞서 알고서 책과 영혼의 교차점을 언급했다. 그녀는 미국 전역 혹은 전 세계에서 장서표를 가장 많이 소장한 사람 중 하나였다. 그녀가 세상을 떠난 후 미국 예일대학교에서는 지금까지도 여전히 페이스 생전에 만든 적어도 25매의 장서표를 보관하고 있다. 비교적 근래인 20세기 초기에 생활한 여성 소장자를 이처럼 소중하게 대우하기란 쉽지 않은 일이다. 미국의 일부 장서표 수집가들 중에는 페이스의 전용 장서표를 좋아하는 사람들이 있다. 왜냐하면 페이스가 결혼을 여러 번 했던 나머지, 상이한 시기의 장서표마다 남편의 성을 따라 페이스의 성이 끊임없이 바뀌었기 때문이다. 애호가들의 목표는 그녀의 모든 장서표를 완전하게 갖추는 일일 것이다.

오스트리아 장서표 • 13×8cm • 20세기 초

책이 없는 방은 영혼이 없는 육체다

F. Mitchell Chard

노력으로 모든 일을 극복한다

윌리엄 포스터William H. Foster • 영국 • 10×7cm • 1896년

책 도둑의 최후는 교수형뿐이라네

영국의 문장紋章 장서표로 주인은 신학 관련 인사다. 사방을 소용돌이형 꽃무늬로 장식했고, 위쪽에 라틴어 세 단어를 써넣었다. "Omnia Superat Diligentia." "노력으로 모든 일을 극복한다"란 의미다. 장서표 중앙은 성당에서 신부가 일하는 서재다. 하단에는 각종 신학 서적이 놓여 있고, 그 가운데 펼쳐진 책 왼쪽 페이지에는 영어로 "이 책은 미첼F. Mitchell의 것이다"라고 쓰여 있다. 오른쪽 페이지에 적힌 다섯 줄 문장은《성서》각 편의 장과 절을 나타내는 숫자다. 그 내용을 찾아보면 대략 다음과 같은 뜻이다.

《구약성서》〈출애굽기〉제20장 제15절: 도둑질하지 말라.

《구약성서》〈시편〉제37장 제21절: 악인은 꾸기만 하고 갚지 않으나, 의인은 너그럽게 베푼다.

《구약성서》〈전도서〉제12장 제12절: 내 아들아, 또 경계를 받으라. 여러 책을 짓는 것은 끝이 없고 많이 공부하는 것은 몸을 피곤케 하느니라.

《신약성서》〈마태복음〉제25장 제9절: 우리가 너희와 쓰기에 다 부족할까 하노니 차라리 파는 자들에게 가서 너희 쓸 것을 사라 하니.

《신약성서》〈디모데전서〉제5장 제23절: 이제부터는 물만 마시지 말고, 네 위장과 자주 앓는 질병을 위하여 포도주를 조금씩 쓰라.

Arthur Charles Fox-Davies

문장과 사랑에 빠진 남자

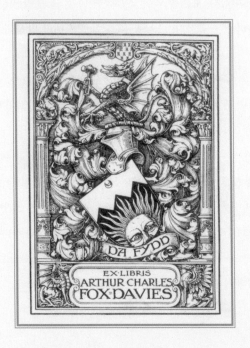

장서표 주인_아서 데이비스 • 영국 • 14×12cm

책 도둑의 최후는 교수형뿐이라네

이 문장紋章 장서표 주인은 영국의 기자 겸 소설가이자 문장학 전문가 인 아서 데이비스Arthur Charles Fox-Davies(1871~1928)인데 19세기 말에 문장 을 연구한 중요한 학자다. 데이비스는 문장을 예술의 한 분과로 인식함과 동시에 특정한 시기의 역사를 대표하는 권력의 상징이라고 보았다. 그는 평생 문장학 관련 저서 20여 권을 저술하거나 편집했다. 그중 대부분의 저 서가 중쇄를 찍었다. 영국 근대 문장의 발전 역사를 더욱 체계적으로 연구 하기 위해 데이비스는 잉글랜드와 웨일스 지역에서 수집할 수 있는 모든 가문의 문장과 주인을 기록으로 남겼다. 이러한 정보를 정리하는 기간 동 안 끊임없이 새로운 가문의 문장이 발견되었으며, 심지어 왕실 귀족 이외 의 문장도 발견되었다. 마침내 데이비스가 세상을 떠난 지 1년이 되는 해인 1929년에 《문장이 있는 가문—갑옷 입은 신사 가문의 목록Armorial families, a directory of gentlemen of coat—armour》이라는 영국 문장 목록을 총망라한 엄 청난 저서가 출간되었다. 이 저서에는 풍부한 이미지가 함께 수록돼 지금 까지 나온 영국 후기 빅토리아 시대 문장에 관한 저서 중에서 가장 완벽한 자료집으로 인정받고 있다. 이 장서표 바닥 부분에 '《문장이 있는 가문》편 집자'란 글자가 보이는데 이는 특별히 데이비스 본인을 가리키는 말이다.

인연이 닿았던 셈인지, 2005년을 전후하여 나는 베이징 판자위안潘家 園(베이징 동남쪽 판자위안교潘家園橋 근처에 서는 골동품 시장—옮긴이) 고서점 골목 에서 데이비스의 대표작 《문장 예술The Art of Heraldry》을 구입할 수 있었다. 데이비스는 이 책에서 영국 문장의 역사, 이론, 사용 등에 관한 내용을 흑 백 및 컬러 삽화를 곁들여 상세하게 서술했다. 애석하게도 당시 내가 구입 한 판본은 1986년에 나온 컬러 재판본이다. 1904년에 출간된 초판본은 해외 인터넷 사이트에서 200~300달러 고가에 거래되고 있다. 그럴 만한 가치가 있는지는 알 수 없다. 지금 판자위안은 이미 옛날과 분위기가 많이 달라져서, 양서를 쉽게 구하기가 어렵게 되었다. 서점 상인과 미리 약속하지 않고 바로 서점에 가서 정품을 발굴할 확률은 거의 제로에 가깝다.

문장이나 문장 장서표에 흥미를 느끼는 독자들이라면 데이비스의 또 다른 저서 두 권도 찾아보기 바란다. 《문장에 관한 완벽한 가이드Complete Guide to Heraldry》와 《문장 해독Heraldry Explained》이란 책이다. 전자는 앞에서 소개한 《문장 예술》에서 대부분의 내용을 가져왔고, 너무 간략한 것이 단점이다. 후자는 이를 더욱 줄였지만 핵심을 찌르는 설명과 삽화가 분명하여 매우 실용적이다.

문장과 사랑에 빠진 남자

Hanns Kunz

애서인의 장서 정리법

장서표 주인_한스 쿤츠 • 독일 • 10×6cm

책 도둑의 최후는 교수형뿐이라네

이 장서표 화면의 배경은 막이 내린 무대처럼 보인다. 무대 의상을 갖춰 입은 신사가 이마와 팔로 임시 서가를 만들었다. 오른팔로는 책 한 무더기를 지탱하고 왼팔로는 떨어지려는 책을 받치면서 이마로는 맨 오른쪽 책을 힘껏 떠밀고 있다. 애서인愛書人, 독서인讀書人, 장서인藏書人은 자신의 책을 정리할 때 자신만의 운반 방법이 있다. 이 장서표의 주인 한스 쿤츠Hanns Kunz도 예외가 아니다. 그런데 이러한 방식의 운반이 썩 좋은 결과를 가져온 것 같진 않다. 자세가 일종의 쇼처럼 보이기도 하고, 지나치게 웃기려는 모습이 드러나기 때문이다. 물론 무대 예술은 현실에 바탕을 두긴 하지만 대부분은 다소 과장된 면모를 연출하게 마련이다. 쿤츠는 자조적인 형상을 무대에 올렸고 또 그것을 장서표에다 표현했다. 유머러스하게 자신을 어릿광대로 삼아 웃음을 주면서도 자신은 아무 말도 하지 않고 관객들 스스로 배를 잡고 웃게 만든다. 쿤츠의 얼굴을 자세히 보면 마음먹은 대로 움직이지 않는 자신의 근력을 한껏 감추려 하고 있다. 그러나 한편으로는 두 눈을 치켜뜨고 입꼬리를 올린 채 무대 아래를 향해 괴상한 미소를 지어보이고 있다. 마음속으로는 몰래 이렇게 중얼거리는 듯하다. "나는 단번에 이렇게 많은 책을 들어 올렸지만, 보통 사람이라면 두세 번 날라야 할 걸!"

장서를 정리하는 일은 애서인의 괴벽이다. 책을 종류별로 나눠서 배치하기 위해선 한 사람의 체력과 지력을 잘 합쳐야 한다. 때때로 밤새도록 '전투'를 치르고 나서야 장서가의 서재가 새로운 면모를 드러낸다. 그것을 바라보는 주인의 느낌은 쿤츠가 무대에서 표현한 것과 같을 것이다. 즉 연기를 원만하게 해낸 연기자의 마음과 비슷하지 않을까?

중세의 철학자

리하르트 헤세 • 오스트리아 • 17.5cm×15cm

책 도둑의 최후는 교수형뿐이라네

이 장서표의 화풍은 매우 침착하여 마치 수채 정물화 같은 느낌을 준다. 만약 본래 그림이 수채화였다면 이 장서표는 틀림없이 나중에 사진 요판凹版(그라비어gravure라고도 한다. 사진 제판법으로 만드는 오목판 인쇄를 말한다. 잉크 층의 얇고 두꺼움에 따라 사진이나 그림의 명암이 그대로 드러난다.—옮긴이)으로 제작되었을 것이다. 오스트리아 판화 대가 마르퀴스 바욜스의 장서표는 대부분 이런 방법으로 제작되었다. 이 장서표는 소위 '무명표'인데 화면 어느 곳에도 주인의 이름이나 그와 관련된 힌트를 찾을 수 없다. 오른쪽 하단 구석의 'RH'는 장서표 작가 리하르트 헤세Richard Hesse의 이니셜이다. 이것이 만약 작가의 개인 장서표라면 이니셜의 위치를 너무 은밀하게 처리한 것이 지나친 겸손일 수 있다. 화면 중앙의 책상에는 꽃병 하나와 단테라는 제목이 붙은 책 한 권이 놓여 있다. 그 뒤편 서가에는 몇 권의 책이 꽂혀 있는데, 그 중에는 이탈리아 철학자 토마스 아퀴나스Thomas Aquinas(1225~1274)의 이름이 적힌 책과 독일 중세 역사학자 페르디난트 그레고로비우스Ferdinand Gregorovius(1821~1891)의 이름이 들어간 책도 있다. 이 세 학자 모두 중세라는 특수한 역사 시기와 밀접한 관련이 있다. 그중 단테와 아퀴나스는 모두 13세기 말의 위대한 철학자다. 단테는 중세의 '마지막 시인'으로 일컬어지고, 아퀴나스는 서구 신학계의 창시자 중 하나로 인정되는데, 흔히 '천사성인' '만능박사' 등으로 불린다. 그레고로비우스는 다른 두 사람보다 500여 년 정도 늦게 태어났지만 중세사 연구의 권위자다. 그의 대표작이면서 가장 유명한 저서가 바로《중세 로마의 역사Geschichte der Stadt Rom im Mittelalter》이다.

　　장서표 속에 표현되는 예술 요소는 장서표 주인과 밀접한 관련을 맺

중세의 철학자

는다. 이 장서표를 예로 들어보면 주인의 이름이나 배경을 모르는 상황에서도 장서표 안에 그려진 책 제목만 보고 주인의 신분이나 전공을 추측할수 있다. 주인은 아마도 중세의 역사와 문화를 연구하는 학자로 신학에 특별한 관심을 갖고 있는 것 같고 어쩌면 성당의 성직자일 수도 있을 것 같다. 책상 위에 펼쳐놓은 책을 보면 장서표 주인이 평소에도 늘 단테 관련 저작을 읽고 있으며 또 대가에 대한 존경심이 저절로 우러나오고 있음을 알 수있다.

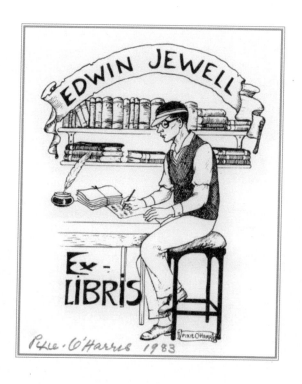

1980년대 오스트레일리아 장서표 • 10×4cm

장서표 초보자들을 위한 안내서

이제 막 장서표를 손에 넣었다면 긍정적이고 낙관적이면서도 차분한 마음 상태를 유지해야 한다. 처음으로 장서표라는 이 신비하고 순결한 전당에 발을 들여놓게 되면 주위의 모든 장서표와 그 양식이나 기법에 흠뻑 빠져들어 헤어나지 못할 수도 있다. 마음속 깊은 곳에서 형언할 수 없는 흥분이 용솟음쳐 오르며 장서표가 마치 가까운 곳에 있는데도 내 손에 닿지 않는 것처럼 느껴지기도 할 것이다. 마음에 드는 장서표를 볼 때마다 모두 갖고 싶은 욕망에 빠져들기도 한다. 인내심을 유지하기가 상당히 어려울 것이다. 특히 장서표에 대한 초기의 연정은 마치 첫사랑의 대상에게 느끼는 연정과 비슷하다. 그것은 한낮의 태양처럼 뜨겁다. 그때의 격정은 직접 겪어본 사람만이 체감할 수 있다.

모든 경험자들은 초보 수집가들에게 경전 격의 장서표를 놓치더라도 안타깝게 생각할 필요가 없다고 충고할 것이다. 왜냐하면 장서표마다 수집가로서 각각의 단계에서 갖는 의미나 영향력이 확연히 다르기 때문이다.

장서표 수집가들이 수집 과정에서 가장 자주 느끼는 감정은 '심미적 피로감'이다. 나를 예로 들자면 소장품 중 수집 초기에 수집한 장서표는 몇 년 이후에는 거의 몇 장 남지 않게 되었고, 해외의 고서점이나 거리의 난전에서 구입한 것, 즉 내가 싼 가격에 손에 넣었다고 인정하는 작품은 교환의 대상이 되지 않았다. 귀국 후 한동안 동유럽 대가들, 예를 들면 불가리아와 체코 작가 중심의 장서표에 심취했다. 나는 몇 년 전까지 이들의 예술 작품을 오랫동안 숭배했다. 지금은 그들의 작품 기법이나 기풍이 여전히 다른 사람보다 뛰어나다고 생각하지만, 나 스스로 오랫동안 갖고 놀다 보니 열정이 많이 식은 상황이다.

나는 해외의 장서표 작가들과 교류하고 나서 나처럼 '오래 소장한 것을 싫어하고 새로 들여온 것을 좋아하는' 사람이 적지 않다는 사실을 발견했다. 기타 수집가들과는 달리 '사랑의 대상을 자주 바꾸는 것'이 장서표 수집가들의 장기다. 작은 장서표 수집은 상대적으로 자본이 많이 들지 않아서 교환이 매우 자유롭다. 게다가 인터넷으로 정보를 교환하는 방법이 발달하여 그를 통해 장서표를 교환하고 매매하는 것이 주요 유통 통로이다. 수집가들은 컴퓨터 앞에 앉아 수시로 장서표 관련 최신 동향과 다른 사람의 장서표 업로드 이미지에 관심을 가질 수 있다. 집 밖으로 나가지 않고도 다른 사람의 명품을 감상할 수 있게 된 것이다. 시간이 흘러 초기에 보고 들은 장서표를 수집한 수량이 늘어나면서 감상의 수준도 끊임없이 발전한다. 이에 따라 장서표를 수집할 때도 더이상 마구잡이식으로 구입하는 것이 아니라 일정한 기호에 맞춰 취사선택을 하게 된다. 장서표 수집가와 장서표의 관계는 마치 '하룻밤 애인'처럼 변한다. 그러나 장서표 가운데 경전 격의 명작은 반드시 시간의 단련을 거친 것이다. 현실 속의 예술 기풍이 어떻게 변하든지 간에 명작들은 오래도록 불변의 가치를 유지한다. 예컨대 오스트리아의 미헬 핑게스텐과 마르퀴스 바욜스, 슬로바키아의 알빈 브루노브스키Albín Brunovský(1935~1997) 등의 작품이 그렇다. 대가급의 작품은 시간의 축적을 거쳐야 한다. 역사의 긴 강이 작품의 찌꺼기를 씻어버리고 정수 중의 정수를 후세 사람들에게 드러낸다.

어떤 사람은 지금의 장서표 가격이 이미 몇 번이나 올랐다면서 몇 년 전 몇 십 위안, 심지어 십 몇 위안 하던 장서표가 지금은 이미 백 위안을 돌파했다고 한다. 자신이 왜 좀더 일찍 장서표계에 발을 들여놓지 않았을까 가슴을 치는 사람도 있지만 크게 후회할 필요는 없다. 100년 전 유럽에서는 장서표 한 장의 가격이 지금의 20배나 30배 정도로 비쌌기 때문이다.

평정심을 유지하고 나서는 장서표의 분류와 소장 주제에 관심을 가질 차례다. 장서표가 작다고 얕보지 마시라. 주제가 다양하고 분류도 상세하기 때문에 초보 수집가들은 어디서부터 손을 써야 할지 갈피를 못 잡을 수도 있다.

먼저 장서표를 연대별로 수집하는 방법이 있다. 예를 들면 초기 장서표, 혹은 근대와 현대 장서표처럼 특정한 시기의 작품을 수집하는 것이다.

다음으로 국가와 지역에 따라 수집할 수도 있다. 예를 들면 판화의 전통이 강한 오스트리아, 독일 및 동유럽 국가의 작품을 수집하는 것이다.

또한 기법에 근거하여 수집할 수도 있다. 나는 2002년 최초로 장서표계에 입문했을 때, 유럽의 전통 목판화나 목구목판木口木板(독일의 홀츠스티히 Holzstich 기법을 말한다. 나무의 목구木口 부분인 횡단면을 판화의 판면으로 사용하는 방법이다. 단면이 단단하기 때문에 섬세한 표현이 가능하다.—옮긴이)을 좋아했고, 그 후 점점 동판이나 에칭 부문으로 관심이 바뀌었다.

가장 흔한 수집 방향은 장서표의 주제에 따르는 것이다. 신화, 성경, 음악, 명인, 인체, 동물 등의 주제로 나뉜다. 소장가의 개인 취미, 생활 이력 및 교육 배경 등의 요인이 주제 선택에 끊임없이 영향을 미친다. 주제는 장서표에 대한 순수한 흥미라는 측면에서, 초보 수집가로 하여금 더욱 직접적이고도 신속하게 장서표와의 거리를 좁힐 수 있도록 이끌어준다. 일부 애호가들에 대해서 말하자면, 그들의 궁극적인 목표는 아마도 온갖 책을 두루 읽는 독서인처럼 모든 주제의 장서표를 망라하려는 것 같다. 분명한 목표에 따라 수집하든 정상급 수집가에 도달하기 위해 전방위적으로 수집하든 "마음 닿는 대로Follow your heart"라는 원칙을 지키면 된다. 이 말은 내가 미국에서 공부할 때 항상 듣던 일종의 구두선이다. 1980년대에 쑤루이蘇芮(타이완 출신 여가수—옮긴이)가 부른 〈내 감각을 따라가자跟着感觉走〉라는 노래가 바로 그 의미다. 시류에 흔들리며 맹목적으로 다른 사람을 뒤쫓아가서는 절대로 안 된다.

솔직히 말해서 내가 소개하고 숭배하는 장서표에 다른 수집가는 전혀 흥미를 보이지 않을 수도 있다. 어떤 사람은 고전주의나 유미주의를 좋아하지만, 또 어떤 사람은 모더니즘이나 낭만주의를 좋아할 수도 있다. 나는 음악이나 신화 주제를 좋아하지만 당신은 초기 장서표나 에로틱한 장서표를 좋아할 수도 있다. 나는 유미적인 사실주의는 이해할 수 있지만, 지금 유행하는 추상적 표현주의는 도저히 이해할 수 없다. 그런데 또 어떤 이는 오히려 사실주의 작품은 너무 직설적으로 느껴져서 그럴 바엔 차라리 사진을 보는 게 더 낫다고 하면서, 추상적인 작품의 심오한 의미는 마음으로 느낄 수는 있지만 말로는 전달할 수 없다고 좋게 여길지도 모른다.

순수하게 투자의 목적으로만 장서표를 수집하는 사람들에게 충고하자면, 장서표 대가의 작품이나 유명 인사의 개인용 장서표는 세상에 남아 있는 수량이 너무 적고, 원작 정품의 가격이 일반 현대 작품보다 훨씬 비싸다는 사실을 명심해야 한다. 또 심적 준비를 충분히 해야 하고 인내심도 필요하며 여기에다 작은 행운과 인연도 보태져야 한다.

이렇게 준비를 마치고 나면, 직접 장서표를 찾으면서 온갖 희로애락을 체험하게 될 것이다. 자기가 좋아하는 장서표를 탐색하는 과정에서 많은 시간을 들이고 온갖 경험을 하며 초보적이지만 연구도 하게 된다. 어떤 노련한 수집가는 다음과 같이 말한다. "장서표 수집 과정은 나비를 잡는 과정과 같다. 온갖 어려움을 겪으며 잡은 '나비'가 사실은 우리를 한나절 정도 흥분시키는 '나방'에 불과할 수도 있다." 길을 에돌지 않기 위해 각국 장서표협회 관련 간행물을 많이 읽어야 한다. 현재 자신의 조건하에서 각종 매체, 서적, 잡지나 인터넷상의 장서표 사진도 많이 봐야 한다. 가장 좋은 방법은 물론 자신의 손바닥 위에다 실물을 놓고 감상하는 것이다.

다음의 설문은 장서표 입문자들의 자아평가를 위한 열두 가지 조사 항목이다.

1. 나는 문장紋章 장서표와 그와 관련된 사회와 역사를 좋아하는가?

2. 나는 미시사, 가족 역사, 각지 풍속, 개인 생활에 흥미가 있는가?

3. 나는 각국 각 시기의 상이한 장식 스타일에 재미를 느끼는가?

4. 나는 책을 좋아하는가? 도서관의 역사와 옛날 도서관 주인에게 흥미를 느끼는가?

5. 나는 인쇄 역사에 흥미가 있는가?

6. 나는 어떤 특정한 시기의 역사에 깊이 빠져들 수 있는가?

7. 시각 예술은 내가 즐기는 주요 취미의 자원인가?

8. 나는 장서표 주인보다 장서표 작가에게 더 깊은 흥미를 느끼는가?

9. 나는 흑백 장서표보다 컬러 장서표에 더 깊은 흥미를 느끼는가?

10. 나의 장서표 주제가 내가 좋아하는 대상 중 하나인가? 예를 들면 새, 음악, 개, 의약, 고양이, 시 등.

11. 나는 지금의 예술 사조를 좋아하는가?

12. 나는 장서표대회에 참가하여 다른 소장자들과 장서표 교환하기를 좋아하는가?

만약 당신이 전반부 6개 문항에 긍정적으로 대답하고, 후반부 문항에는 부정적으로 대답했다면 당신은 분명 초기 장서표 애호가다. 이와는 상반된 대답을 했다면 당신은 근대나 현대 장서표 옹호자에 속한다. 당신의 대답이 모두 '예스'라면 더이상 주저할 필요가 없다. 장서표의 다채로운 세계가 당신의 탐색을 기다리고 있다.

장서표 소장 과정에서 부딪치는 다양한 디테일은 우표 수집 과정의 그

것과 매우 유사하다. 일정한 수량의 문서 파일을 준비해야 장서표를 보관하기 편리하다.(뒷면에는 중요 내용을 메모한다.) 핀셋도 반드시 필요한 도구다. 시시각각 인간의 땀샘에서 흘러나오는 각종 화학요소가 종이에 다소간의 화학반응을 유발하여 장서표의 수명을 단축시킬 수 있다. 물론 모든 장서표를 핀셋으로 옮기는 일이 비현실적이기는 하다. 장서표가 많아지면 인내심이 사라지지만 오래된 개별 장서표는 절대로 땀과 때로 얼룩진 손가락으로 만져서는 안 된다.

외국의 소장가들은 장서표를 무無산성의 컬러 골판지에 붙여서 보관하길 좋아한다. 이렇게 하면 보기에도 좋고 접히거나 눌리는 사태를 방지할 수도 있다. 또 장서표의 출처, 연대, 기법, 심지어 감상을 연필로 빈 공간에 적을 수도 있어서 소장 기록으로도 손색이 없다. 그러나 개인적으로는 이러한 방법을 선호하지 않는다. 이 방법의 최대 문제는 바로 접착 풀이나 접착 테이프를 사용해야 한다는 점이다. 오랜 시간이 지나면 장서표 보관에 이것이 불리하게 작용할 수도 있다. 게다가 우리가 다른 사람과 장서표를 교환할 때 어떤 동호인들은 풀로 붙여놓은 장서표에 민감한 반응을 보일 수도 있다. 그들은 머릿속으로 늘 장서표를 골판지에서 떼어낼 생각을 하면서 다른 사람이 사용한 적이 있는 장서표에 마땅찮은 마음을 갖는다. 그들은 결국 자신이 교환한 장서표에서 옛날 골판지를 떼버리고 자신의 컬러 골판지를 입혀야 한다고 생각한다. 상황이 이와 같은 경우 뒷면의 풀칠 흔적은 결코 숨길 수 없다. 이는 편지봉투에서 막 떼어낸 우표와 같다. 이러한 심리상의 모순과 복잡한 감정 때문에 사람들은 일찍이 풀로 붙여서 사용한 적이 있거나 골판지에 붙인 적이 있는 장서표 수집을 아예 꺼리기도 한다.

소장가들은 반드시 분류하고, 통계를 내고, 문서 파일에 저장하고, 데이터를 갱신하는 등 전문적인 문서 관리자가가 갖춰야 할 기능을 익혀야 한다.

장서표 실물을 잘 보관한 후 소장가는 컴퓨터 저장 기능을 충분히 이용하여 자신이 소유하고 있는 장서표를 컴퓨터에 이미지 파일로 저장하고, 자신만의 분류 방식, 예를 들면 주제, 연대, 기법 등의 종류로 나눠서 관리하는 것이 좋다. 다른 사람과 교환을 원하는 장서표는 따로 분류하여 스프레드시트(엑셀 프로그램 등을 이용)로 만들어두고, 편지나 인터넷으로 장서표를 교환할 때 상대방이 열람할 수 있도록 대비한다. 일단 컴퓨터를 이용하여 자신의 장서표 데이터를 분류하고 나면, 장서표 검색에 소요되는 시간을 엄청나게 절약할 수 있다. 화가의 이름, 기법, 연도 등을 입력하면 즉시 장서표가 들어 있는 디렉터리를 찾을 수 있다. 많은 동호인들은 장서표 소장이 자신의 기억력을 높여줄 수 있다고 생각한다. 그런데 한 번만 보고도 기억하는 기억력을 지니고 있다고 해도, 장서표를 감상하는 순간 머릿속으로 과연 이 작품을 내가 갖고 있는지, 또 이 작가의 작품을 내가 갖고 있는지, 또 이것이 내가 오랫동안 찾던 그 장서표인지 금방 떠올릴 수 있을까? 우리의 대뇌는 컴퓨터가 아니므로 기억력에는 한계가 있다. 이 때문에 컴퓨터로 정리해둔 한 장의 장서표 목록은 소장가를 위해 가장 훌륭한 조수 역할을 수행할 수 있다. 또 자신이 손에 넣고 싶은 장서표 정보까지 기록해두면 다음 번 '사냥'에서 틀림없이 유용하게 사용할 수 있을 것이다.

외국 장서표를 수집하는 과정에서 우리는 해당 장서표 시기의 문화와 역사를 깊이 알아야 한다. 특히 서구의 초기 장서표는 현대와 아주 멀리 떨어진 시대에 제작되었기 때문에 주변에서 찾을 수 있는 자료가 매우 드물다. 그러나 당시에 유행한 문장紋章, 장식 스타일, 치펀데일Chippendale(18세기에 영국에서 활동한 가구 디자이너 토머스 치펀데일Thomas Chippendale이 서로 다른 시대 및 지역의 양식을 혼합하여 이른바 치펀데일 양식을 창안했다. 특히 그는 고딕식과 중국식 디자인을 혼합하고 절충하여 한 시대의 유행을 이끌었다.─옮긴이) 양식, 재키비언Jacobean(17세기 영국 제임스 1세 시대의 건축과 공예 양식이다. 제임스의 라틴어 이름이 야코부스Jacobus이기 때문에 영어식 발음으로 재키비언 스타일이라고 칭했다.─옮긴이) 양식에 대한 이해는 반드시 필요하다. 물론 우리도 사유 방식을 바꿀 수 있다. 즉 현대 장서표의 경우는 우리 시대와 제작 연대가 가깝기 때문에 판화가의 기법, 기풍, 사용 재료 및 작품 속에 반영된 유관 이념에 가장 깊은 관심을 기울여야 한다.

또 현재 시중에서 찾을 수 있는 모든 흥미로운 자료의 도움을 받아야 한다. 유럽의 국가나 개인이 출간한 장서표 서적, 분류 도록, 경매 도록, 전시회 도록 등은 모두 외국 장서표 영역의 최신 동향을 상세하게 알려주는 나침반이다. 만약 여러 외국어에 능통하다고 자신하는 장서표 수집가라면, 외국 장서표협회에 가입하여 여러 자료를 쉽게 얻을 수 있다.

나는 독일 장서표협회에 가입한 첫 번째 중국인이다. 독일의 장서표 역사는 유구하기 때문에 이 책 한 권에 상세하게 서술하긴 어렵다. 협회에서 출간하는 계간(4권), 연간(1권) 간행물과 이에 덧붙여 우송되어 오는 몇 가지 자료 사진을 보고 나는 줄곧 여러 언어에서 가장 어렵다는 독어 공부에 심취했다. 애호가들은 이 협회 간행물에 자신의 연락처를 등록하여 인상 깊은 작품을 소유한 다른 소장가들과 장서표를 교환할 수도 있다. 판화가의 정보도 이 협회 간행물에서 계속 업데이트되기 때문에 그들에게 자신의 장서표 제작을 의뢰할 때 편리하게 이용할 수 있다. 나는 매년 언제나 학수고대하는 심정으로 정장본 한정판 연간과 이 책의 부록으로 여러 장 첨부되어 오는 장서표 원본을 기다린다. 이 장서표들은 요즘 유행하는 양식을 잘 보여준다.

독일 장서표협회에서도 편지를 이용하여 정기적으로 협회에서 소장하고 있는 장서표 작품을 경매한다. 편지 경매 방식은 유럽에서 아주 오랜 전통을 가지고 있다. 어떤 사람은 이것이 너무 낙후된 방식이라고 생각할 수도 있겠지만 우리처럼 옛것에 빠져 사는 사람들에게는 이런 경매 방식이야 말로 컴퓨터가 영원히 대체할 수 없는 방식으로 여겨진다. 또 독일 장서표협회에서는 매년 한 번씩 장서표대회를 개최하는데 그 규모가 세계장서표대회 다음으로 크다.

미국 장서표협회는 애호가들의 또다른 선택 대상이 될 수 있다. 영어로 서구 장서표를 이해하는 것이 국내 소장가들에게는 비교적 현실적인 방법일 수 있기 때문이다. 더이상 미국 문화가 삭막하다고 말씀하지 마시라. 미국의 장서표 역사에 정통한 애호가들은 장서표에 관해서는 미국도 거의 200년의 역사를 갖고 있음을 알고 있다. 처음에는 유럽 장서표 스타일에 영향을 받다가 그후 자신만의 특징을 지닌 다양한 분파가 생겨났다. 미국 장서표협회의 계간과 연간 간행물은 가장 인기 있는 히트 상품이다. 특히 전임 회장 오드리 아를라니즈Audrey Spencer Arellanes(1920~2005)는 재임 기간 동안 협회의 간행물을 아주 특색 있게 꾸리면서 유럽 장서표계와도 긴밀한 관계를 유지했다. 간행물에 덧붙여 보내주는 장서표도 늘 대가의 명품이었는데, 가격이 싸서 구입할 만했다. 지금은 이 협회의 간행물이 상당히 침체되어 있지만 애호가들이 미국 장서표를 소장하기 위해서 검색하는 첫 번째 자료로서의 위상은 잃지 않고 있다.

영국 장서표협회는 비교적 고색창연한 협회로 간주할 수 있다. 내부 회원들의 경매가 협회의 주요 포인트이지만 영국인의 보수적이고 뻣뻣한 일처리가 사람들의 접근을 방해하고 있다. 일처리 효율도 매우 저조하여 독일이나 미국 협회와 비교가 되지 않는다. 또 기본적으로 자존심을 내세우며 다른 나라의 장서표를 얕잡아 보고 있는데, 이는 전통적인 영국 민족의 특징과도 아주 비슷하다. 세 나라 협회 회원의 연회비는 모두 100달러 내외이므로 가격이 싸다고 할 수 없다. 그러나 이들 협회가 회원들에게 제공하는 서비스는 금전으로 환산할 수 없다.

구미의 한두 국가의 장서표협회에 가입한 후 회원으로서의 우월한 조건을 이용하여 내부 회원 간의 장서표 경매에도 참여해보고, 조건이 되면 매년 협회에서 조직하는 장서표 교류 활동에도 참여해보시기 바란다. 만약 그렇게 하기 어려우면 차선책으로 2년마다 한 번씩 열리는 세계장서표대회에는 꼭 참여하시기 바란다. 이는 정말 장서표 애호가라면 절대로 놓쳐서는 안 되는 교류 기회다.

2008년 베이징에서 개최된 제32회 세계장서표대회는 국내 장서표 소장가들이 세계 각지의 장서표계 인사들과 교류할 수 있는 최고의 마당을 제공해주었다. 생각보다 외국 소장가들이 많이 참여하지는 않았지만 중국 소장가들이 세계 각국의 소장가들과 처음으로 근거리에서 접촉하고 교류하고 환담을 나누면서 장서표에 대한 각자의 열정을 표출하는 기회였다.

장서표 교환은 장서표 소장 과정에서 빠뜨릴 수 없는 핵심 부분이다. 장서표를 교환할 때는 다른 사람에게 자신의 소장품을 자랑해야 할 뿐 아니라 무수한 사람들의 장서표 이야기를 들어줄 줄 알아야 한다. 그것은 사람들에게 알려져 있지도 않고 서로서로 내용이 각기 다른 이야기다. 우표 수집을 좋아하는 애호가들도 틀림없이 유사한 경험을 체험했을 것이다.

중국에서는 아직도 장서표 교환이 때를 만나지 못하고 있고, 진정으로 자신의 장서표를 보유한 소장가도 극히 소수에 불과하다. 그런데도 외국 판화가에게 자신의 장서표 제작을 부탁할 때 어떻게 해야 하느냐고 질문하는 애호가들이 많다. 그때마다 나는 그들에게 몇 가지 질문을 던진다. 이는 또한 판화가들이 장서표 주인의 제작 의뢰를 받은 후 장서표 주인에게 늘 던지는 질문이기도 하다.

1. 예산은 얼마 정도로 잡고 있는가?
2. 장서표 제작 의뢰를 확정해둔 다른 판화가가 있는가?
3. 자신이 좋아하는 장서표 주제가 있는가?
4. 판화가의 자유로운 표현에 마음이 쓰이는가?
5. 장서표의 크기와 기법에 대해서 특별하게 요구할 것이 있는가?
6. 장서표 인쇄량은 50매로 할 것인가 100매로 할 것인가? 더 많이 할 것인가?
7. 판화가에게 남겨 놓는 A.P. 장서표의 인쇄량은? 원판은 장서표 주인에게 부쳐줘야 하는가? 아니면 주인이 살 것인가?
8. 장서표 주인의 성명은 어떤 형식으로 표기할 것인가?

스스로 이상의 질문을 해서 답을 얻은 후에 판화가와 교류해야 한다. 장서표 1매를 만들기 위해서는 디자인과 밑그림에서, 초고 인쇄를 거쳐 최종 완성까지 3~6개월 정도의 시간이 걸린다. 구체적으로는 화가에 따라 걸리는 시간이 각각 다르다. 인기 있는 판화가의 경우에는 훨씬 더 시간이 많이 걸려서 1년을 기다리는 일도 아주 흔하다. 외국 작가에게 장서표 제작을 의뢰할 때 소요되는 평균 가격은 5000위안 내외(한화로 약 85만 원—옮긴이)이고, 인쇄량은 보통 50~100매 정도다.

내는 개인적으로 50매 제작을 좋아한다. 장서표 교환 활동에 항상 참가하는 경우가 아니라면 50매로도 충분하다. 불필요한 오해를 방지하기 위해 반드시 판화가에게 물어봐야 할 것은 초고를 완성하여 장서표 주인과 원판을 확정한 후 또다른 교정을 해야 하는지 여부다.

외국 장서표를 소장하는 일은 순서에 따라 점진적으로 나아가는 과정이다. 지금 서술한 얼마 안 되는 개론은 장서표 수집과 소장의 몇 가지 요점만 다룬 것에 불과하다. 게다가 나의 개인적인 경험이 모든 사람들에게 적합하지 않을 수도 있으므로 하나의 참고자료에 그칠 수도 있다. 다만 이제 막 장서표에 손을 댄 애호가들을 위해 장서표의 신비한 전당으로 들어가는 출입문을 열어주고 싶었을 따름이다.

장서표 보관법

조그만 장서표는 애호가들이 차마 내버리지 못하는 보배다. 손바닥 안의 보석이라고도 한다. 바람도 이기지 못할 정도로 약하고 영롱한 보배를 어떻게 놓아두고 어떻게 보관할 것인가? 특히 이제 막 장서표계에 입문한 애호가들은 이 문제를 가장 먼저 고려해야 한다.

장서표 보관 방법에 어떤 규정이 있는 것은 아니다. 수집가들은 각자 자신만의 분류 방법과 보관 도구를 갖고 있다. 중국 내의 수집가들은 지금 장서표계가 처해 있는 환경 때문에 우표 수집이나 지폐 수집 분야와 어깨를 겨룰 수는 없다. 그들은 시중의 골동품 시장에서 우표 수집책, 지폐 수집책, 우표첩 등의 관련 도구를 언제든 마음대로 구입할 수 있다.

장서표 수집은 중국에서 이제 첫걸음을 뗐기 때문에 광범위한 보급과는 아직 거리가 있다. 따라서 소장가들은 주변의 기존 자원을 이용하여 가능한 한 장서표의 사용 가치를 확대해야 한다. 이제 소장가 성격이나 소장

종류에 따른 보관법을 하나하나 소개하려고 한다.

대중형 소장가

장서표계에 막 입문한 수집가들 중 어떤 사람은 장서표 구입에 거금을 투자하면서, 거의 광증에 가깝게 '나 아니면 누가 나서랴'라는 심정으로 모든 장서표를 사들이려는 모습을 보이기도 한다. 그 때문에 사들인 장서표 보관에 필요한 자금은 터무니없이 부족해진다.

내가 추천하고 싶은 방법은 동네의 문구점에서 문서 보관 파일을 사는 것이다. 장서표 보관에 비교적 적합한 크기로는 A5, B5, A4 사이즈가 있다. 페이지 수에 따라 가격은 대부분 5~15위안 사이다. 40페이지짜리 B5의 경우 시중 가격이 8~10위안 정도인데 앞뒤로 장서표를 넣으면 80매를 보관할 수 있다. 그러므로 장서표 한 매를 보관하는 데 드는 비용은 겨우 1마오毛(중국 돈의 단위는 공식적으로 세 단계로 이루어진다. 제일 큰 단위가 위안元으로 한국 돈 170원 내외에 해당한다. 일상적으로는 흔히 콰이块라고 칭한다. 위안 아래는 자오角인데 10자오가 1위안이 된다. 자오는 일상적으로 흔히 마오毛라고 칭한다. 자오 아래는 펀分인데 10펀이 1자오가 된다. 현재 펀 단위는 거의 쓰이지 않는다.─옮긴이)일 뿐이다. 이처럼 저렴하기 때문에 일반 소장가들이라도 경비 지출에 신경 쓸 필요가 없다.

내가 베이징의 대형 도매 문구 시장과 골동품 시장을 모두 돌아본 결과 기본적으로 이 문서 파일을 대체할 만큼 뛰어난 장서표 보관 도구는 없었다. 그다음으로 우표 수집책도 또다른 선택 사항이 될 수 있다. 그러나 우표 크기에 따라 판에 박은 듯이 분할된 사이즈가 장서표의 유동적인 크기와 잘 맞지 않는다. 문서 파일은 무게도 우표 수집책보다 훨씬 가벼워서 들고 다니기도 편하다. 게다가 가격도 거의 절반 정도이기 때문에 실속을 중시하는 수집가들이라면 문서 파일을 선택하기 바란다.

사치형 소장가

재력이 있는 애호가들은 장서표 수집 과정에서 자금 때문에 방해를 받지 않는다. 따라서 수집한 장서표 수량이 나날이 늘어나서 단기간에 정점에 도달할 수 있다. 수량이 증가하면 이제 장서표 명품에 대한 흥미가 생긴다. 어떤 애호가들도 예술 명품을 거부할 수 없다. 능력에 미친다면 누구나 명품을 자신의 소유로 만들 것이다.

소장품 가운데 명품 장서표가 늘어나게 되면 자연스럽게 제작 시기가 오래된 정품을 소장하게 되는데, 그중에는 심지어 100년 이상의 역사를 가진 장서표도 있을 수 있다. 이런 장서표를 보관할 때는 감히 마음대로 취급해서는 안 되고 거기에 걸맞은 효과적인 방법을 찾아야 한다.

종이를 매개로 하는 다른 예술품과 마찬가지로 장서표도 시간, 공기, 먼지, 광선, 온도 등 여러 요인에 의해 천천히 부식되게 마련이다. 특히 오래된 장서표는 더욱 그렇다. 장서표는 인쇄 제작 후에 일단 주인의 장서에 붙어 있다가 그후 다른 소장가나 기관으로 교환되는 역정을 거치게 된다. 초기의 서구 장서표의 경우는 특히 중국 국내 수집가들에게 오기까지 수많은 우여곡절을 겪는다. 동서양은 기후의 차이가 크고 중국만 해도 남북의 기후 조건이 다르기 때문에 장서표 보관을 위한 더욱 세세한 기준이 필요해 까다롭다. 앞서 추천했던 문서 파일이 명품 장서표를 보관하기에는 그리 적합하지 않을 수 있다. 문서 파일의 투명한 비닐에 산성 물질이 포함되어 있어서 종이에 치명적인 해를 끼칠 수 있기 때문이다.

문서 파일은 현대나 근대 작품을 보관하기에 적합하지만, 초기 작품의 경우 오랫동안 이런 산성 물질에 노출시키면 장서표의 수명이 쉽게 단축될 수 있다. 그러나 국내 시장에는 무산성 보관용 파일이 없다. 구미 각국에는 이런 보관용 도구가 많다. 지난 학기 미국에서 나는 사람들이 다양한 카드 게임을 즐기는 걸 목격했다. 여러 가지 카드를 수집하는 애호가들도 많고 보급 수준도 매우 높았으며 카드 게임 관련 산업도 매우 잘 갖춰져 있었다.

나는 카드 게임 애호가들이 각자 소도구 보관 세트를 갖고 다니는 모습에 주목했다. 예를 들면 작은 배낭, 카드 지갑, 비닐 보호망 및 많은 카드를 보관하는 데 필요한 카드 보관책 등이 그것이었다. 처음으로 카드 보관책을 봤을 때는 한쪽 가장자리에 구멍이 여러 개 뚫린 일반적인 바인더 노트와 큰 차이가 없는 것 같았다. 그러나 삽입 페이지가 특징적인 부분이었다. 그 삽입 페이지는 PVC를 쓰지 않고, 무산성 재료로 제작되었다. 투명도와 얇은 두께도 보통 비닐 페이지에 비할 수 없을 정도였다. 카드 게임 애호가가 카드를 보관하기 위해 전문적으로 디자인했기 때문에, 페이지도 크기에 맞게 간격이 나뉘어져 있었다. 이는 국내의 우표 수집책과 비슷했다. 그러나 선택 가능한 칸의 크기가 장서표 보관에 더욱 편리해보였다. 필요에 따라 이런 삽입 페이지가 두 칸, 세 칸, 여덟 칸, 아홉 칸 등으로 나뉘어 있었다. 전체 페이지 크기는 동일하지만 페이지마다 나누어진 칸의 숫자와 크기가 상이한 점이 우리 장서표 애호가들에게 매우 잘 맞아떨어지는 디자인이었다.

장서표 문화가 발전함에 따라 그 크기가 다양해져서 없는 것이 없게 되었다. 작은 것은 손바닥에 놓을 수 있는 크기도 있고, 큰 경우엔 한 페이지짜리 소판화 사이즈도 있다. 같은 판화가가 만든 작품이라도 크기가 일정하지 않고, 보통 대형과 소형 두 가지가 있다. 초기 장서표도 마찬가지다. 예를 들면 나는 이탈리아 목판화 대가의 장서표를 100여 매 소장하고 있는데 가장 작은 것은 7×4cm 사이즈고, 가장 큰 것은 20×17cm 사이즈다. 또 가로판도 있고 세로판도 있다. 만약 이것을 동일한 크기의 문서 파일에 보관하려고 하면, 각 장서표마다 크기가 크게 차이가 있기 때문에 감상할 때 방해를 받을 수 있다. 동일한 삽입 페이지에 상이한 사이즈로 분리된 칸은 장서표 애호가들의 분류와 보관에 적절하다. 개인적인 필요와 장서표 크기에 따라 서로 다른 칸으로 나뉜 삽입 페이지를 바인더 노트에 꽂아두면 외관상 보기에도 좋고 소장품 분류에도 용이하다. 내가 이 방식을 '사치형'이라고 부르는 이유는 다음과 같다. 상이한 칸으로 나뉜 이런 바인더 노트 페이지가 지금 중국에서는 9칸짜리만 거래되고 있는데, 분할된 칸의 사이즈가 장서표 크기와 잘 맞지는 않는다. 그러나 수입품이기 때문에 가격이 한 페이지 당 2~2.5위안이나 한다. 이처럼 가격이 비싸기 때문에 '사치형'이라고 부른 것이다. 100매 이상을 구입할 때는 할인해주기도 한다.

내 경험에 의하면 두 칸짜리와 네 칸짜리 삽입 페이지가 장서표 보관에 비교적 이상적이다. 그러나 이런 형태의 삽입 페이지는 해외 인터넷 쇼핑몰을 통해서만 구입할 수 있고, 운송비를 포함한 페이지당 가격도 2.5~3위안까지 일정하지 않다. 만약 기회가 되어 출국하는 친구에게 부탁해서 사오게 하면 페이지당 가격을 1위안 이하로 절약할 수 있다. 한 페이지가 네 칸으로 나뉜 제품을 예로 들어보면 그렇게 해도 한 페이지당 가격이 5~7마오이므로, 보통 문서 파일에 비해 다섯 배나 비싸다는 사실을 알 수 있다. 여러 칸으로 분리된 이런 바인더 노트 페이지는 명품 장서표용으로 마련하여, 자신이 소장한 장서표 중에 명품을 골라서 그곳에 수납하는 것이 좋다. 그 밖에도 바인더 노트식 카드 보관책도 정상급 장서표 애호가가 자신의 책장에 반드시 갖춰야 할 도구다. 중국 내에서 판매되는 것은 두 가지 규격밖에 없다. 한 가지는 대략 40페이지를 끼울 수 있는 것이고, 가격은 85위안이다. 다른 하나는 대략 100페이지를 끼울 수 있고, 가격은 139위안이다. 85위안짜리가 비교적 실용적이고 휴대하기에도 편리하며 수납 수량도 적지 않다. 139위안짜리는 집 안에 두고 쓰기에 적합하다. 100페이지가 가득 차면 좀 두꺼워지기 때문에 밖으로 들고 나가서 다른 사람들과 장서표를 교환하기에는 그리 적합하지 않다.

만약 카드 보관책 구입 비용에서 바인더 노트 구입 비용을 더하면 그 총합이 너무나 비싸진다. 그러나 이것은 골수급 소장가들이 추구하는 궁극적인 목표이기 때문에 대중들의 소장 방법과는 많은 차이가 있다.

중간형 소장가

앞서 추천한 두 가지 보관 방법에 상응하는 소장가들의 분포를 보면 거의 방추형의 양쪽에 소수로 포진해 있는 경우가 대부분이다. 이들은 성격은 특별하지만 인원수는 그렇게 많지 않은 편이다. 방추형 중간 굵은 부분에 분포한 다수의 인원이 장서표 소장가의 중견 역량인 셈이다. 그 다수의 소장가들은 이미 일정한 기간 동안 장서표 수집을 즐겨왔지만 소장 분량은 아직 정점에 도달하지는 못한 상태다. 그러나 소장품 품질은 누구와 비교해봐도 손색이 없다. 보통의 문서 파일은 그들의 수요를 만족시킬 수 없다. 왜냐하면 사방에서 수집한 명품 수량이 나날이 많아지고 있기 때문이다. 그렇다고 거금을 들여 수입 바인더 노트를 살 마음도 없다. 국내에서 이러한 소장가에게 가장 적합한 보관 도구는 바로 우리가 소홀히 취급해왔지만 실용가치는 아주 높은 포켓식 사진 앨범이다. 애초에는 나도 보통 문서 파일과 바인더 노트를 혼합하여 장서표를 보관하다가 몇 년이 지난 후 해외 소장가들과 장서표를 교환하는 과정에서 그들 중 일부 노련한 소장가들이 모두 넓이도 크고 페이지도 많은 포켓식 앨범을 사용한다는 걸 발견했다.

　나는 귀국 후 베이징의 우커쑹吳棵松에 있는 사진 용품 전문점에서 이와 유사한 앨범을 찾아냈다. 직접 조사해본 결과 시중에서 판매하는 포켓식 앨범이 장서표 보관에 비교적 적합한데, 그중에서도 4×6(10.2×15.2cm), 6×8(15.2×20.3cm) 사이즈로 디자인된 포켓식 앨범이 장서표 크기에 가장 가까웠다. 8×10(19.2×24.4cm) 사이즈 이상의 접착식 앨범은 추천하지 않겠다. 왜냐하면 접착 효과가 좋지 않아서 쉽게 떨어지기 때문이다. 4×6 사이즈는 일상 속에서 가장 흔한 사진이기 때문에 각종 스타일과 다양한 페이지 수를 갖춘 앨범이 무수히 많아서 선택의 여지가 넓다. 6×8 사이즈의 앨범은 그 종류가 상대적으로 좀 적은 편이지만 나는 실제로 장서표를 보관하는 과정에서 이 크기가 4×6 사이즈에 비해 페이지 공간을 충분히 활용할 수 있었다. 그 덕분에 장서표를 일목요연하게 정리하여 산뜻하게 감상할 수 있게 되었을 뿐 아니라, 검은색 바탕을 선택할 수 있어 내가 직접 검은색 종이를 삽입하여 배경을 만들던 과정을 생략할 수 있었다. 6×8 사이즈 앨범의 도매가격은 25~30위안 정도이고 전체 분량은 50페이지이기 때문에 앨범 한 권에 100매 정도 수납할 수 있다. 즉, 장서표 한 매 보관에 드는 비용은 3마오 정도다. 가격도 적당하고 앨범 외관도 자신이 선호하는 개성적인 스타일을 선택할 수 있다. 4×6 사이즈 앨범의 경우에는 한 페이지에 보통 4매의 장서표를 수납할 수 있으므로 비용이 더욱 저렴해진다. 만약 주위에 사진 용품 전문점이 없다면 인터넷 쇼핑몰에서 구입할 수 있다. 이때는 운송비 가격만큼 비용이 좀더 들 것이다. 국내 앨범 중 일부 포켓식 양식의 경우 무산성 제품도 있다. 이걸 사고 싶으면 구입할 때 반드시 판매 상점에 확인을 해야 한다. 가격이 더 높거나 하지는 않을 것이다. 하지만 결국 앨범 종류가 너무 많아서 좋은 제품과 나쁜 제품이 섞여 있기 마련이므로 주의하지 않으면 속임수에 당할 수도 있다.

지금까지 서술한 내용은 몇 년간 내가 장서표를 소장하는 과정에서 겪은 경험의 총결산이다. 이 몇 가지 소장 방법과 체험이 독자 여러분의 장서표 보관 방법에 다소나마 도움을 줄 수 있으면 좋겠다.

제33회
터키 이스탄불 세계장서표대회
참가 후기

　　터키 이스탄불에서 막 돌아오자마자 장서표계의 많은 친구들이 내게 편지를 보내와 이번 서쪽 행차에서 수확을 좀 얻었는지 물었다. 나는 그들에게 모두 '수확 풍부'라는 네 글자의 답장을 보냈다. 이번에 나는 두 번째로 세계장서표대회에 참가했다. 2년 전 제32회 베이징대회에 비해서 이번 33회 대회 참가 인원은 모두 250명에 달해 참여율이 확연히 높아졌다. 그런데 그중에 판화가가 여전히 대다수를 점하고 있었다. 체코의 원로 판화가 겸 소장가인 파벨 홀라바티의 통계에 의하면 이번에 참가한 소장가와 판화가의 비율은 2:8 정도였다고 한다. 나 같은 중국 소장가의 입장에서는 외국 소장가와 얼굴을 맞대고 교류하며 장서표를 교환할 기회를 잡기가 아주 어렵다. 하물며 세계적인 대소장가와 교류하는 기회는 더 말할 것도 없다 이 대회에 참가하기 위해 나는 일찍부터 준비를 시작했다. 내가 가진 모든 장서표를 새롭게 분류하고 정리한 후, 직접 700여 매를 가져갔다. 그

중 10여 종은 지난 5년간 내가 직접 제작한 장서표였다. 이번에 서쪽으로 가기 전에 나는 먼저 중국 장서표협회 회원들과 그룹을 만들어 이집트와 터키 등지를 유람했다. 몇 백 매의 장서표를 여행가방 안에 넣어서 들고 다니느라 적지 않은 칼로리를 소모해야 했다.

매번 장서표 교환에 참여할 때마다 늘 시간이 너무 촉박하여 모든 사람과 일대일로 장서표를 교환하기는 불가능했다. 이번 이스탄불 대회에서도 물론 아쉬움이 남았다. 특히 여행 일정과 대회 일정이 일부 겹쳐 첫날 교환에 참여할 수 없었기 때문이다. 둘째 날에는 대회 조직위에서 단체 유람을 마련했다. 나는 이미 하루의 시간을 놓친 상황이라, 대회장에 남아 그곳에 머물고 있는 사람들과 장서표를 교환하기로 결심했다. 교환 현장이 장관을 이루지는 못했지만 30여 명이 함께 어울리며 각자가 충분한 시간과 공간을 활용하여 서로 말을 걸고 장서표를 교환하면서 환담을 나눴다.

이처럼 경쾌한 분위기를 만나기란 정말 쉬운 일이 아니다. 나는 그날 아침 이탈리아 화가 파올로 로베그노Paolo Rovegno(1943~)와 단숨에 장서표 40매를 교환했다. 로베그노와는 일찍부터 계속 연락을 주고받는 사이였다. 그는 이탈리아 예술의 도시 피아첸차Piacenza에서 자유롭고 유유자적하게 지내는 가운데에도 수많은 A.P. 장서표를 남기고 있다. 나는 그가 보여주는 장서표를 대부분 손에 넣었지만 그의 단색 작품은 건너뛰었다. 집에 이미 그의 단색 장서표를 한 권 분량으로 갖고 있기 때문이다. 나는 주로 그의 수제hand-drawn 장서표를 쟁취 대상으로 삼았다. 특히 그가 근래에 창작한 타로trot 장서표는 색채가 대담하고 인물과 훌륭한 조합을 이루고 있을뿐더러, 담고 있는 이야기도 매우 뛰어났다. 로베그노는 중국 장서표를 매우 좋아하여 양중이楊忠義(1949~ , 중국의 저명한 판화화가이자 수채화가, 장서표화가 — 옮긴이)가 제작한 중국 전통 스타일의 건식 에칭dry etching 작품을 골라갔다. 그는 유럽 장서표는 너무 많이 봐서 새로운 맛이 없다고 하면서 이국의 정취를 찾는 중이라고 했다. 우리가 흔히 말하는 '해외 숭배파'인 셈이다. 아내가 곁에 있다가 내게 농담을 했다. "이 영감님은 젊었을 때 엄청 잘 생겼겠어!" 아내의 말은 틀림이 없었다. 로베그노는 외모도 멋지고 성격도 좋아서 장서표를 교환할 때도 털털하면서도 자유로운 모습을 보였다. 지중해의 호방한 기상이 진정 골수까지 스며있는 사람이었다. 그는 나의 이번 교환 활동에서 나와 가장 많은 장서표를 교환한 화가 중 하나다. 대부분의 화가들은 여전히 생계를 위해서 작품 판매에 주력했다. 그들이 장서표를 교환하는 건 기법을 연구하기 위해서지 특별히 소장에 의미를 두는 것 같지는 않았다.

이후 나는 또 이탈리아 소장가 실비오 포르니Silvio Forni, 니콜라 카를로네Nicola Carlone와 장서표를 교환했다. 포르니는 2008년에 베이징대회에 방문한 바 있다. 그가 소장한 음악 주제의 장서표는 이번 대회에 참가한 다른 소장가들과 비교할 수 없을 정도로 뛰어났다. 우리는 서로 마음이 맞아서 즐겁게 한담을 나눴다. 그는 재즈를 좋아했고, 나는 색소폰 음악에 빠져 있었다. 이처럼 장서표 교류는 순수한 교환 활동에 그치지 않고, 서로 자신의 소장품과 관련된 이야기를 하면서 더 큰 즐거움을 얻는다. 대화를 주고받는 가운데 다들 비록 영어가 모국어가 아니더라도 마음만은 서로 통함을 느낄 수 있다. 장서표의 주제 자체를 교환 목적으로 삼는 것은 장서표 수집의 또다른 경지라 할 만하다. 외국 예술가들과 교류하는 과정에서 알게 된 불가리아의 마르틴 그루에프는 가장 두뇌가 명석하고 눈빛도 사나웠다. 예술가인 그들이 그렇게 많은 장서표를 교환하는 이유는 오직 다른 사람의 장점을 배우고 본받으려는 욕심 때문이다. 그루에프는 나이가 많지 않았지만 1990년대에 유행한 중간 가르마 헤어스타일에다가 온갖 풍상을 겪은 얼굴빛을 하고 있었다. 그는 장서표를 받아들 때마다 후회하지 않도록 돋보기를 이용하여 장서표 표면의 무늬를 자세하게 관찰했다. 나는 그의 모습을 보고 그와 더이상 얽히지 말아야겠다고 결심했다. 우리 같은 비전문가가 어찌 감히 모든 소장품을 가지고 저런 고수와 일일이 무공을 겨룰 수 있겠는가? 나는 중국 장서표 몇 점을 그의 작품 세 점과 바꾸고는 바로 그와 작별했다. 이 대목에서 나는 독자 여러분께 권해드리고자 한다. 만약 장서표를 교환할 때 상대방이 돋보기를 가지고 작품을 감별하려고 하면 얼른 그곳에서 벗어나기 바란다. 왜냐하면 상대방은 여러분에게 털끝만큼의 사정도 봐주지 않을 것이기 때문이다.(본문의 〈상대가 돋보기를 들이대면 당장 탈출하라〉에서 이미 소개한 바 있다.— 옮긴이)

솔직하게 말해서 그루에프는 특별한 사례에 속한다. 우크라이나 출신 아르카이 푸가체프스키Arkay Pugachevsky 부자는 훨씬 온화하고 대범했다. 그들은 온 가족을 데리고 이 장서표 파티를 즐기러 왔다. 그의 아들 제나디 Gennady Pugachevsky는 자신의 어린 딸에게도 다른 소장가와 장서표를 교환할 수 있게 했다. 어릴 때부터 장서표에 대한 취미를 길러주려는 것 같았다. 어린 딸도 예술가의 후예답게 장서표를 교환하는 안목이 성인에 뒤지지 않았다. 그 어린 소녀는 광저우미술대학교廣州美術學院 학생들이 제작한 해학적이고 귀여운 작품을 마음에 들어 하며 손에서 놓지 못하다가 바로 나와 장서표를 교환했다. 기억하건대 그 작품들은 내가 작년 빈저우濱州에 있을 때 정싱추鄭星球 선생이 특별히 추천한 작품이었다. 정 선생의 뛰어난 제자 몇 명이 직접 제작한 것이다. 나는 그들의 발전 여지가 아주 크다고 생각하여 몇 작품을 소장하고 있었다. 이 작품들은 특히 외국 여성 수집가들의 총애를 받았다.

나는 이번 여행에 고전적인 초기 장서표 한 권을 갖고 갔다. 그런데 대회 기간 동안 두세 사람만 초기 장서표를 교환해갔다. 그중에는 겉차림에 전혀 신경 쓰지 않는 노인이 있었는데 그는 스위스 로잔Lausanne에서 온 프로이드와弗洛伊德瓦(저자에게 직접 문의해보았지만 안타깝게도 노인의 원어명을 기억하지 못했다. 그에 따라 '弗洛伊德瓦'의 발음을 추정하는 데 그쳤다.— 옮긴이)였다. 그는 한 취미 예술출판클럽의 회장이었다. 10년 전 나는 스위스에서 1년 동안 생활한 적이 있었고 로잔은 내가 가장 잘 아는 스위스 도시였다. 당시에 쉬는 날이면 늘 그곳에 가서 놀았다. 그 때문에 처음에는 프로이드와로 로잔을 화제로 대화를 나눴다. 그는 자신의 클럽과 그곳의 출판물을 선전하기 위해 참석했다고 했다. 장서표를 교환할 때도 과하게 요구하지 않았고, 주제가 같은 작품이 있으면 눈에 띄는 대로 모두 거두어갔다.

나의 네덜란드 오랜 친구이며 장서표 '공급상'이라 할 수 있는 헤라르드 폴더르만Gerard Polderman도 그날 오후 마침내 대회장에 모습을 드러냈다. 우리는 인터넷에서 오랫동안 알고 지냈기 때문에 그날 얼굴을 처음 대면했지만 너무나 친숙했다. 폴더르만과 나의 관계는 마치 판자위안 고서상과 책벌레의 관계와 같다. 유럽이나 네덜란드 지역에서 어떤 사람이 명품을 내놓으면 그가 첫 번째로 내게 연락을 해온다. 나는 그의 오래된 고객이기 때문에 외상으로 거래하는 일도 흔하다. 이번에 그는 또 친구의 부탁으로 여러 장의 장서표를 가져왔고, 나는 마침 오후에 시간이 아주 여유로웠다. 나는 속는 물건이 아니라고 판단되면 기본적으로 모든 장서표를 통째로 산다. 이렇게 하다가 결국 후반부 며칠 동안은 경비가 모자라는 사태가 발생하고 같은 숙소에 묵는 동료들에게 이리저리 돈을 빌려서야 겨우 사태를 수습하게 된다. 그 낭패감, 난처함, 곤궁함에다 아내의 사나운 얼굴까지 마주하면 내 얼굴은 잿빛으로 변할 수밖에 없다. 그러나 좋은 장서표를 구한 일만은 큰 행운이라 할 만하다.

체코의 나이든 판화가이자 장서표 수집가인 파벨 흘라바티는 내가 초기 고전 작품을 수집할 때부터 교류한 또다른 공급상이다. 이번에 그가 가져온 고전 작품은 보통 수준이었는데 가격은 전혀 싸지 않았다. 그러나 우리는 알고 지낸 지 오래인 데다 또 아내의 도움을 받아서 대화를 나눌 수 있었다. 그가 판매하는 현대 작품은 가격이 적당한 것으로 보였다. 흘라바티는 일찍이 폴란드에서 오랫동안 구금되어 있었기 때문에 아내와 폴란드어로 교류가 가능했다. 그런데 때때로 "귀엽게 생겼군요, 우리 아내 젊었을 때와 비슷해요"라는 말이 들리기도 했다.

8월 27일은 장서표 교환 활동 중에서 가장 빠듯하고 자극적인 하루였다. 아침 9시에서 오후 3시까지 조금도 쉬지 못했고, 점심도 먹지 못했다. 용변이 급해서 화장실에 가서야 비로소 이미 오후가 됐음을 깨달았다. 장서표대회에서 세계 소장가들과 교류할 기회를 허술하게 놓치려는 사람은 아무도 없다. 특히 세계급 대가들 앞에서 나 같은 사람은 초짜에 불과하다. 나는 이스탄불로 가기 전에 참가자 명단을 보고 충분한 공부를 해야 했다.

예를 들면 소장가들도 몇 개의 등급으로 나뉜다. 나는 시간 관계상 일반 소장가들과의 장서표 교환에는 신경 쓸 여유가 없었다. 어떤 사람이 대가급인지 아닌지는 그가 소장한 장서표와 휴대 물품을 보면 대략 알 수 있다. 대가급은 명성이 해외에까지 알려져 있을 뿐 아니라 장서표를 진열해 놓은 모양, 장서표 소장 방식과 습관이 모두 일반인과 다르다. 그들은 한곳에 앉아 있기만 해도 자연스럽게 사람들이 몰려가서 말을 건다. 특히 동일한 대가급 소장가들은 2년 동안 헤어져 있다가 만났는데도 안부 인사도 길게 나누지 않고 바로 본론으로 들어가서 장서표를 교환하기 시작한다. 대가급 인물들은 여러 해 동안 제작한 개인 장서표가 많기 때문에 간단한 문서 파일로는 모두 보관할 방법이 없다. 그들은 개인 장서표 목록을 컴퓨터로 편집하여 인쇄한 후 장서표를 교환할 때 서로 한 장씩 교환하고 그 목록에다 자기가 고른 것을 표시한다. 이렇게 하면 시간과 힘을 절약할 수 있는데, 그 효율성은 오직 소장가 자신만이 체감할 수 있다.

특히 난감했던 일이 그날 발생했다. 사람들의 목소리로 들끓는 곳을 바라보니 탁자 앞뒤로 이용할 수 있는 공간은 모두 인산인해를 이루고 있었다. 장서표, 판화 작품, 수집책, 편지봉투, 여행가방이 마구 널려 있었고, 사람들의 말소리에는 각지의 악센트가 뒤섞여 시끄럽기 짝이 없었다. 언어가 통하지 않으면 손짓 발짓으로 의사소통을 했는데 사람들의 표정이 모두 달랐다. 모두들 그 순간은 통역가가 된 것처럼 자신과 곁에 있는 동료를 위해 통역에 나섰다. 물론 상대방이 자신의 손짓이나 구사하고 있는 영어를 이해하는지 못하는지는 별개의 일이었다.

내가 난감했던 이유는 내가 알고 있는 모든 세계급 소장가의 주변이 일찌감치 사람들로 북새통을 이뤘기 때문이다. 겉으로 보기에는 번호표를 받아들고 줄을 서면 기회가 있을 것 같았지만, 당시 줄서기가 무색한 것이 앞사람이 장서표를 교환하고 있는데도 뒷사람이 염치 불구하고 은근슬쩍 그 옆에 의자를 당겨 나란히 앉아버리는 상황의 연속이었다. 그렇게 의자를 당겨 앉은 후에는 아무 일도 없었다는 듯이 좌우를 살피며 수시로 장서표 교환 진도를 훔쳐보곤 했다. 정말 국내의 '새치기'를 보는 것처럼 참기가 어려웠다. 만약 대가급 소장가 두 명이 장서표를 교환하는 사태를 맞게 되면 더욱 큰 인내심을 발휘할 준비를 해야 했다. 왜냐하면 교환하는 양이 엄청나서 보통 사람들은 도저히 비교할 수조차 없기 때문이다. 또 잠시 자리를 떠나 주위 다른 사람의 진척 상황을 살피려고 의자에서 엉덩이를 떼는 순간, 호시탐탐 앞자리를 노리던 사람이 그 사이를 비집고 들어와 바로 자리를 차지해버린다. 그는 그 자리에 앉아서 아무 일도 없었다는 듯이 좌우를 살피며 양심도 없이 다음 목표를 노린다. 이것이 바로 세계장서표대회에서 내가 가장 긴장하면서 자극을 받은 장면이었다. 거의 모든 사람들이 대가들과 장서표 교환 기회를 갖고 싶어 하며 심지어 한 장만이라도 교환에 성공하면 행운으로 여긴다. 자신의 이익이 달려 있는 일에는 평소 사람들이 동서양 문명의 수준이 어느 쪽이 높고 우월하다고 논해왔던 간에, 모두에게 인간의 본성이 하나같이 똑같게 작용했다. 서로 이익을 다투는 상황에서 줄서기란 하나의 형식일 뿐, 결국 다들 체면과 존엄성을 던져버리고 자신에게 필요한 것만 얻으려 한다. 그러나 나는 정말 체면을 중시하는 사람이고, 또 여러 해 동안 해외에서 얻은 경험으로 스스로 지켜야 할 행위 원칙을 끊임없이 되뇌고 있었다. 나는 묵묵히 내 자리에 앉아 내가 교환 목표로 삼은 몇 명을 주시했다. 그러자 다른 소장가들이 내게 다가와서 수시로 말을 걸어왔다. 일본 장서표계의 거물 우치다 이치고로內田市五郞(1936~)는 그날 이른 아침 나와 장서표를 교환했다. 그는 우연히 내 앞을 지나가다가 내가 쓴《서구 장서표》와 작년에 베이징 장서표관에서 거행한 전시회 도록을 보았다. 그는 아마 한자로 된 책 제목을 이해한 듯 호기심에서 발걸음을 멈추고 나와 한담을 나눴다.

우치다의 영어는 일본의 몇몇 소장가 중에서 가장 훌륭했다. 그는 단어 구사가 분명했고 구어 표현도 섞여 있어서 대화를 나누는 데 아무 장애가 없었다. 나는 그에게 나의 책과 장서표 주제를 대략 소개했다. 대화를 나누면서 나는 그가 대가의 면모에 부끄럽지 않게 말투도 우아하고 아주 친근한 사람임을 발견했다. 그는 다른 일본인에 비해 뻐기는 기색이 거의 없었다. 우치다의 진실한 겸손함에 정말 감복했다. 우리는 모두 장서표 10여 매를 교환했다. 나는 그가 대회에 참가하는 목적이 이러한 분위기를 즐기려는 것임을 깨달았다. 옛 친구들과 다시 만나 몇 년 동안 격조했던 각자의 근황에 대해 한담을 나누니 어찌 즐겁지 않겠는가? 이들 대가들에게 장서표 교환은 그저 '눈앞을 스쳐가는 안개'일 뿐이었다. 불구경과 물 구경을 하는 사이에 세상 모든 것을 간파하는 것이야말로 최고의 경지라 할 수 있다.

나의 인내심은 마침내 보답을 받게 되었다. 네덜란드의 약 페이르Jack van Peer가 먼저 내게 다가와서 장서표를 교환하자고 청했다. 이전에 그에게 장서표를 교환하고 싶다고 내가 찾아갔지만 오늘은 그의 자리에 가서 줄서지 않았다. 페이르는 장서표를 아주 세밀하게 분류해놓았고, 컴퓨터로 인쇄한 목록에도 컬러 장서표 이미지를 복사해 넣었다. 목록과 이미지를 바로 대조할 수 있어서 교환 속도가 매우 빨랐다. 나는 이번 대회의 교환 원칙을 오직 명품 교환으로 정해놓았다. 자발적으로 나와 장서표 교환을 원하는 경우에도 시중에서 자주 볼 수 있는 작품은 기본적으로 제외했다. 이 때문에 페이르의 소장품 중에서도 명품만을 골랐다. 그중에는 로만 수스토프Roman Sustov(1977~), 에드바르드 펜코프Edward Penkov(1962~2016), 유리 노드즈린Juri Nodzrin, 보르트니코프 예브게니Bortnikov Evgeny(1952~), 패트리샤 닉대드Patricia Nik-Dad 등의 작품 40매가량과 페이르의 아내 아니타Anita Thys의 개인 장서표도 여러 매 포함되었다. 그는 양중이 선생의 작품을 매우 좋아했기 때문에 내가 가져간 양 선생의 작품은 거의 모두 그가 골라 갔다. 내게서 소개를 받은 이후 그는 양 선생과 직접 여러 장의 장서표를 교환했다고 한다.

페이르의 옆자리에는 또 한 명의 네덜란드 대가 로데베이크 되링크Lodewijk Deurinck가 앉아 있었다. 아마도 내 얼굴이 어려 보였고, 또 내가 보여준 중국 작품이 그에게는 흥미가 없었던지 지나가던 블라디미르 수차네크Vladimir Suchanek(1933~)와 나의 수집책에 있는 천하오陳浩(1955~ , 현재 중국에서 활동하는 저명한 석판화 화가─옮긴이)의 석판화 작품에 대해 깊이 있는 토론을 나눴다. 그가 제작한 장서표가 기풍과 기법 면에서 수차네크와 비교적 비슷했기 때문이다. 나는 상황을 파악하고 가방 바닥에 남아 있던 명품을 전부 그에게 건넸다. 그러자 되링크는 즉시 표정을 풀고선, 바로 나와 장서표를 교환하며 이야기를 나누기 시작했다. 그가 나에게 말했다. "정말 영리하군요. 먼저 내가 고르는 걸 보고 이제야 가장 좋은 장서표를 보여주니 말입니다. 이렇게 하는 게 옳은 방법입니다. 근데 저는 이미 중국 장서표를 많이 교환했는데, 특징이 너무 부족해요. 방금 전 어떤 사람이 내게 그가 가진 중국 장서표와 내가 가진 알빈 브루노브스키(체코의 시조급 판화 대가)의 작품을 교환하자고 했어요. 내가 난처해서 어쩔 줄 몰라 하니 그 사람은 돈을 지불해 사겠다고 하더군요. 정말 난감했어요. 내가 이번에 브루노브스키의 장서표를 가져온 것은 슬로바키아 소장가와 교환하기 위해서이거든요."

되링크가 소장하고 있는 브루노브스키의 작품 몇 매는 정말 화가의 명품 장서표였다. 그러므로 시장 상황을 아는 사람들이 모두 가볍게 놓치려 하지 않았다. 인터넷에서 브루노브스키의 장서표는 그의 서명이 없더라도 이미 100유로까지 값이 뛰었으니 서명이 있거나 작품 일련번호가 매겨진 것은 그 두 배의 값어치가 있을 것이다. 그는 장서표 교환의 규칙을 쌍방이 모두 존중하는 것이라고 말했다. 물론 소장가마다 입장이 달라서 어떤 사람은 심한 요구를 하지 않지만 어떤 사람은 융통성이 전혀 없는 경우도 있다. 그러나 되링크는 비교적 기민한 사람이어서 개인의 특성에 따라 일을 처리할 줄 알았다. 그는 오랜 친구, 오랜 소장가일수록 더욱 규칙에 따라 장서표를 교환했고, 새로운 친구나 일반 소장가를 대할 때는 훨씬 더 관대한 모습을 보였다. 따라서 그와 같은 소장가 수준에 이르면 동급의 대가와 교환하는 경우를 제외하고 그 나머지의 경우에는 보통 손해를 보기 마련이다. 그러나 사람들은 그의 이러한 태도를 너무 가벼이 여기는 것 같다. 되링크는 나의 수집 방법을 좋게 여겼고, 그 때문에 그는 나와 규칙에 따라 동일한 주제의 장서표를 교환했다. 물론 동일한 기법의 작품도 마찬가지였다. 우리는 모두 20여 매의 작품을 교환했다. 애석하게도 되링크의 명품은 이미 다른 사람들이 대부분 교환해간 뒤였다. 그러나 나는 마르크 세버린의 작품 한 장을 주목했다. 의약 겸 인체 주제에 해당하는 이 장서표는 우리 집에도 있다. 그러나 장서표 주인 바로 앞에서 그 작품을 교환하는 건 확실히 영광스러운 일로 여겨졌다. 게다가 되링크는 관례를 깨고 내게 현대 작품 한 매와 세버린의 장서표를 교환하도록 했다. 이 일은 이번 대회에서 내가 얻은 몇 안 되는 경사 가운데 하나다. 가격 면에서도 조금 이익을 본 듯했다. 장서표 화면의 약방에는 약병, 조제약, 약통, 식물 등으로 가득 차 있다. 뱀 한 마리가 약절구를 휘감고 있고 무엇을 기록 중인 반라의 여성은 약방의 점원일 것이다. 서구 장서표에 나오는 뱀은 예지와 의약의 상징이다.

되링크와 장서표를 교환하는 동시에 나는 수시로 내 뒤편에 자리 잡은 또 한 명의 대가에게 신경을 썼다. 그 사람은 바로 이탈리아계 미국인 루이지 베르고미Luigi Bergomi로 내가 장서표계에서 숭배하는 대소장가 중 한 사람이다. 소장품이 1만 매를 상회할뿐더러 소장 이력도 길고 소장 범위도 넓다. 더욱 놀라운 건 베르고미의 외모와 연령이 그의 소장 이력과 잘 연결되지 않는다는 점이다. 그는 벌써 아들과 딸까지 두고 있고 두 아이의 나이는 10세 전후로 보였다. 나는 이미 이틀 동안 그와 장서표를 교환하기 위해 기다렸고 남은 기회도 많지 않았다. 이 때문에 아내를 시켜 되링크가 다 본 나의 장서표 수집책을 바로 베르고미에게 갖고 가서 보여주게 했다. 이 건 시간을 절약하기 위한 방법이었다. 왜냐하면 베르고미는 이미 짐을 싸서 대회장을 떠나려 했기 때문이다. 되링크는 경험이 많은 사람이어서 내가 초조해하는 모습을 보고 자연스럽게 나를 도와줬다. 나는 되링크와 교환 활동을 마치자마자 바로 장서표를 담은 상자를 안고 베르고미의 탁자

앞으로 달려갔다. 그리고 몇 마디 인사를 나누고 바로 교환을 시작했다. 그는 나의 소장품을 이미 훑어본 상태여서 처음엔 나에게 보통 작품을 추천했다. 그러나 내가 별로 흥미를 보이지 않았고 또 자신도 시간에 쫓기자 즉시 상자 바닥에서 명품을 꺼냈다. 그리고 간단하게 물었다. "이건 마음에 드실지 모르겠어요?" 내가 고개를 끄덕이자 바로 큰 봉투에서 장서표 작품을 꺼내서 내게 건넸다. 그중에는 벨로루시의 로만 수스토프Roman Sustov가 2010년 그를 위해 제작해준 대형 장서표도 있었고, 또 러시아의 카리노 비치Konstantin Kalynovych의 작품 한 매도 놓칠 수가 없었다. 물론 베르고미 같은 대가들은 손해를 볼 리가 없기 때문에 그는 내가 되링크와 장서표를 교환할 때 이미 내 소장품 중에서 명품을 골라놓고 있었다. 이것이 바로 그가 여러 해 동안 장서표를 교환하면서 쌓은 경험이다.

그의 교환 목록 중에서 나는 그의 전용 장서표를 주목했다. 1985년에서 지금까지 173매의 작품을 제작했고, 2005년에 가장 많은 19매를 만들었다. 장서표를 교환한 후 나는 그와 몇 마디 한담을 나누다가 뜻하지 않게 우리 사이에 인연이 매우 깊음을 발견했다. 왜냐하면 그는 미국 뉴욕에서 살고 있기 때문이다. 그곳은 내가 5년간 일하면서 공부한 곳이다. 그의 집은 내가 다닌 대학에서 멀지 않았다. 게다가 그는 터키에 오기 1주일 전에 역사가 유구한 산장에 가서 휴가를 보냈다고 했다. 그런데 어찌 생각이나 했겠는가? 그 산장이 바로 나와 아내가 8년 전에 처음 만난 곳이었다. 베르고미는 내 말을 듣고 나서 박수를 치며 좋아했다. 나와 좀더 자세한 이야기를 나누고 싶었지만 안타깝게도 그는 가족과의 모임 때문에 바로 대회장을 떠나야 했다. 이틀 후 폐막 만찬에서 나는 또 그와 만났다. 그는 내게 다음에 뉴욕에 올 때 꼭 자신의 집으로 오라고 초청했다. 나도 당장 승낙했다. 아마도 나와 아내가 만난 10주년을 기념해 우리 가족은 우리가 처음 만나서 함께 생활한 미국을 방문할 가능성이 있다. 그때 베르고미와 다시 만날 수 있을 것이다.

2년에 한 번씩 열리는 세계장서표대회는 모든 소장가들이 꿈에도 그리는 행사지만 매번 시간이 부족하다. 이 점이 바로 이 대회에서 장서표를 교환하는 매력 포인트다. 매 대회마다 이렇게 조금씩 아쉬움을 남기기 때문에 모두들 계속해서 다음 대회에 참가하게 된다. 더 많은 소장가들과 더 광범위한 교류를 이어주는 것이 바로 이 대회의 목적이다. 중국의 판화가 겸 소장가들은 이 대회에서 중요한 위치를 점하고 있다. 남방의 루陸는 자신이 여러 해 동안 모은 소장품을 많은 대가들의 작품과 교환했고, 그 때문에 그와 함께 터키 여행을 했던 중국 소장가와 판화가들도 모두 함께 기뻐했다.

애서가는 자신의 마음에 드는 책을 갖게 되었을 때 가장 큰 기쁨을 느낀다. 서점에서 책을 사서 돌아와 그 책 어느 부분에 정성껏 내 이름을 쓸 때 말로 다 표현할 수 없는 행복감에 젖는다. 며칠간은 그 책의 모양과 향기와 내용에 취해 헤어나지 못한다. 그 책이 나의 소유임을 표시하는 방법은 여러 가지가 있다. 가장 흔한 방법은 자신의 이름을 쓰거나 사인을 하는 것이다. 그 책 앞뒤 속표지에 또박또박 자신의 성명을 정성 들여 쓰거나 가장 멋진 필치로 사인을 한다. 좀더 우아하고 격조 높은 방법은 장서인을 찍는 것이다. 자신이 쓰는 보통 도장을 장서인으로 쓰기도 하지만 이는 자신의 애서에 대한 예의로서는 좀 품격이 떨어지는 일이다. 책을 사랑하는 사람들은 흔히 멋진 장서인을 따로 파서 자신의 애서에 사랑을 담아 찍는다. 이미 중국 당나라 때부터 보편화되기 시작한 장서인은 지금까지도 애서가들이 가장 널리 사용하는 책 사랑 표현 방법이다.

구미 애서가들은 자신의 애서에 장서표를 붙여서 책 소유와 책 사랑을 표현한다. 우리에게는 매우 생소한 방법이다. 대체로 책의 면지나 속표지에 자신의 이름이 들어간 장서표를 붙여서 그 책이 자신의 소유임을 표시한다. 지금 남아 있는 가장 오래된 장서표가 1450년 독일에서 만들어진 것이므로 적어도 600년 가까운 역사를 갖고 있는 셈이다. 장서표는 다양한 주제의 그림과 다채로운 양식의 문양으로 제작되기 때문에 흔히 '종이 위의 보석'이라 일컬어진다. 이 때문에 구미 주요 나라에서는 장서표만 따로 수집하고 소장하고 연구하는 분야가 분리되어 왕성한 활동이 펼쳐지고 있다. 나라마다 장서표협회가 조직되어 있고, 또 세계장서표협회까지 설립되어 장서표 애호가들의 활약을 전 세계로 확대시키고 있다.

그러나 우리에게 장서표는 매우 생소한 분야임에 틀림없다. 현재 인터넷을 검색해보면 일제강점기인 1941년 10월 장서표전람회가 개최되어 일본과 구미 장서표 300여점이 출품되었다고 한다. 그러나 이 대회에 우리 작가는 전혀 참여하지 않았다. 국립중앙도서관 도서목록을 검색해보면 1993년 한국출판무역에서《세계의 장서표》라는 책을 출간한 것으로 나와 있다. 이것이 우리에게 소개된 최초의 장서표 관련 저서일 것으로 보인다. 장서표 제작자로서 우리에게 장서표 실물을 최초로 소개한 사람은 남궁산이다. 그는 1995년 2월 현화랑玄畵廊에서 '장서표전(남궁산목판화)'을 개최하여 세계의 장서표를 소개하는 동시에 자신이 제작한 다양한 장서표를 선보였다. 또 남궁산은 2007년 12월 우리나라 유명인 50여 명의 장서표 관련 이야기를 모아《인연을, 새기다—남궁산의 장서표 이야기》(오픈하우스)라는 저서를 출간했다. 또 2015년 알마 출판사에서는 중국의 애서가 차이자위안의 저서 《독서인간—책과 독서에 관한 25가지 이야기》를 출간했는데, 이 책 제1부 〈책의 향기〉 '장서표' 항목에 세계 장서표 역사와 현황이 간략하게 소개되어 있다. 물론 앞으로 일제강점기의 장서가나 지식인들의 소장도서에서 장서표가 발견될 소지가 전혀 없는 건 아니지만, 본격적으로 우리에게 장서표가 소개된 역사는 불과 20여 년에 불과한 셈이다. 하지만 책을 사랑하는 독서인이 영원히 사라질 수 없듯이 장서표를 사랑하는 독서인도 꾸준하리라 믿는다. 자신의 소망과 꿈을 담은 장서표야말로 사랑하는 책과 자신이 일체를 이룰 수 있는 너무나 확실한 방법이기 때문이다.

우리의 장서표 역사가 20여 년에 불과한 것처럼 내가 처음으로 장서표를 알게 된 것도 2015년 차이자위안의 《독서인간》을 번역하면서부터다. 나 자신은 우리 전통의 장서인에 익숙하여 내 성명과 서재 이름을 새긴 장서인을 파서 사용하고 있던 터라, 《독서인간》 번역을 통해 서구에서 기원한 장서표가 존재한다는 사실을 알고 깊은 흥미를 느꼈다. 책은 인류의 지혜를 전해주는 가장 중요한 매체이므로 그것을 소유하고 사랑하는 마음은 동서양이 다르지 않다. 장서인과 장서표는 동서양의 애서가들이 책 사랑을 표현하는 서로 다른 방법이라 할 만하다. 더욱이 이 책 번역 과정에서 나는 각각의 작은 장서표 속에 수많은 애서가의 책 사랑이 담겨 있음을 알 수 있었다. 뿐만 아니라 장서표에는 한 사람의 온전한 생애가 숨어 있고, 심지어 한 시대의 대표적인 문화 코드까지 새겨져 있음도 확인할 수 있었다. 따라서 장서표는 책 사랑을 표현하는 방식을 넘어 애서가의 은밀한 내면과 한 시대의 문화적 특징까지 스며 있는 타임캡슐이라 할 만했다. 이로써 장서표에 대한 나의 관심은 좀더 깊어지고 넓어지게 되었다.

옮긴이의 글

이 책의 저자 쯔안은 중국의 대표적인 장서표 애호가이며 수집가이다. 그가 직접 소개한 이력에 따르면 그는 1999년 유럽 유학 시절부터 지금까지 거의 20년에 가까운 세월 동안 장서표를 수집하여 지금 1만 매에 달하는 장서표를 소장하고 있다고 한다. 그는 현재 자신의 장서표를 전시하고 판매하는 '쯔안장서표관子安藏書票館'과 '쯔안팡자후퉁점子安方家胡同店'을 운영하고 있다. 책 사랑이 장서표 사랑으로 확대되고, 장서표 사랑이 자신의 생업으로 굳어진 행복한 사례에 해당하는 셈이다. 이외에도 쯔안은《싼롄생활주간三聯生活周刊》잡지의 '장서표 한담閑話藏書票'코너와, 〈상하이신문 석간上海新聞晩報〉 등의 매체에 오랫동안 장서표 관련 칼럼을 연재해왔다. 그의 적극적인 활동으로 장서표에 관한 중국인의 관심이 점점 폭넓고도 다양하게 확대되고 있는 중이다. 여기에는 애서가의 개인적인 취미와 장서표 전문가의 상업적인 거래까지 모두 포괄된다. 이번에 그의 책이 우리나라에 소개되는 일을 계기로 우리의 책 사랑과 장서표 사랑도 더욱 확대되기를 기대한다.

많은 사람과의 좋은 인연으로 이 책이 세상에 나오게 되었다. 역시 도저한 책 사랑에 얽혀 동분서주하고 있는 노승현 선생이 이 책을 처음 소개해주었다. 감사드린다. 또 이런 상업성 없는 책을 흔쾌히 출간하겠다고 나선 알마의 고상한 안목에도 박수를 보낸다. 알마의 수준 높은 기획 실력과 편집 실력은 이미 사계에 정평이 나 있다. 이번 번역 과정에서 가장 어려웠던 점은 수많은 외국인명의 원어 표기를 확인하는 일이었다. 마지막 단계까지 확인할 수 없었던 원어명은 저자에게 문의할 수밖에 없었다. 그것을 일일이 확인하여 친절하게 답해준 저자 쯔안 선생에게도 깊이 감사드린다.

그는 또 원본의 오류를 지적한 나의 질문에도 허심탄회하게 답신을 보내와서 그 오류를 정정해주었다.

지은이가 한국어판 서문에서 "더 많은 사람들이 '종이 위의 보석'을 좋아할 수 있기를 바란다"고 소망한 것처럼 나도 이 책이 독자 여러분의 책 사랑에 더 좋은 인연이 되기를 희망한다.

2016년 가을

청청재青青齋에서

김영문

책 도둑의 최후는 교수형뿐이라네

1판 1쇄 찍음 2016년 10월 24일
1판 1쇄 펴냄 2016년 11월 1일

지은이 쯔안
옮긴이 김영문
펴낸이 정혜인 안지미
기획 노승현
책임편집 박혜미
디자인 김수연
제작처 공간

펴낸곳 알마 출판사
출판등록 2006년 6월 22일 제406-2006-000044호
주소 우. 03990 서울시 마포구 연남로 1길 8. 4~5층
전화 02.324.3800 판매 02.324.2844 편집
전송 02.324.1144

전자우편 alma@almabook.com
페이스북 /almabooks
트위터 @alma_books

ISBN 979-11-5992-033-2 03800

이 책의 내용을 이용하려면 반드시 저작권자와 알마 출판사의 동의를 받아야 합니다.
이 도서의 국립중앙도서관 출판시도서목록CIP은 서지정보유통지원시스템 홈페이지
http://seoji.nl.go.kr와 국가자료공동목록시스템 http://www.nl.go.kr/kolisnet에서
이용하실 수 있습니다. CIP제어번호: 2016025116

알마는 아이쿱생협과 더불어 협동조합의 가치를 실천하는 출판사입니다.
살아 숨 쉬는 인문 교양을 중심으로 새로운 감각을 일깨우며 오늘의 사회를 읽는 책을 펴냅니다.

종이 표지_한솔 매직콤마 220g/㎡ 본문_전주 그린라이트 80g/㎡